CE QUE SAVAIT
LA NUIT

*Traduit de l'islandais
par Éric Boury*

Éditions Métailié

TEXTE INTÉGRAL

TITRE ORIGINAL
Myrkrið
© Arnaldur Indridason, 2017

Published by agreement with forlagið
www.forlagid.is

ISBN 978-2-7578-8105-7
(ISBN 979-10-226-0842-8, 1ʳᵉ publication)

© Éditions Métailié, 2019

Arnaldur Indriðason est né à Reykjavik en 1961, où il vit actuellement. Diplômé en histoire, il a été journaliste et critique de cinéma. Il est l'auteur de romans policiers, dont plusieurs best-sellers internationaux, parmi lesquels *La Cité des Jarres*, paru en Islande en 2000 et traduit dans plus de vingt langues (prix Clé de verre du roman noir scandinave, prix Mystère de la critique et prix Cœur noir), *La Femme en vert* (prix Clé de verre du roman noir scandinave, prix CWA Gold Dagger et Grand Prix des lectrices de Elle) ou *L'Homme du lac* (Prix du polar européen).

« La nuit sait tant de choses,
– mon esprit s'alourdit.
Souvent, j'ai vu les sables noirs
consumer les vertes prairies.
Dans le glacier grondent des failles
plus profondes que la mort. »

Jóhann Sigurjónsson

1

Le temps était radieux. Assise depuis un moment avec le reste du groupe pour se reposer après leur longue marche, elle avait sorti un casse-croûte de son sac à dos et admirait la vue sur le glacier. Son regard s'arrêta tout à coup sur le visage qui affleurait à la surface.

Comprenant avec un temps de retard la nature exacte de ce qu'elle avait sous les yeux, elle se leva d'un bond avec un hurlement qui troubla la quiétude des lieux.

Assis en petits groupes sur la glace, les touristes allemands sursautèrent. Ils ne voyaient pas ce qui avait pu bouleverser à ce point leur guide islandaise, cette femme d'âge mûr qui gardait son calme en toutes circonstances.

La veille, ils avaient gravi l'Eyjafjallajökull. Le volcan situé sous ce glacier était devenu célèbre quelques années plus tôt, lorsqu'il était entré en éruption. Le nuage de cendres qui s'en était dégagé avait bloqué le trafic aérien en Europe. L'épaisse couche de scories qui avait recouvert les environs avait aujourd'hui disparu, dispersée par le vent ou absorbée par le sol avec la pluie. Les flancs du glacier avaient retrouvé leur couleur naturelle. Le paysage s'était remis de la catastrophe.

Le voyage devait durer dix jours au cours desquels le groupe était censé gravir quatre glaciers. Ils avaient quitté Reykjavík environ une semaine plus tôt à bord de véhicules adaptés à la conduite sur glace et étaient hébergés dans de confortables hôtels dans la province du Sudurland. Ces touristes, un groupe d'amis originaires de la ville de Wolfsburg, connue pour son usine de voitures, étaient des gens aisés qui ne se refusaient rien. On leur portait de délicieux repas pendant leurs excursions et le soir, quand ils redescendaient, ils faisaient de grandes fêtes. Des randonnées de longueur raisonnable étaient organisées sur les glaciers, ponctuées par des pauses pour se restaurer. Le groupe avait été particulièrement chanceux avec la météo. Le soleil brillait dans un ciel limpide chaque jour de ce mois de septembre. Les touristes passaient leur temps à interroger leur guide sur le *global warming* et les conséquences de l'effet de serre en Islande. Leur guide parlait couramment l'allemand, ayant étudié la littérature à Heidelberg pendant plusieurs années, il y avait maintenant presque vingt ans. Les conversations se déroulaient exclusivement dans cette langue, la seule exception étant cette expression anglaise, *global warming*, qui revenait régulièrement.

Elle leur avait expliqué que le climat avait beaucoup changé au cours des dernières années. Les étés étaient plus chauds, l'ensoleillement avait augmenté, ce dont les gens ne se plaignaient pas. L'été islandais avait toujours été imprévisible, désormais on pouvait presque compter sur du beau temps plusieurs jours de suite, voire plusieurs semaines. Les hivers étaient également devenus plus doux même si la longue nuit boréale persistait. Le changement le plus visible concernait les glaciers qui reculaient à toute vitesse. Par exemple, celui de Snaefellsjökull n'était plus que l'ombre de lui-même.

La dernière excursion au programme prévoyait l'ascension du Langjökull qui avait perdu plusieurs mètres d'épaisseur en très peu de temps. Trois mètres entre 1997 et 1998, avait-elle précisé. Quant à sa surface totale, cette dernière avait diminué de 3,5 % au cours des dernières années. Pendant sa formation de guide, on lui avait conseillé de retenir des données chiffrées. Elle avait également fait remarquer aux touristes que les glaciers constituaient 11 % de la surface de l'Islande : l'eau qu'ils contenaient équivalait à vingt-cinq années de précipitations.

Après une nuit à Husafell, ils étaient partis vers onze heures. C'était un groupe très agréable, en bonne condition physique et doté du meilleur équipement, le nec plus ultra des chaussures de marche et des vêtements de protection. Rien n'était venu troubler le voyage, personne n'était tombé malade, personne ne s'était plaint ni n'avait causé de désagréments. Tous avaient à cœur de profiter de ces moments. Ils avaient longé le glacier un certain temps avant d'entreprendre l'ascension à pied. La glace craquait à chaque pas, des rigoles plus ou moins grandes coulaient un peu partout à la surface. La guide ouvrait la marche. Elle sentait le souffle frais de l'étendue gelée lui caresser le visage. Il y avait pas mal de monde dans les parages. Ils avaient remarqué des gens en jeep et des scooters des neiges roulant à toute vitesse. Les Allemands lui avaient demandé si les Islandais appréciaient ce genre d'activités, elle leur avait répondu que oui. Ils lui posaient souvent des questions étonnantes même si elle était parée à toute éventualité. Un jour, au petit-déjeuner, ils lui avaient demandé si on fabriquait du fromage en Islande.

Elle avait suivi une formation de guide quand le tourisme avait commencé à se développer. Elle était alors au chômage depuis huit mois. Elle avait perdu son appartement pendant la crise, n'étant plus en mesure de payer les traites. Son compagnon était parti vivre en

Norvège. Il était maçon et, là-bas, le travail ne manquait pas. Il avait juré qu'il ne remettrait jamais les pieds en Islande, ce pays pourri que des imbéciles avaient mis en faillite. Elle avait entendu dire que le tourisme allait se développer. La couronne ne valait plus rien et l'Islande était désormais bon marché pour les étrangers. Elle s'était donc inscrite à cette formation où elle avait appris que les touristes appréciaient l'Islande pour ses paysages, son air pur et son silence.

Mais on n'avait jamais évoqué pendant les cours la possibilité de tomber sur un cadavre congelé dans un glacier.

Les Allemands s'attroupèrent autour d'elle et suivirent son regard, arrêté à l'endroit où on voyait affleurer un visage qui semblait vouloir sortir de la glace.

– Qu'est-ce que c'est ? demanda une femme en s'approchant.

– C'est une tête ? s'enquit une autre.

Le visage était partiellement dissimulé sous une fine couche de poudreuse qui n'empêchait toutefois pas de distinguer le nez, les orbites et une grande partie du front.

– Qu'est-ce qui lui est arrivé ? demanda un troisième touriste, ancien médecin.

– Il y a longtemps qu'il est là ? interrogea un autre.

– J'ai l'impression qu'il n'est pas mort hier, répondit le médecin en s'agenouillant.

Il ôta précautionneusement la neige à mains nues jusqu'à ce que le visage apparaisse sous son enveloppe de glace.

– Tu ne dois pas toucher à quoi que ce soit, prévint sa femme.

– Ne t'inquiète pas, je m'arrête là, répondit-il.

Il se releva. Le visage de l'homme apparut au groupe, comme une pièce de porcelaine d'un blanc translucide soigneusement dessinée et si fragile qu'elle pouvait se briser au moindre choc. Il était impossible de dire depuis combien de temps cet homme se trouvait dans la glace qui l'avait conservé intact en le protégeant du processus de décomposition. Il semblait avoir la trentaine. Le visage large, il avait une grande bouche, de belles dents robustes, un nez droit, des yeux renfoncés et une épaisse chevelure blonde.

— Vous feriez mieux d'appeler la police, ma petite, suggéra l'épouse du médecin en se tournant vers la guide.

— Bien sûr, répondit-elle d'un air absent, incapable de détacher son regard du visage. Évidemment, je l'appelle tout de suite.

Elle sortit son téléphone. Elle avait vérifié que cette partie du glacier était couverte par les réseaux de télécommunications. Elle tenait à ne jamais quitter les zones de couverture au cas où quelque chose se produirait. La centrale d'urgence répondit aussitôt. Elle décrivit sa découverte à l'opérateur.

— Nous sommes tout près du Geitlandsjökull, précisa-t-elle en regardant le piton dont la partie sud-ouest du glacier tirait son nom.

Pendant qu'elle préparait le voyage, elle avait lu quelque part que, s'il continuait à fondre à ce rythme, ce glacier aurait presque entièrement disparu d'ici à la fin du siècle.

2

Complètement ivre, il se décida enfin à sortir affronter la tempête de neige. Son ami avait disparu depuis un certain temps, sans doute rentré chez lui. Comme d'habitude, ils s'étaient retrouvés tôt dans le bar. Ils avaient regardé un match passionnant, puis il avait discuté avec des gars qu'il ne connaissait pas et son ami Ingi était resté silencieux comme souvent quand il avait bu. Il n'avait pas dit un mot.

Tête baissée, il resserra sa veste, enveloppant au mieux son corps frêle, et avança, bravant les bourrasques. Les flocons s'accumulaient sur ses vêtements, il grelottait et se maudissait de ne pas avoir mis son épaisse combinaison de travail. Les matins d'hiver, il quittait à contrecœur la chaleur de la cabane pour aller sur le chantier. Deux tasses de café, une cigarette et cette combinaison bleue rendaient l'épreuve plus supportable. La vie n'était pas plus compliquée que ça. C'étaient là des plaisirs simples dont il fallait savoir profiter. Un match de foot et une pression fraîche. Un café et une cigarette. Et une combinaison bien chaude en hiver.

Il avançait rapidement sur le trottoir, ses pensées étaient aussi embrouillées que les traces de ses pas dans la neige.

Il n'avait jamais réussi à oublier l'homme rencontré au comptoir qui lui avait semblé familier dès le début de leur conversation. Au bout d'un certain temps, il avait fini par le reconnaître. Il faisait sombre, son interlocuteur portait une casquette et baissait la tête sans le regarder. Ils avaient discuté du match et découvert qu'ils soutenaient la même équipe. Finalement, n'y tenant plus, il lui avait parlé de la colline d'Öskjuhlíd en lui demandant sans détour s'ils ne s'étaient pas déjà vus là-bas et s'il se souvenait de lui.

– Non, avait répondu l'autre, levant brièvement les yeux sous la visière de sa casquette, ce qui avait dissipé toute trace de doute.

– C'était vous, n'est-ce pas ?! s'était-il exclamé. C'était vous. Vous ne vous souvenez pas de moi ? Je n'arrive pas à y croire ! La police ne vous a jamais interrogé ?

L'autre ne lui avait pas répondu, continuant de baisser la tête et de fuir son regard. Il s'était entêté, lui avait dit qu'il avait parlé de cette histoire à la police il y avait de cela des années, mais qu'elle ne l'avait pas cru. Elle recevait des millions d'informations de ce genre. À l'époque, il était encore enfant et c'était peut-être…

– Laissez-moi tranquille !

– Hein ?

– Vous racontez n'importe quoi, fichez-moi la paix ! s'était emporté l'autre en se levant pour sortir.

Il était resté seul quelques instants, incrédule, puis avait quitté les lieux, chancelant. La neige tombait si dru qu'on voyait à peine d'un lampadaire à l'autre. Il était sorti dans la rue Lindargata en se disant qu'il devait immédiatement aller voir la police. Il traversa. Au moment où il allait atteindre le trottoir d'en face, il se sentit menacé par un danger imminent. La rue s'illumina brusquement et, à travers les hurlements de la tempête, il entendit le rugissement d'un moteur qui approchait à toute vitesse. Son corps fut projeté en l'air, puis il ressentit une douleur terrible et son crâne claqua sur le bord du trottoir d'où le vent avait balayé la neige.

Les vrombissements s'éloignèrent et se turent, remplacés par les hurlements de la tempête qui se déchaînait et s'infiltrait sous sa veste. Cloué au sol, il avait mal partout, mais surtout à la tête.

Il essaya d'appeler à l'aide. Aucun son ne sortait de sa bouche.

Il avait perdu la notion du temps. Bientôt, il ne sentit plus rien. Il n'avait plus froid. L'alcool l'engourdissait. Il pensait à cet homme, aux réservoirs d'eau chaude de la colline d'Öskjuhlid où il s'était tellement amusé, et à ce dont il avait été témoin quand il était petit.

Il était certain de ne pas se tromper. Il avait déjà vu cet homme.

C'était lui.

Il n'y avait pas l'ombre d'un doute.

3

Konrad entendit son téléphone et ouvrit les yeux. Comme bien souvent, il n'avait pas réussi à trouver le sommeil. Ni les somnifères ni le vin rouge ne fonctionnaient. Pas plus que de laisser son esprit vagabonder.

Il ne se souvenait plus à quel endroit il avait laissé son portable. Il le posait en général sur sa table de chevet ou le rangeait dans sa poche de pantalon. Une fois, il l'avait même cherché plusieurs jours durant et l'avait finalement retrouvé dans le coffre de sa voiture. Il se leva, se rendit dans le salon et se laissa guider par la sonnerie jusqu'à la cuisine. L'appareil était sur la table. Dehors, il faisait nuit noire, c'était l'automne.

– Excuse-moi, Konrad, je suppose que je te réveille, murmura une voix féminine à l'autre bout de la ligne.

– Pas du tout.

– Je crois que tu ferais bien de venir à la morgue.

– Pourquoi tu parles tout bas ?

– Ah bon, je parle tout bas ?

Sa correspondante toussota. Svanhildur était légiste à l'Hôpital national.

– Tu n'as pas écouté les informations ? s'étonna-t-elle.

– Non, répondit Konrad, sorti de sa torpeur. Il avait passé la soirée plongé dans les vieux papiers de son père, ce qui n'était pas étranger à son insomnie.

– Ils l'ont amené ici vers huit heures ce soir, poursuivit Svanhildur. Ils l'ont retrouvé.

– Retrouvé ? Qui ça ? Qui a retrouvé qui ?

– Des touristes allemands en excursion sur le Langjökull. Le corps a été rejeté par le glacier.

– Le Langjökull ?

– Konrad, il s'agit de Sigurvin. Des Allemands l'ont retrouvé.

– Sigurvin ?

– Oui.

– Mais… comment est-ce possible ?!

– Oui, après toutes ces années, Konrad, c'est difficile d'y croire. Je me disais que tu aurais peut-être envie de le voir.

– Tu es sûre ?

– Je sais que c'est incroyable, mais c'est bien lui. Ça ne fait aucun doute.

Konrad ne savait plus quoi penser. Les paroles de Svanhildur résonnaient, lointaines, comme venues d'un songe depuis longtemps oublié. Il avait fini par se persuader qu'il n'entendrait jamais ces mots. Pas après tout ce temps. Après toutes ces années. Pourtant, il avait toujours plus ou moins attendu ce coup de fil. Au fond de lui, il avait toujours pensé que ces événements passés finiraient par ressurgir. Du reste, ils n'appartenaient pas réellement au passé puisqu'ils l'avaient accompagné toutes ces années comme une ombre. Il ne savait pas quoi dire.

– Konrad ?

– Je n'arrive pas à y croire, répondit-il. Sigurvin ? On a retrouvé Sigurvin ?

Il s'affaissa sur une chaise de la cuisine.

– Oui, c'est bien lui.

– Des touristes allemands, tu dis ?

– Ils étaient en excursion sur le Langjökull. Des scientifiques ont expliqué à la radio que le glacier avait beaucoup reculé depuis la disparition de Sigurvin. Tu n'écoutes jamais les informations ? C'est dû à l'effet de serre. Je me suis dit que tu voudrais peut-être le voir avant que la police reprenne l'enquête demain matin. La glace l'a très bien conservé.

Konrad était désemparé.

– Tu es là ?

– Oui.

– Tu n'en croiras pas tes yeux !

Il s'habilla, pensif, et regarda la pendule avant de prendre sa voiture. Il était déjà presque trois heures du matin. Il longea les rues désertes du quartier d'Arbaer. Svanhildur travaillait à l'Hôpital national depuis plus de trente ans. Ils se connaissaient depuis des années. Il appréciait qu'elle l'ait prévenu. Sur le trajet, il pensa au glacier, à Sigurvin et aux années écoulées depuis sa disparition. On avait fouillé les ports, les côtes, les grottes, les failles, les maisons, les véhicules, mais personne n'avait pensé aux glaciers. Tous ceux que la police avait interrogés à l'époque n'avaient, à première vue, aucun lien avec l'alpinisme ou les excursions sur les glaciers.

Il arriva au boulevard Miklabraut sans croiser une voiture. Ils avaient emménagé dans une petite maison jumelle du quartier d'Arbaer avec Erna, son épouse, au début des années 80, et il ne s'y était jamais plu. Il aimait le centre de Reykjavik, il avait passé son enfance dans Skuggahverfi, le quartier des Ombres. Erna se sentait bien à Arbaer, comme leur fils qui y avait fréquenté une des meilleures écoles où il s'était fait des amis et inventé tout un univers merveilleux entre la colline d'Artun et la vallée d'Ellidaa. Konrad trouvait que le quartier faisait trop banlieue, cet endroit coupé du monde était comme

une île dans l'agglomération de Reykjavík, une île peu-
plée de naufragés. Il n'appréciait pas cette prétendue
culture de la sjoppa* qu'il décrivait comme la seule
particularité du quartier. Selon lui, nulle part ailleurs en
Islande on ne consommait autant de barres chocolatées
Lion à en juger par les emballages qui jonchaient les
rues. Quand Erna en avait assez de cette rengaine, il
reconnaissait à contrecœur que la beauté de la nature
dans la vallée d'Ellidaa parvenait presque à faire oublier
la poussière et le bruit constant de la circulation sur la
route nationale qui traversait la colline d'Artun.

Il se gara devant la morgue et ferma sa portière à
clef. Svanhildur l'attendait derrière la porte. Elle lui
ouvrit et le conduisit à la salle de dissection. Silencieuse,
l'air grave, elle portait une blouse blanche, un tablier et
un couvre-chef en papier muni d'un filet qui rappelait
celui des employés en boulangerie. Elle avait participé
à plusieurs enquêtes de Konrad quand il travaillait à
la Criminelle.

– Ils ont découpé toute la plaque autour du corps
pour l'amener ici, précisa-t-elle.

Elle s'approcha de la table de dissection où reposait
un gros morceau de glace qui fondait rapidement et
à la surface duquel affleurait un corps tellement bien
conservé qu'on aurait pu croire que le décès datait de
la veille, abstraction faite de la peau étrangement dure,
blanche et lisse au toucher. Les bras reposaient le long

---

* Une *sjoppa* (anglais : *shop*) est une particularité islandaise qui n'a
pas son équivalent exact en France et n'a rien à voir avec nos bureaux
de tabac. C'est un petit magasin qui vend des cigarettes (cachées
derrière un rideau), des friandises, des sodas, des magazines, des
journaux ainsi que, parfois, des hamburgers, glaces, soupes chaudes,
sandwichs, hot-dogs. C'est souvent aussi un lieu où les jeunes se
retrouvent. (*Toutes les notes sont du traducteur.*)

du corps, la tête penchait légèrement, le menton touchait la poitrine. La flaque d'eau qui s'était formée par terre coulait dans une rigole sous la table.

— C'est toi qui vas l'autopsier ? demanda Konrad.

— Oui, répondit Svanhildur. Je le ferai quand la glace aura fondu et quand le corps sera décongelé. J'imagine que l'intérieur est aussi bien conservé que l'extérieur. Ça doit te faire un drôle d'effet de l'avoir comme ça sous les yeux.

— On l'a ramené en hélicoptère ?

— Non, en camion. Ils ont fouillé le périmètre où on l'a découvert et ils continueront leurs recherches les prochains jours. Tes anciens collègues ne t'ont pas contacté ?

— Pas encore. Je suppose qu'ils attendent demain. Merci de m'avoir prévenu.

— C'est bien l'homme que tu cherchais, il n'y a aucun doute, répéta Svanhildur.

— Oui, c'est Sigurvin. Et tu as raison, ça fait un drôle d'effet de le revoir après toutes ces années comme si de rien n'était.

— Nous avons bien vieilli depuis, reprit Svanhildur, lui, on dirait qu'il a rajeuni.

— Incroyable, murmura Konrad. Tu sais comment il est mort ?

— Il a reçu un coup à la base du crâne, répondit la légiste, l'index pointé sur la tête autour de laquelle la glace avait presque entièrement fondu, dévoilant une blessure à la nuque.

— On l'a tué sur le glacier ?

— L'avenir le dira.

— Et on l'a trouvé dans cette position, allongé sur le dos ?

— Oui.

– Tu ne trouves pas ça bizarre ?

– Tout est bizarre dans cette histoire, répondit Svanhildur. Tu es bien placé pour le savoir.

– Il n'a pas l'air habillé pour affronter la rigueur des montagnes.

– Qu'est-ce que tu comptes faire ?

– Comment ça ?

– Tu vas proposer tes services ou tu préfères rester en dehors de ça ?

– Ils se débrouilleront, répondit Konrad. J'ai raccroché. Et c'est aussi ce que tu devrais faire.

– Je m'ennuie, plaida Svanhildur. – Elle était divorcée et l'idée de partir à la retraite l'angoissait. – Mais toi, comment tu vas ?

– Plutôt bien. Si seulement je pouvais dormir.

Ils restèrent un moment sans rien dire, à regarder la glace fondre.

– Tu as déjà entendu parler de l'expédition Franklin ? s'enquit Svanhildur.

– Franklin… ?

– Les Britanniques ont mis sur pied plusieurs expéditions à la recherche du fameux passage du Nord-Ouest, ils ont essayé de franchir la banquise au nord du Canada. La plus célèbre est l'expédition Franklin. Ça ne te dit rien ?

– Non.

Svanhildur aimait beaucoup cette histoire. Capitaine dans la flotte de Sa Majesté, Franklin était parti avec deux navires qui avaient été pris dans la banquise et avaient disparu corps et biens. Avant ça, trois de ses matelots étaient morts. Il avait enterré leurs corps sur une langue de terre, dans le permafrost, puis le reste de l'expédition avait continué sa route. Il y avait aujourd'hui trente ans, on avait retrouvé les sépultures

22

de ces trois matelots. Les corps exhumés étaient pratiquement intacts. Ces tombes renfermaient de précieuses informations sur la vie des marins au XIXᵉ siècle. Les analyses avaient confirmé la nature des problèmes que posaient les longues expéditions comme celle de Franklin. Il est notoire que certains matelots embarqués pour des voyages de deux ou trois ans revenaient parfois complètement épuisés puis mouraient sans raison précise. Le phénomène était attesté et on disposait d'un grand nombre d'exemples soigneusement consignés. Les scientifiques n'étaient pas d'accord sur les causes de cet étrange épuisement. Plusieurs théories étaient avancées, parmi lesquelles celle de l'empoisonnement au plomb. Les corps découverts dans le permafrost avaient permis de la confirmer. Leur autopsie avait révélé un saturnisme très prononcé, qui s'expliquait par la méthode de conservation des aliments découverte au XIXᵉ et par l'utilisation de boîtes de conserve.

Svanhildur baissa les yeux sur le corps.

– C'est une de ces anecdotes intéressantes que nous offre la médecine légale, reprit-elle. Les navires étaient partis les cales pleines de boîtes de conserve, mais les aliments avaient été contaminés par le plomb présent dans les couvercles.

– Pourquoi tu me racontes tout ça ?

– J'ai pensé à l'expédition Franklin quand ils ont amené la dépouille de Sigurvin à la morgue. Il me rappelle ces trois matelots découverts dans le permafrost. On dirait qu'il est mort hier.

Konrad s'approcha du corps et l'observa un long moment, étonné par son état de conservation.

– On devrait peut-être enterrer nos morts sur les glaciers, suggéra Svanhildur. On n'a qu'à y transférer nos cimetières puisqu'on ne supporte plus l'idée d'être mangés par les vers.

– Mais les glaciers sont en train de disparaître, non ?

– C'est bien dommage, répondit la légiste. Un gros morceau de glace tomba sur le sol où il se brisa en mille morceaux.

Konrad rentra chez lui, traversant la nuit noire. Épuisé, il s'allongea sans toutefois trouver le sommeil, envahi par le souvenir pesant de cette enquête. L'idée de cet homme sur le glacier était insupportable. Il n'arrivait pas à chasser de ses pensées l'image de son visage gelé.

Il frissonna.

Il avait cru distinguer un étrange sourire sur les lèvres de Sigurvin qui s'étaient rétractées et ressemblaient à du cuir usé, dévoilant ses dents, comme s'il riait au nez de Konrad pour lui rappeler le désastre qu'avait été cette enquête.

4

Il reçut un autre appel le surlendemain. En temps normal, la sonnerie l'aurait fait sursauter : depuis qu'il était à la retraite, il ne recevait plus de coups de fil le soir ni tôt le matin. C'était là le plus grand changement dans sa vie. Mais maintenant le téléphone sonnait presque constamment. Cette fois, c'était son amie et ancienne collègue. Il s'attendait à ce qu'elle le contacte.

– Il veut te parler, annonça Marta, chef de la Criminelle de Reykjavík.

– Il refuse d'avouer, n'est-ce pas ? répondit Konrad. Il avait lu sur Internet que la police avait arrêté un homme. L'identité du suspect, un certain Hjaltalin, ne l'avait pas étonné. Tout ce cirque allait recommencer, mais désormais il était résolu à ne pas y participer. Des journalistes l'avaient interrogé après la découverte du corps, il leur avait répondu qu'il ne souhaitait pas s'exprimer sur la question pour l'instant. Il n'était plus policier. D'autres l'avaient remplacé.

– Il exige de te voir, reprit Marta. Il refuse de nous parler.

– Tu lui as expliqué que j'étais à la retraite ?

– Il est au courant. Mais il n'en démord pas.

– Qu'est-ce qu'il vous a dit ?

– Toujours la même chose. Il clame son innocence.

– Il avait une grosse jeep.

– En effet.

– Il pouvait s'en servir pour monter sur le glacier.

– Tout à fait.

– Il a droit aux visites ? Je croyais qu'il était en détention provisoire ?

– On fera une exception, répondit Marta. Quant à toi, tu travaillerais pour nous dans le cadre d'une mission de courte durée. En tant que conseiller.

– Je n'ai pas envie de me replonger là-dedans, Marta. Pas pour l'instant. Tu ne veux pas qu'on en reparle plus tard ?

– Le temps presse.

– Bien sûr.

– Je n'aurais jamais imaginé qu'on puisse le retrouver après tout ce temps.

– Trente ans, c'est long.

– Tu ne veux pas voir le corps ?

– C'est déjà fait, répondit Konrad. On dirait qu'il est mort hier.

– Évidemment, Svanhildur t'a prévenu. Bon, tu veux bien venir parler à notre prisonnier ?

– Je suis à la retraite.

– Inutile de le répéter.

– On en reparle, conclut Konrad avant de raccrocher.

Depuis l'avant-veille, il n'avait cessé de penser à Sigurvin et à sa visite à la morgue pour aller voir Svanhildur. Il refusait toutefois de l'avouer à ses anciens collègues dont plusieurs l'avaient appelé. Il était à la retraite, avait-il répété, et il ne comptait pas reprendre du service quoi qu'il arrive. On recherchait Sigurvin depuis plus de trente ans. La police avait interrogé une foule de gens sans inculper personne. L'enquête n'avait pas tardé à s'orienter vers Hjaltalin, mais on n'avait pas réussi à prouver sa culpabilité. Il avait catégoriquement nié avoir fait du mal à Sigurvin et on l'avait remis en liberté. Le corps n'avait jamais été retrouvé. Sigurvin s'était comme évaporé.

Et voilà maintenant qu'il était à la morgue, comme après une brève absence. Svanhildur n'avait pas menti en disant qu'il était très bien conservé. Le corps n'avait pas encore été autopsié. Sigurvin portait toujours les vêtements qu'il avait sur lui au moment de sa mort, une paire de baskets, un jean, une chemise et une veste. Il était mort d'un coup violent sur la nuque, porté avec un objet contondant qui avait occasionné une profonde blessure. On avait trouvé des traces de sang à l'arrière de sa tête et sur ses vêtements.

Konrad repensait aux années qui avaient suivi sa disparition. Il s'était souvent demandé comment il réagirait si on retrouvait le corps. Pour sa part, il avait depuis longtemps renoncé à le chercher même s'il n'arrivait pas à évacuer cette histoire et s'il se disait qu'il était susceptible de recevoir à tout moment un coup de fil lui annonçant qu'on l'avait retrouvé. Quand ce coup de téléphone était arrivé, il s'était senti désemparé. Des dizaines d'années durant, il s'était demandé ce qu'était devenu cet homme, et maintenant il avait la réponse. Tout ce temps, on avait ignoré les conditions de son décès, d'ailleurs on n'était pas sûr qu'il soit mort. On savait désormais quand et comment il avait perdu la vie. Sa tenue vestimentaire était restée un mystère jusqu'à aujourd'hui. L'examen de sa dépouille ne manquerait pas d'apporter des informations importantes aux enquêteurs. Ils avaient maintenant quelques indices sur l'arme du crime. Les pièces du puzzle s'assemblaient enfin.

Assis dans la cuisine, un verre de rouge à la main, Konrad alluma un cigare. C'était un plaisir qu'il s'accordait quand il en ressentait le besoin, même s'il n'était pas un fumeur régulier. Son téléphone sonna à nouveau. Sa sœur, Elisabet, voulait prendre de ses nouvelles.

– Tout va bien, répondit-il en aspirant une bouffée, à part que le téléphone n'arrête pas de sonner.

– À cause de cette affaire qui refait surface ? demanda Elisabet, Beta pour les intimes. Comme tout le monde, elle suivait les informations avec assiduité depuis la découverte du corps.

– J'ai l'impression que Hjaltalin essaie de me forcer à reprendre l'enquête, répondit Konrad. Il est en détention provisoire depuis quelques jours et il demande à me parler. Mes anciens collègues lui ont dit que j'étais à la retraite, mais il s'en fiche.

– Tu crois vraiment qu'on peut abandonner une enquête comme celle-là ?

– Je me pose justement la question depuis quelques jours.

– Tu n'as pas envie de savoir ce qu'il veut te dire ?

– Beta, je sais exactement ce qu'il va me dire : il est innocent. Ça ne change rien qu'on ait retrouvé le corps. On n'avait aucune preuve contre lui il y a trente ans et on n'en trouvera aucune aujourd'hui car il est innocent. Voilà ce qu'il va me dire. Je ne comprends pas pourquoi il ressent le besoin de me répéter ça encore une fois.

Beta se taisait. Le frère et la sœur n'avaient jamais été proches. Ils avaient passé leur enfance séparés après le divorce de leurs parents et, depuis, ils essayaient de réparer les choses chacun à sa manière, sans grand succès.

– À l'époque, tu n'étais pas tout à fait convaincu que c'était lui le coupable, reprit-elle.

– Non, contrairement à mes collègues. Mais de lourds soupçons pesaient sur lui.

Hjaltalin avait été l'unique suspect en 1985. À l'époque, on l'avait placé en détention provisoire, mais il n'avait jamais avoué. La police n'avait pas réussi à prouver son implication dans la disparition. C'était la dernière personne vue en compagnie de Sigurvin, on savait qu'ils s'étaient violemment disputés les jours précédents et que Hjaltalin l'avait menacé.

– Tes anciens collègues t'ont demandé de les aider ? s'enquit Beta.

– Non.

– Mais ils veulent que tu voies le prévenu ?

– Ils pensent qu'il me dira peut-être des choses qu'il refuse de leur dire. D'ailleurs, il ne parle à personne.

– Trente ans, c'est très long.

– Il avait bien caché Sigurvin. Il s'en est tiré parce qu'on n'a pas retrouvé le corps. On verra s'il s'en sortira aussi facilement cette fois-ci.

– Mais vous n'avez aucune preuve ?

– On a des indices. Mais ce n'était pas suffisant. Le procureur n'a pas voulu se risquer à porter l'affaire devant un juge.

– Ne te mêle donc pas de ça. Tu es à la retraite.

– C'est sûr, j'ai raccroché.

– Bon, à bientôt.

– À plus tard.

Les journaux faisaient leurs choux gras de la découverte du corps. Svanhildur avait expliqué en détail à Konrad la manière dont les choses s'étaient déroulées. Quatre membres de la Scientifique exploraient le périmètre. Les policiers de Borgarnes étaient arrivés en premier sur les lieux après l'appel du groupe de touristes allemands à la centrale d'urgence. Ils étaient montés sur le Langjökull, plutôt mal équipés, et ils avaient contacté les brigades de sauveteurs de la ville de Borgarnes. Les journalistes n'avaient pas tardé à comprendre qu'il se passait quelque chose. Les policiers avaient confirmé qu'on avait découvert le corps d'un trentenaire sur le glacier où il se trouvait sans doute depuis très longtemps. On leur avait demandé de ne toucher à rien, de ne pas approcher du périmètre et de tenir la presse à distance. On avait appelé la Scientifique de Reykjavík. À ce moment, les sauveteurs étaient arrivés au pied du glacier avec leurs jeeps spécialement équipées. Ils avaient raccompagné à leur hôtel de Husafell les touristes allemands et leur guide Adalheidur, une Islandaise âgée d'une soixantaine d'années, puis ces derniers étaient repartis à Reykjavík dans la soirée. La police avait alors interrogé les touristes et la guide. Un Allemand d'un certain âge, médecin, avait avoué qu'il avait ôté la glace et la fine couche de neige qui cachait le visage, mais à part ça personne n'avait touché à quoi que ce soit.

On avait découpé autour du corps une plaque de glace de presque deux cents kilos qu'on avait ensuite placée sur la plateforme du camion de la brigade de sauveteurs. Un membre de la Scientifique l'avait accompagnée jusqu'à Reykjavík, recueillant toute l'eau de fonte pour l'examiner. Plus tard le soir, un groupe de policiers et de sauveteurs était redescendu passer la nuit à Husafell, quelques-uns étaient restés sur le glacier pour éloigner les curieux.

La radio avait invité un éminent glaciologue islandais qui avait expliqué que depuis 1985, date à laquelle Sigurvin avait disparu, la calotte glaciaire aujourd'hui épaisse d'environ six cents mètres avait reculé de plus de sept kilomètres. On considérait que, dans les vingt-cinq années à venir, le glacier perdrait 20 % de son volume. Cela s'expliquait par le réchauffement climatique, la diminution des précipitations et l'accroissement de l'ensoleillement.

– Et dire qu'il y a encore des gens pour douter des effets de l'activité humaine sur le climat, avait déploré le glaciologue dans l'émission matinale.

– Si je comprends bien, le corps a été enterré sous la glace ? avait demandé le présentateur.

– Ce n'est pas facile à dire. Son assassin l'a sans doute jeté dans une crevasse. La disparition a eu lieu au mois de février. Il n'était sans doute pas possible de creuser la glace à ce moment-là. On peut supposer qu'il a été recouvert par une épaisse couche de neige. À moins qu'une faille se soit ouverte sous le corps qui se serait alors enfoncé dans les profondeurs du glacier qui l'a rejeté trente ans plus tard.

– Puis la glace a fondu jusqu'à le faire apparaître ?

– Il faut bien sûr vérifier cette hypothèse, mais elle me semble plausible. Ce serait l'explication la plus logique. Les glaciers reculent à toute vitesse, comme chacun sait.

À nouveau, la sonnerie du téléphone rompit le silence dans la maison d'Arbaer. Svanhildur rappelait Konrad pour lui demander s'il avait pris une décision. Elle avait entendu dire que Hjaltalin souhaitait lui parler.

– Je ne sais pas, répondit-il. Je ferais peut-être mieux d'aller le voir. On ne sait jamais.

– Ça doit quand même aiguiser ta curiosité. Il s'agit de Sigurvin ! Ça devrait t'intéresser.

– Hjaltalin n'avait pas trente ans quand on l'a arrêté.

– Je m'en souviens.

– Aujourd'hui, il en a presque soixante. Je ne l'ai pas vu depuis toutes ces années.

– Tu crois qu'il a beaucoup changé ?

– Je crois surtout qu'il est toujours aussi crétin.

– Tu ne l'aimais pas beaucoup.

– Non, reconnut Konrad. Il était pourtant persuadé du contraire. Je ne vois pas pourquoi il veut me parler. Je n'ai aucune confiance en lui. Si mes anciens collègues n'avaient pas craint qu'il prenne la poudre d'escampette, ils n'auraient pas eu besoin de le placer en détention provisoire. Il s'apprêtait à quitter le pays au moment où ils l'ont arrêté, le lendemain de la découverte du corps. Il a plaidé la simple coïncidence.

– Tu dors un peu mieux ?

– Pas vraiment.

– Tu sais que tu peux m'appeler si tu as besoin de discuter, proposa Svanhildur.

– Oui, mais tout va bien, répondit-il sèchement.

– D'accord. Svanhildur était sur le point de prendre congé, mais elle se ravisa et ajouta : Tu ne m'appelles plus…

– Non, je…

Konrad ne savait pas quoi répondre.

– Téléphone-moi si tu…

Il ne répondit pas. Sur quoi, ils se dirent au revoir. Konrad prit un verre de vin rouge et alluma un second cigare. Avec Erna, ils avaient parfois envisagé de déménager et de quitter le quartier d'Arbaer. Pas pour aller dans une résidence pour personnes âgées, mais pour emménager dans un petit appartement confortable du centre. Il valait mieux éviter le quartier de Thingholt où il y avait beaucoup trop de jeunes et de gens connus, avait dit Erna. Le quartier ouest était plus tranquille. Mais ils étaient restés là. Ils avaient souvent parlé de la disparition de Sigurvin ici, dans cette cuisine, elle l'avait toujours soutenu et encouragé.

La table était encombrée de vieux papiers qui appartenaient à son père. Il y avait des années qu'il n'avait pas relu ces documents rangés dans des cartons à la cave. Il avait dernièrement repris une enquête datant de la Seconde Guerre mondiale où de faux médiums jouaient un rôle important, ce qui avait ravivé son ancien intérêt pour son père, retrouvé poignardé un soir en 1963 rue Skulagata, devant les abattoirs du Sudurland. L'enquête n'avait pas permis d'identifier son assassin. Konrad avait mis cette histoire entre parenthèses tout le temps qu'il avait travaillé dans la police. Son père était un homme désagréable qui s'était fait des ennemis un peu partout. Il avait purgé plusieurs peines de prison pour contrebande, vol ou escroquerie. En outre, il avait travaillé avec un faux médium, peut-être même avec plusieurs charlatans pendant la guerre. La mère de Konrad avait fini par le quitter en emmenant sa fille, mais il avait refusé de laisser partir son fils, qui était resté avec lui.

Il feuilleta une fois encore ces papiers jaunis. Il s'était surtout intéressé à deux coupures de journaux que son père avait conservées, où il était question de spiritisme et de l'autre monde. Il y avait là un article évoquant un faux médium et une interview qu'un voyant islandais avait accordée jadis à un hebdomadaire depuis longtemps disparu. Une de ces coupures parlait de la Société islandaise de spiritisme, de la vie dans l'au-delà et de ce que certains appelaient le monde de l'éther. Toutes dataient de deux ans avant la mort de son père. Konrad se demandait s'il était possible qu'avant de connaître cette fin tragique, ce dernier ait repris son ancienne activité consistant à extorquer de l'argent à des personnes crédules en les conviant à de fausses séances de spiritisme.

5

Il avait été mécontent quand l'administration avait décidé de transférer les suspects placés en détention provisoire à la prison de Litla-Hraun plutôt que de les incarcérer à Reykjavík. Il devait désormais traverser la lande monotone de Hellisheidi, descendre par le col de Threngslin, enjamber le pont d'Oseyri puis prendre la route qui obliquait vers l'est, en direction de Stokkseyri et d'Eyrarbakki. Certains collègues se réjouissaient d'échapper au bruit de la ville et à l'agitation du commissariat. Un hiver, il avait à deux reprises été bloqué dans des congères. Il lui arrivait cependant de profiter de ce trajet pour se détendre un peu, s'offrir une halte et acheter une glace en traversant les bourgades de Hveragerdi et de Selfoss. Des années durant, les suspects placés en détention provisoire avaient été incarcérés à la prison de Sidumuli, située à distance raisonnable du commissariat. Hjaltalin y était resté un moment. Les temps changent, c'est un autre siècle, se disait Konrad sur la route du Sudurland alors qu'il dépassait le mont Vifilfell et Litla Kaffistofan, la petite cafétéria qui se trouvait au sommet de la lande.

Il avait finalement décidé d'aller voir le détenu. Non parce que ce dernier l'exigeait et refusait de parler à qui que ce soit d'autre, mais parce qu'il avait autrefois consacré beaucoup de temps à cette affaire et qu'en réalité il n'avait jamais cessé de chercher les réponses. Contrairement à la majorité des enquêtes pour crimes de sang, celle-là n'avait pas été résolue en l'espace de quelques jours. Elle s'était rapidement orientée dans plusieurs directions et, bien que Hjaltalin ait été le suspect principal, la police avait interrogé un tas de gens également suspects. La découverte du corps changeait radicalement la donne.

Konrad n'avait pas envie de reprendre cette enquête avec ses anciens collègues. Hjaltalin était persuadé qu'il était le seul policier en qui il pouvait avoir confiance : le hasard avait voulu que Konrad soit celui qui avait passé le plus de temps avec lui. C'était sans doute pour cette raison qu'aujourd'hui le détenu exigeait de lui parler. La police avait cédé à sa requête, tout comme Konrad. Mais cela n'irait pas plus loin. Il s'était habitué au confort de la retraite et à disposer de son temps comme il le voulait sans se soucier des contingences ni endosser aucune responsabilité. Il avait fait sa part. Désormais, c'était à d'autres de prendre le relais. Si son entrevue avec Hjaltalin permettait à la police d'avancer, ce serait une bonne chose. Pour le reste, Konrad refusait de s'impliquer davantage.

En apprenant la nouvelle, son fils lui avait téléphoné pour lui demander ce qu'il éprouvait maintenant qu'on avait retrouvé le corps. Konrad s'était dit soulagé que la police puisse exploiter cette découverte. Mais il pensait avant tout aux proches de Sigurvin qui avaient beaucoup souffert et vécu si longtemps dans l'incertitude.

Depuis quelque temps, Konrad souffrait d'insomnies. À nouveau, il pensait constamment à Sigurvin, à Hjaltalin et à cette ancienne enquête en se disant qu'il aurait pu faire mieux. À l'époque, il avait passé des nuits interminables à retourner tout cela dans sa tête. Beaucoup de choses avaient changé depuis trente ans. La bière était alors interdite en Islande. Il n'existait qu'une radio nationale et une seule chaîne de télévision. Les fonderies d'aluminium étaient moins nombreuses. Le barrage hydroélectrique de Karahnjukar, le plus grand d'Europe, n'existait même pas encore à l'état de projet. Il neigeait régulièrement à Reykjavík pendant l'hiver. Il n'y avait ni Internet ni téléphones portables. C'est à peine si quelques foyers étaient équipés d'ordinateurs. La privatisation des banques, le chaos financier, la bêtise triomphante des décideurs, les hérauts de la libre entreprise et artisans de l'effondrement économique attendaient l'avènement du nouveau siècle. L'an 2000 semblait bien loin et relevait de la science-fiction.

Par une froide journée de février, le commissariat de la rue Hverfisgata avait reçu un appel. La nuit tombait, un vent glacial balayait les rues. La femme à l'autre bout du fil souhaitait signaler la disparition de Sigurvin, son frère, âgé d'une trentaine d'années. Elle lui avait parlé au téléphone deux jours plus tôt et ils avaient fixé un rendez-vous auquel il n'était pas venu. Elle avait alors essayé de le joindre en appelant chez lui, mais il n'avait pas répondu. Sigurvin était chef d'entreprise. Ses employés ne l'avaient pas vu depuis deux jours. Sa sœur était allée chez lui, elle avait longuement frappé à sa porte et fini par appeler un serrurier, craignant qu'il ne soit alité, malade et incapable de décrocher son téléphone ou de venir lui ouvrir. Elle l'avait cherché dans toutes les pièces : il n'était pas là. Autant qu'elle sache, il n'avait pas prévu de se rendre à l'étranger. Chaque fois qu'il entreprenait ce type de voyage, il la prévenait. Elle avait d'ailleurs trouvé son passeport dans un tiroir du buffet de la salle à manger. Divorcé depuis quelque temps, il vivait seul et avait une fille.

La police pensait qu'il ne tarderait pas à réapparaître, il n'y avait pas longtemps qu'on était sans nouvelles de lui. Elle avait toutefois noté son signalement, demandé une photo à sa sœur et transmis un avis de recherche à tous les journaux et commissariats d'Islande. Son passeport prouvait qu'il n'avait pas quitté le pays, à moins qu'il ne l'ait fait sous une fausse identité ou qu'il ne soit parvenu à déjouer les contrôles à la frontière. Sa sœur trouvait cette hypothèse absurde. Pour quelle raison aurait-il voyagé avec un faux passeport ?

Très vite, les brigades de sauveteurs étaient entrées en scène et avaient mis en place le dispositif habituel. On avait fouillé la côte de Reykjavík et des alentours. Les médias s'étaient intéressés à cette histoire et avaient beaucoup parlé du disparu. Toute personne pensant détenir des informations, même insignifiante d'apparence, était priée de se manifester. On n'avait pas tardé à découvrir sa jeep près des réservoirs d'eau chaude de la colline d'Öskjuhlid. La police de Reykjavík avait ouvert un numéro spécial où les appels avaient afflué, certains plus intéressants que d'autres. Elle s'était employée à explorer toutes les pistes. Une femme avait appelé, débitant à toute vitesse ce qu'elle avait à dire avant de raccrocher. Elle avait entendu l'ancien associé de Sigurvin le menacer sur le parking de son entreprise.

Konrad avait vérifié ses dires et découvert que Hjaltalin menaçait effectivement Sigurvin depuis un certain temps. Il lui reprochait de l'avoir escroqué de plusieurs millions. Les deux hommes possédaient jadis ensemble trois bateaux et une société de pêche dont Sigurvin était le directeur. Simple associé, Hjaltalin lui laissait les mains libres. Il gérait les boutiques de vêtements dont il était propriétaire à Reykjavík, avait une entreprise d'import et détenait des parts dans plusieurs autres sociétés : il se faisait une fierté de n'avoir jamais pris la mer. Les deux hommes s'étaient rencontrés à Verslunarskoli, l'École de commerce. Sigurvin avait réussi à convaincre Hjaltalin d'acheter un bateau avec lui. Jeunes, résolus et entreprenants, ils en avaient bientôt acquis un deuxième puis un troisième et fondé cette pêcherie. Hjaltalin avait accepté de revendre ses parts à son associé quand ce dernier le lui avait demandé. Ils avaient rédigé un contrat qu'il avait signé. Quelque temps plus tard, il avait accusé Sigurvin de l'avoir spolié. Selon lui, ce dernier avait volontairement sous-estimé la valeur de l'entreprise, appelée à beaucoup s'accroître pour peu qu'il la gère correctement puisque le gouvernement avait instauré un système des quotas limitant l'accès aux zones de pêche. Hjaltalin avait eu des regrets quand il s'était renseigné sur ce nouveau système : les experts qu'il avait consultés lui avaient laissé entrevoir des perspectives d'évolution autrement plus optimistes que celles dont lui avait parlé Sigurvin. Il avait eu tort de faire confiance à son vieil ami. Sigurvin avait nié toute tentative de spoliation. Les affaires étaient les affaires. Hjaltalin avait signé ce contrat, personne ne l'avait forcé.

Plusieurs témoins avaient déclaré que les deux hommes étaient en froid depuis lors. Hjaltalin était souvent venu au bureau de Sigurvin pour se disputer violemment avec lui, claquant les portes et le menaçant violemment, il l'avait même guetté sur le parking.

– Méfie-toi ! avait-il vociféré lors de sa dernière visite. Je te conseille de prendre garde, espèce d'ordure ! Je ne permets à personne de me traiter comme ça !

Cela remontait à trois semaines avant la disparition. La dernière fois qu'on avait aperçu Sigurvin, le soir du jour où il avait parlé à sa sœur au téléphone, un de ses employés l'avait vu discuter sur le parking de l'entreprise avec un homme dont il avait confirmé par la suite qu'il s'agissait bien de Hjaltalin. Konrad avait fini par retrouver ce témoin qui n'avait pas voulu venir au commissariat et avait préféré rester discret, étant connu des services de police et ayant purgé plusieurs peines de prison pour vols et autres délits. Ce dernier avait rapporté à ses amis ce qu'il avait entendu et l'un d'eux avait contacté la police pour l'informer que l'ancien associé de Sigurvin avait proféré des menaces de mort.

L'employé n'avait entendu que la fin de la conversation. Hjaltalin avait haussé le ton et brandi le poing avant de s'en aller, furieux :

— … tu m'entends… je vais te tuer, espèce d'ordure… !

6

Konrad entra par le grand portail bleu, gara sa jeep, descendit de voiture et observa quelques instants la prison de Litla-Hraun, cette imposante bâtisse blanche à plusieurs pignons dont l'architecture imitait les anciennes fermes islandaises.

Il alla boire un café dans le bureau du directeur qu'il connaissait bien. Les deux hommes discutèrent de l'incroyable découverte et du recul des glaciers en se demandant s'ils abritaient d'autres secrets dans leurs profondeurs.

– L'avenir le dira, conclut le directeur en accompagnant Konrad vers la section réservée aux prisonniers en détention provisoire. Je ne pense pas que Hjaltalin restera longtemps ici. La cour suprême est en train d'examiner le mandat de dépôt. J'imagine qu'ils vont bientôt le remettre en liberté.

– Je suis surpris qu'on l'ait incarcéré sans aucune preuve.

– Il a tenté de s'enfuir à l'étranger.

– C'est vrai.

– Tu es au courant pour la maladie ?

– La maladie ? De qui ?

– De Hjaltalin. Son arrivée ici ne l'a pas arrangé.

– Je ne savais pas. Qu'est-ce qu'il a ?

– Il vient de subir une chimio pour un cancer de la gorge. Il s'agit aussi d'une question d'humanité. Il est alité depuis son arrivée. Il faut éviter de le fatiguer. Il a demandé à te parler dans sa cellule, ce sera moins épuisant pour lui que d'être assis dans une salle d'interrogatoire. On a consenti à faire une exception. Je croyais que Marta et les autres t'en avaient informé.

– J'ignorais tout ça. Mais dis-moi, c'est grave ? Il s'en remettra ?

– Je ne sais pas.

Les deux hommes se quittèrent à la porte du couloir. Un gardien accompagna Konrad à la cellule. Les deux policiers de la Criminelle qui l'accompagnaient le laissèrent entrer seul. L'avocat de Hjaltalin était absent. D'un point de vue administratif, Konrad avait été engagé à court terme pour participer à l'enquête. Son entrevue avec le suspect devait rester secrète.

Le gardien ouvrit la cellule, invita Konrad à y entrer et referma consciencieusement la porte. Le bruit de ses pas décrut dans le couloir.

Hjaltalin reposait sur le lit rivé au sol et installé le long du mur de la cellule meublée d'une chaise et d'un petit bureau, équipée d'un lavabo et de toilettes. La lumière blafarde filtrait entre les barreaux de la fenêtre et tombait sur le lit. Une vieille bible à la couverture usée et à la reliure élimée était posée sur le bureau. Une odeur de détergent flottait dans l'air.

– On m'a dit pour votre maladie, annonça Konrad. Ils n'auraient pas dû vous mettre ici.

Hjaltalin se contenta de sourire sans même se redresser. Allongé une main derrière la tête, les yeux mi-clos, il regardait Konrad, presque indifférent à sa visite. C'était pourtant lui qui avait exigé cette rencontre. Si on faisait abstraction d'un événement que Konrad préférait oublier, les deux hommes ne s'étaient pas revus depuis des dizaines d'années. Il lui fallut quelques instants pour le reconnaître. Hjaltalin avait beaucoup vieilli et maigri. Konrad supposait que c'était à cause de la maladie. La chimio lui avait fait perdre ses cheveux, ce qui accentuait encore le bleu de ses yeux exorbités, la longueur de son visage émacié et son teint hâve. Son crâne était pour ainsi dire blanc comme neige. Il ressemblait à un vieil albinos.

– Ils s'en fichent éperdument. Vous avez l'air en forme, répondit tout bas Hjaltalin, la voix rauque et granuleuse.

– Ils ont eu peur que vous ne preniez la fuite.

– Ils enregistrent notre conversation ?

– Pas que je sache.

Konrad approcha la chaise et s'installa à côté du lit.

– J'étais sûr qu'ils m'attraperaient, je voulais m'en aller.

– En Thaïlande, c'est bien ça ?

– C'est un pays sublime, répondit Hjaltalin en levant les yeux. Je ne voulais pas me retrouver encore une fois en cellule.

– Je ne crois pas qu'ils enregistrent notre conversation. En revanche, ils me demanderont ce que vous m'avez dit. Apparemment, vous ne voulez parler à personne, pas même à votre avocat.

– Dès que j'ai su qu'on avait retrouvé le corps de Sigurvin, j'ai filé à l'aéroport international de Leifsstöd. J'ai pris un billet pour Londres et un autre pour la Thaïlande. Mais ils ont été sacrément rapides. J'étais déjà dans l'avion. Vous le saviez ?

– Non, répondit Konrad.

– Selon eux, ma tentative de fuite était la preuve de ma culpabilité. Si j'avais été innocent, je n'aurais pas essayé de quitter le pays. Or si j'ai fui, c'est justement parce que je n'ai rien fait. Je voulais échapper à tout ça. À cette cellule. À toutes ces conneries. Je voulais seulement mourir en paix. C'est... c'était seulement ça.

– Vous avez déclaré à la police que ce départ précipité était une simple coïncidence. Vous trouvez ça crédible ?

Hjaltalin ferma les yeux.

– Konrad, je vous dis la vérité. Depuis le début de cette histoire, jamais je ne vous ai menti.

– Bien sûr.

Trente ans plus tôt, les enquêteurs n'avaient pas tardé à découvrir chez Hjaltalin une tendance prononcée et presque maladive au mensonge. Ils l'avaient plus d'une fois surpris en flagrant délit. Il affirmait telle ou telle chose qu'il démentait ensuite, se contredisant régulièrement. Ces arrangements avec la réalité ne lui posaient visiblement aucun problème et il en abusait, ce qui entravait l'enquête et brouillait les pistes.

– Je suis désolé de vous voir si gravement malade, poursuivit Konrad.

– Merci.

– Vous trouvez raisonnable de partir en Asie dans cet état ?

– Je voulais essayer les médecines parallèles pratiquées là-bas. J'avais trouvé un médecin qui... évidemment, vous ne me croyez pas.

– Pourquoi vouliez-vous me voir ?

– Vous me comprenez.

– Je ne suis pas... je ne pense pas que quiconque puisse comprendre...

– Konrad, vous savez ce que ça fait d'être dans cette situation, dans ma situation ? Vous avez une idée de ce qu'on ressent ? Est-ce que vous pouvez l'imaginer ?

– Non, je n'ai jamais vécu ça.

– Cette histoire me poursuit depuis toujours, depuis ma jeunesse. Simplement parce que j'aurais menacé Sigurvin. Parce que je lui aurais crié je ne sais quoi sur un parking et qu'un témoin, un individu par ailleurs peu recommandable, m'aurait entendu.

– Effectivement.

Hjaltalin fixait le plafond.

– Les médecins me conseillent de parler le moins possible pour éviter de fatiguer ma voix. Mon cancer s'est propagé. Ils pensaient que ça n'arriverait pas, mais c'est arrivé.

– Vous ne pensez pas que vous devriez profiter de l'occasion pour soulager votre conscience au cas où le pire arriverait ?

– Soulager ma conscience ? Comment ça ? Je n'ai rien fait. Et je sais que vous me croyez. Vous étiez le seul à avoir des doutes. Vous avez toujours eu des doutes sur ma culpabilité.

Le témoin, bien connu des services de police, avait fourni de l'homme qu'il avait vu sur le parking un signalement précis correspondant à Hjaltalin. La police était allée chez le suspect qui avait catégoriquement nié avoir menacé Sigurvin. On lui avait proposé de prouver son innocence en venant au commissariat pour procéder à une identification. Il n'avait pas hésité une seconde. Bien sûr que oui, avait-il dit.

– C'est lui, avait déclaré le témoin en le voyant parmi les autres.

– Vous en êtes sûr ?

– Oui.

– Vous ne voulez pas vérifier ? On a tout notre temps.

– C'est bien lui, avait assuré le témoin.

Hjaltalin n'avait pas pu rentrer chez lui. On l'avait placé en cellule en lui suggérant de contacter un avocat. Il avait vigoureusement protesté, arguant qu'il était venu au commissariat de son plein gré et qu'il s'agissait d'un malentendu. Sûr de lui, le témoin avait donné l'heure précise de la dispute entre les deux hommes. Les policiers avaient demandé au suspect où il se trouvait à ce moment-là. Il avait répondu ne pas s'en souvenir. Quand on lui avait à nouveau posé la question, un peu plus tard, il avait donné le nom d'une jeune femme qui pourrait confirmer qu'au moment en question, ils étaient tous les deux chez lui. La police avait immédiatement retrouvé la jeune fille. Konrad l'avait interrogée au commissariat. Vendeuse dans une boutique de vêtements dont Hjaltalin était propriétaire, elle fréquentait son patron depuis quelque temps. Elle avait d'abord confirmé la version de son petit ami, mais Konrad l'avait sentie sur ses gardes. C'était la première fois qu'elle était convoquée au commissariat pour y être interrogée sur une disparition voire un meurtre dont les journaux parlaient constamment. En outre, n'ayant jamais eu affaire à la police, elle se demandait ce qui lui arrivait. Mais il y avait autre chose. Cet élastique qu'elle faisait constamment tourner entre ses doigts. Son regard fuyant, ses coups d'œil réguliers vers la porte fermée et ses questions répétées : est-ce que c'est bientôt fini ? Au bout de deux heures, elle avait fini par avouer qu'elle avait effectivement rendu visite à Hjaltalin, mais qu'elle était repartie en même temps que lui et qu'elle ignorait où il était allé ensuite. L'heure correspondait à celle de la dispute du parking. Plus tard, Hjaltalin l'avait appelée en lui demandant de dire qu'elle avait passé toute la soirée chez lui au cas où on lui poserait des questions – ce qui semblait peu probable.

– Quand ? avait demandé Konrad à la jeune femme qui passait son temps à tripoter son élastique.

– Quoi donc ?

– Quand est-ce qu'il vous a appelée pour vous demander ça ?

– Hmm, quelques jours plus tard.

– Après le début des recherches ?

– Oui.

– Vous en êtes sûre ? C'était bien après le début des recherches ? C'est très important.

– Oui, c'était après.

– Qu'est-ce qu'il vous a dit ? Où allait-il ce soir-là ? avait demandé Konrad.

– Voir un ami.

Konrad l'avait dévisagée.

– Un ami ?

– Oui.

– Sigurvin ?

– Je n'en sais rien. Il a juste parlé d'un ami.

– Je ne comprends pas. Est-ce qu'il avait rendez-vous avec Sigurvin ou avec un autre ami ?

– Je n'en sais rien. Je n'ai pas bien entendu ce qu'il a dit.

Selon l'avocat qui exigeait qu'on libère son client, la raison pour laquelle ce dernier avait demandé à la jeune fille de mentir était évidente. Hjaltalin craignait qu'on ne le soupçonne à cause de la querelle qui l'opposait à Sigurvin et il avait voulu se protéger. C'était maladroit, pour ne pas dire stupide, mais c'était également humain et compréhensible. S'il avait demandé à cette jeune fille de lui servir d'alibi avant le début des recherches, les choses auraient été tout à fait différentes. Dans ce cas, on aurait pu imaginer qu'il était à l'origine de la disparition de Sigurvin.

L'horaire fourni par la vendeuse indiquait que Hjal-talin avait eu le temps de se rendre à l'entreprise de Sigurvin pour le voir. Tout à coup, le suspect avait modifié sa version. Voilà qu'il s'était souvenu être allé sur ce parking avant de rendre visite à une femme dont il refusait de dévoiler l'identité, cette dernière étant mariée.

Konrad fixait la bible sur le bureau en se demandant s'il arrivait au détenu de l'ouvrir et s'il connaissait ce passage de l'Évangile de Luc : « Celui qui est fidèle dans les petites choses sera fidèle aussi dans les grandes ; et celui qui est injuste dans les petites choses sera injuste aussi dans les grandes[*]. »

– Je la lis tous les jours, précisa le prisonnier en voyant Konrad fixer le livre. Cela m'aide beaucoup.

---

[*] Luc 16 : 10, traduction Lemaître de Sacy.

7

Hjaltalin s'était apparemment endormi. Il avait fermé les yeux et sa respiration avait ralenti. Silencieux tout près de son lit, Konrad se disait qu'il n'avait plus longtemps à vivre. Extrêmement pâle, il semblait très fatigué. Son teint grisâtre était le signe que la maladie allait gagner.

– Vous pensez au passé ? demanda Hjaltalin d'une voix rauque, sans ouvrir les yeux. Il m'arrive souvent de songer à cette garde à vue d'il y a trente ans. C'est un très mauvais souvenir.

– Vous vous en êtes plutôt bien tiré, répondit Konrad. La police veut savoir comment vous avez fait pour l'emmener sur ce glacier. On vous a arrêté deux semaines après la disparition, ce qui vous a laissé plus de temps qu'il n'en faut pour cacher le corps.

Hjaltalin ouvrit les yeux et fixa longuement le plafond avant de se redresser pour s'asseoir sur le bord du lit. Il prit son visage dans ses mains et soupira profondément puis caressa son crâne dénudé et regarda Konrad.

– Je n'ai jamais posé le pied sur aucun glacier, murmura-t-il d'une voix épuisée. Konrad, arrêtez ça. Je n'en ai plus pour longtemps.

– Vous aviez une jeep à l'époque.

– Tout le monde en avait une. Vous n'avez pas le droit de me faire une chose pareille. C'est vous qui étiez censé résoudre cette enquête. Konrad, regardez ce que vous m'avez fait. C'est comme si vous m'aviez tué. Je n'ai pas eu de vie. Tout le monde me regarde comme si j'étais un assassin. Tout le monde pense que je l'ai tué. Les gens me dévisagent et… vous imaginez ce que ça fait, Konrad ? Vous imaginez ce que ça fait de vivre avec ça ? De vivre un tel enfer. C'était à vous de trouver le meurtrier. Vous n'êtes qu'un minable. Vous et vos collègues, vous n'êtes que des incapables. Tous autant que vous êtes. Un tas de pauvres incapables.

Konrad mesurait l'épuisement de Hjaltalin dont il écoutait la colère en silence. Il le plaignait. Sa vie n'avait pas été une partie de plaisir depuis l'instant où la police l'avait arrêté.

– Et qu'en est-il de cette femme avec qui vous prétendiez avoir passé la soirée, cette femme mariée dont vous n'avez jamais voulu nous donner le nom…

– Elle n'a aucune importance.

– Parce qu'elle n'a jamais existé, rétorqua Konrad. Pourquoi vous entêter dans ces bêtises ? Vous vous êtes disputé avec Sigurvin, vous l'avez menacé, vous l'avez suivi et épié, vous avez attendu que l'occasion se présente et vous l'avez agressé à côté des réservoirs d'eau chaude sur la colline d'Öskjuhlid.

Hjaltalin le défia du regard.

– Vous avez dit que vous me croyiez.

Konrad se leva, jugeant cette conversation inutile.

– J'ai dit que j'avais des doutes. J'aurais dû m'abstenir. Vous n'auriez pas dû m'écouter. Aujourd'hui encore, vous êtes le seul suspect. Rien n'a changé. Et votre tentative de fuite ne joue pas en votre faveur.

– Toujours est-il que vous avez dit ça.

Hjaltalin avait maintes fois supplié la police de creuser d'autres pistes, ce que, de son côté, elle considérait avoir suffisamment fait. Tous les indices menaient à lui. Un jour, épuisé après de longues heures d'interrogatoire, Konrad avait eu la mauvaise idée de lui laisser entendre qu'il n'était pas impossible qu'il soit innocent et que la police n'avait peut-être en effet pas assez exploré les autres pistes. Hjaltalin en avait profité.

– Pourquoi m'avoir fait venir ici ? demanda Konrad. Vous n'avez rien à me dire. Vous me servez toujours la même rengaine.

– Vous êtes le seul à qui je peux parler. Je vous connais. À l'époque, on discutait parfois d'autres choses que de ce maudit Sigurvin.

– Beaucoup d'eau a passé sous les ponts depuis.

– Je pensais qu'on était amis.

– Eh bien, vous vous trompez.

– Ah bon ?

– Désolé. Non, je ne suis pas votre ami, et vous le savez parfaitement. Je me demande ce que vous essayez de faire mais…

Hjaltalin eut comme un mouvement de recul. Konrad l'avait blessé.

– Vous… vous vous imaginez supérieur à tout le monde ? Vous n'êtes même pas capable de résoudre une simple enquête !

– On ferait mieux de mettre fin à cette conversation. J'espère que vous ne souffrez pas trop et que vous guérirez bien vite… je suis désolé de vous voir si gravement malade, mais je ne peux rien faire pour vous. Malheureusement. Par conséquent…

– Est-ce que ce crétin de Leo travaille toujours dans la police ?

– Leo ? Oui, pourquoi ?

– C'est une véritable ordure. Il a tout fait pour me briser. Il passait son temps à répéter que je n'étais qu'un menteur, que j'étais coupable.

– Une ordure ? C'est ce que vous disiez de nous tous.

– Pas de vous.

Hjaltalin fixa longuement Konrad de ses yeux bleu clair qui étaient comme deux îlots de fraîcheur sur son visage dévasté.

– Je pensais à votre père quand vous êtes arrivé, reprit-il.

– Vous n'allez quand même pas recommencer avec ça ?

– D'après vos collègues, ce n'était pas un enfant de chœur. Vous vous en souvenez ? Ils me l'ont décrit comme un vrai salaud.

Konrad sourit. Hjaltalin lui avait régulièrement parlé de son père pendant les interrogatoires à la prison de Sidumuli. Un des gardiens avait dû lui raconter l'histoire et Hjaltalin la remettait sur le tapis à tout bout de champ.

– J'ai toujours été flatté de l'intérêt que vous portez à ma personne, ironisa Konrad.

– Vous avez dû avoir un choc quand on l'a assassiné, reprit Hjaltalin. J'imagine que c'était très difficile. Vous étiez proches ? Ou c'était réellement un salaud sans intérêt comme me l'ont dit les gardiens de la prison de Sidumuli ? Vos collègues. Vos amis. Apparemment, il battait votre mère. C'est vrai ? Vous avez assisté à ça ?

Konrad ne répondit rien.

– D'après eux, ce n'était qu'un minable.

– Tout cela ne vous regarde pas, le rabroua Konrad.

– Ils disaient qu'il n'avait sans doute pas volé les coups de couteau qu'il a reçus à côté des abattoirs. C'est votre avis ? Vous pensez qu'il le méritait étant donné ce qu'il avait fait subir à votre mère ?

– Hjaltalin, où voulez-vous en venir ?

– J'espérais que vous n'étiez pas comme lui, que vous n'étiez pas un salaud comme lui.

– Bon, prenez soin de vous ! conclut Konrad, sur le point de partir. Tout ça ne m'intéresse pas.

– À votre avis, est-ce qu'on peut en sortir indemne après avoir fréquenté ce genre de type ? Après avoir vécu ces choses-là ? Est-ce que vous tenez de lui ? Est-ce qu'il y aurait en vous un petit diablotin ?

– Au revoir.

– Vous n'avez jamais su pourquoi on l'a poignardé, n'est-ce pas ? s'entêta Hjaltalin, refusant de laisser Konrad s'en tirer à si bon compte. Vous deviez pourtant avoir envie de savoir. En tout cas, au début. Mais après ? Vous avez réagi comment, voyant que vous ne trouviez aucune réponse ? Vous avez laissé tomber ? Ça n'avait plus d'importance ? Il n'en valait pas la peine ? Ce n'était qu'un pauvre type et une ordure ?

Konrad ne se laissait pas désarçonner par cette pluie de questions.

– C'est bien ça ? poursuivit Hjaltalin. Il n'en valait pas la peine ?

– Bon, je m'en vais. Vous recommencez à raconter n'importe quoi, comme d'habitude.

– Konrad, vous êtes mon ami. Vous avez beau le nier et le refuser, vous avez beau vous en défendre, mais vous êtes mon seul ami dans tout ce bordel. Et vous l'avez toujours été. Vous comprenez les gens comme moi. Les gens comme moi et votre père. Je le reconnais, j'ai mes défauts. Mais je n'ai pas tué Sigurvin. Ce n'est pas moi !

Hjaltalin se recoucha.

– Je voudrais vous demander un petit service, reprit-il. Tant qu'il me reste encore un peu de temps à vivre. Je vous supplie de trouver celui qui a fait ça.

– Justement, mes anciens collègues sont persuadés de tenir le coupable.

– Ce n'est pas moi, répéta Hjaltalin. Jamais je ne monterais sur un glacier, Konrad. Posez la question à n'importe qui. Jamais.

– Vous auriez pu demander à quelqu'un de le faire pour vous, par exemple à une personne que vous auriez mêlée à cette affaire.

Hjaltalin ne répondit pas. Pour l'instant, on ignorait si Sigurvin était mort sur le glacier ou si l'assassin y avait transporté le corps. La première hypothèse était la moins probable. Sigurvin n'était pas spécialement adepte du camping ni des excursions sur les glaciers. On n'avait trouvé chez lui aucun équipement qui suggère qu'il s'y intéressait. Il possédait une paire de skis, comme pas mal de gens à Reykjavík, mais ne s'en servait que pour des sorties dans le massif de Blafjöll, tout près de la capitale. Sa jeep n'était pas équipée pour affronter les glaciers et il n'avait jamais eu de motoneige. La seconde hypothèse était par conséquent plus probable : son corps avait sans doute été apporté sur le Langjökull par son assassin.

– Pourquoi choisir un glacier ? demanda Konrad. Vous auriez sans doute pu trouver un meilleur endroit pour vous débarrasser du corps. Un glacier n'efface pas les preuves. Il les conserve, tout comme il conserve le cadavre. J'ai vu Sigurvin. On dirait qu'il est mort hier. La glace ne l'a pas abîmé. Au contraire. On dirait que ces trente années n'ont eu aucune prise sur lui.

Hjaltalin sourit tristement.

– Vous voulez bien me rendre ce service ?

– Je ne suis plus policier, répondit Konrad. Je suis venu ici à votre demande. J'étais un peu curieux, j'avais envie de savoir si vous aviez changé. Mais je suis bien peu payé en retour.

– Je veux que vous me laviez de ces soupçons une bonne fois pour toutes, répondit Hjaltalin d'une voix si basse qu'on l'entendait à peine. Vous me voyez ? Regardez-moi ! Je veux que vous m'innocentiez ! Vous n'avez jamais réussi à me faire porter le chapeau et vous n'y parviendrez pas aujourd'hui. Ce n'est pas moi qui l'ai mis sur ce glacier. C'était quelqu'un d'autre, mais pas moi.

Il se redressa sur son lit et fixa Konrad.

– Ce n'était pas moi !

– Au revoir.

– Si vous trouvez l'assassin, faites-lui payer, conclut Hjaltalin en s'effondrant sur le lit. Vous voulez bien faire ça pour moi ? Débrouillez-vous pour lui faire payer l'enfer qu'il a fait de ma vie…

Konrad était soulagé de retrouver l'air libre. Il s'était senti de plus en plus mal à l'aise enfermé dans cette cellule. Le visage hâve et malade de Hjaltalin n'arrangeait rien. Il avait consigné un résumé de leur entretien dans un rapport puis était tranquillement reparti vers chez lui en traversant la bourgade de Selfoss. Le temps était clair. En un rien de temps, il s'était retrouvé sur la lande de Hellisheidi, avait dépassé les éternelles volutes de vapeur de l'usine de géothermie puis aperçu Reykjavík au loin. Il n'arrêtait pas de penser à cette visite, à cette voix rauque et épuisée, au visage de Hjaltalin, marqué par la mort imminente, et aux paroles du gardien quand il lui avait demandé si le prisonnier lisait la Bible.

– Je ne l'ai jamais vu l'ouvrir, avait-il répondu, contredisant l'affirmation du détenu. Il m'a dit qu'elle ne lui était d'aucun secours.

Konrad pensait encore à tout cela quand il se coucha, peu après minuit. Il pleuvait à seaux. Il ignorait qui avait parlé à Hjaltalin du destin tragique de son père pendant sa garde à vue, trente ans plus tôt. Le suspect s'était mis à l'interroger à tout bout de champ sur le sujet. Au début, il l'avait fait de manière hésitante, mais il n'avait pas tardé à prendre de l'assurance et, pour finir, il lui en parlait chaque fois qu'ils se voyaient. Hjaltalin avait trouvé son point faible.

– À votre avis, pourquoi on l'a tué ? demandait-il. Vous n'avez jamais essayé de le découvrir depuis que vous travaillez dans la police ? Quelles étaient vos relations ? C'était un bon père ? Il était plus gentil avec vous que ne l'était votre mère ?

Éludant d'abord ces questions, Konrad avait fini par céder et par lui raconter ce qu'il savait sur la mort de son père, au cas où cela permettrait de le faire parler. Konrad avait dix-huit ans à l'époque du meurtre. Il avait expliqué à Hjaltalin que son père avait reçu deux coups de couteau et que la police n'avait jamais retrouvé l'arme du crime ni l'assassin. Les journaux avaient abondamment parlé de l'affaire, Konrad s'était contenté de résumer ce qu'il y avait lu. Alors que sa garde à vue touchait à sa fin, Hjaltalin avait voulu en savoir plus, il lui avait demandé ce qu'il avait ressenti et pourquoi ses parents étaient séparés. Konrad avait refusé de lui répondre.

– Et vous êtes devenu policier, avait souligné Hjaltalin quand on l'avait relâché. Vous, le fils de cet homme. Ça ne vous semble pas étrange ? Vous trouvez ça logique ?

Konrad se tournait dans son lit en essayant de penser à autre chose. Il finit par s'endormir, mais le sommeil ne lui apporta aucun répit. Il vit en rêve le visage pâle comme un linge et les yeux bleus de Hjaltalin qui le fixaient. Au milieu de la nuit, il se réveilla en sursaut, ruisselant de sueur et en proie à un sentiment désagréable.

Quelques jours après leur entrevue à la prison de Litla-Hraun, la Cour suprême décida qu'il n'y avait aucun motif de prolonger la détention de Hjaltalin.

Deux semaines plus tard, Konrad apprit qu'il était décédé au service de cancérologie de l'Hôpital national.

Jusqu'à ses derniers instants, il avait nié être l'assassin de Sigurvin.

8

Les puissantes dépressions de l'automne défilaient sur l'Atlantique Nord, traversant l'Islande avec leur lot de pluies et de tempêtes qui faisaient baisser les températures. Depuis que Konrad était à la retraite, les journées lui semblaient deux fois plus longues, surtout en cette saison. Le monde était comme en apesanteur. Les minutes s'étiraient et devenaient des heures, le temps avançait lentement, libéré du carcan des habitudes. Journées et nuits de travail. Pauses déjeuner. Heures supplémentaires. Réunions. Pauses café. Jours fériés. Ouvrés. Tout cela se confondait en un long samedi. Sa vie n'était plus qu'un interminable jour de congé.

De temps à autre, il allait dîner chez son fils et passait la soirée avec lui. Il lisait les journaux, des livres, naviguait sur le Net, allait dans les musées, au cinéma, au théâtre, flânait dans les librairies d'occasion, faisait tout ce qu'il était persuadé de ne pas avoir eu le temps de faire tant qu'il avait un rôle à jouer dans la société. Il avait souvent l'impression d'être un touriste en ville. Du reste, il lui était arrivé plus d'une fois de se mêler à eux dans un musée ou alors qu'il descendait la rue Skolavördustigur. Brusquement, il n'entendait plus que du suédois autour de lui. Deux fois, on lui avait adressé la parole en français alors qu'il faisait la queue devant un restaurant. C'était ce qui arrivait quand on se promenait en ville aux heures où tout le monde travaillait.

Désormais, le temps se mesurait en saisons. Konrad préférait le printemps. Les jours rallongeaient, le soleil montait toujours plus haut, la végétation se réveillait, les oiseaux migrateurs revenaient et la ville reprenait vie après l'hiver. Avec Erna, sa femme, ils avaient toujours voyagé en Islande l'été et certains lieux leur étaient devenus chers. L'un d'eux était le Thakgil, au pied du Myrdalsjökull, tout près du volcan Katla. Ils essayaient d'y aller tous les ans. Konrad n'aimait pas l'automne, le soleil déclinait, le vent balayait les feuilles mortes dans les rues. L'hiver était cette saison immobile, passée dans l'attente que le soleil daigne se hisser un peu plus haut dans le ciel.

Une dépression de plus, assortie de violentes bourrasques et d'une pluie battante, se déversait sur la ville. Konrad s'installa dans le bureau de Marta au commissariat de Hverfisgata pour l'interroger sur les dernières heures de Hjaltalin. Après mûre réflexion, il l'avait appelée en lui demandant s'il pouvait passer la voir. Volontiers, avait-elle répondu. Konrad ne venait pas souvent au commissariat depuis qu'il était à la retraite. Il ne connaissait pas les nouvelles recrues, mais ses anciens collègues le saluèrent chaleureusement en lui demandant comment il allait et en lui disant que cette société courait à sa perte, mais que ce n'était pas nouveau.

Marta, une quadragénaire bien en chair à la peau étonnamment mate et dotée d'une tête imposante, avait le plus souvent les cheveux en bataille. Ses goûts vestimentaires, hautement discutables, se résumaient aux pantalons larges et aux tuniques informes. Il était rare qu'elle mette du rouge à lèvres ou qu'elle se parfume. Elle avait longtemps vécu avec une femme originaire des îles Vestmann, mais était célibataire depuis leur séparation. Ses collègues la surnommaient ironiquement Marta l'Élégante.

– Hjaltalin et Sigurvin ont été inhumés à une semaine d'écart, dit-elle en tendant à Konrad un café dans un gobelet en plastique. C'est étrange, tu ne trouves pas ? L'un est décédé récemment et l'autre il y a trente ans.

– Vous ne m'aviez pas dit que Hjaltalin était malade.

– Non. Tu trouves que j'aurais dû te prévenir ?

– Il était en piteux état.

– On ne savait pas qu'il lui restait si peu de temps.

– Vous avez trouvé des indices sur le glacier ?

– Aucun. Je crois que nous allons définitivement classer cette affaire.

– Hjaltalin n'a jamais avoué ?

– Non.

– Dans ce cas, pourquoi clore l'enquête ?

– Ce n'est pas à moi d'en décider. Les chefs pensent que ça dure depuis trop longtemps.

– Il m'a demandé de trouver l'assassin.

– Il était tenace. Qu'est-ce que tu lui as dit ?

– Que j'étais à la retraite.

Sous le sceau de la confidence, Svanhildur, la légiste, avait informé Konrad que, comme elle l'avait supposé dès le début de l'autopsie, Sigurvin était mort d'un traumatisme crânien. Son assassin lui avait asséné derrière la tête deux coups qui lui avaient broyé les os du crâne. À en juger par l'état de ses mains, Sigurvin n'avait pas tenté de se défendre. Ses ongles étaient propres et soigneusement taillés. Il était récemment allé chez le coiffeur. Il avait fallu attendre que ses organes internes décongèlent pour les examiner. Svanhildur avait eu tellement froid aux doigts en procédant à l'autopsie qu'elle avait dû les tremper régulièrement dans un récipient d'eau chaude posé à côté d'elle. Le contenu de l'estomac de Sigurvin révélait qu'il avait mangé peu avant sa mort, un hamburger et des frites, sans doute dans un fast-food. On n'avait rien retrouvé d'autre dans ses poches que les clefs de sa maison et son portefeuille. On supposait qu'il était passé chez lui après sa journée de travail et l'altercation sur le parking et qu'il avait enlevé son costume pour enfiler des vêtements plus confortables avant de reprendre sa voiture pour aller acheter à manger et monter vers les réservoirs d'eau chaude au sommet de la colline d'Öskjuhild. Au plus fort des recherches, la police s'était démenée en vain pour trouver des témoins qui l'auraient aperçu dans un fast-food ou une station-service.

L'enquête avait révélé qu'il menait une existence tranquille et qu'il n'avait aucun contact avec le monde de la délinquance, des cambrioleurs et des encaisseurs, et encore moins avec des criminels de grande envergure. Il dirigeait convenablement son entreprise et employait un tas de gens qui ne disaient que du bien de leur patron. On ignorait ce qu'il était allé faire à côté des réservoirs. À l'époque, ces derniers étaient vides et abandonnés, mais ils avaient longtemps servi à alimenter la ville en eau chaude. À l'époque où Sigurvin avait disparu, les enfants en avaient fait un de leurs terrains de jeu. Ils y dessinaient des graffitis ou les escaladaient, certains s'enhardissaient même jusqu'à monter au sommet, ce qui était très dangereux.

– En résumé, il aurait eu rendez-vous avec quelqu'un à côté des réservoirs puis il aurait accompagné cette personne sur le glacier – si c'est bien là-bas qu'il a été tué ? demanda Konrad.

– Oui, mais il ne portait pas la tenue adéquate, répondit Marta. Celui qui l'accompagnait aurait dû lui prêter des vêtements chauds et les lui retirer ensuite, ce qui me semble vraiment tiré par les cheveux.

– Sigurvin a disparu en février, vêtu d'une simple chemise et d'une veste d'été, ce qui implique qu'il ne pensait pas rester longtemps dehors.

– En outre il était en baskets, comme s'il n'avait même pas prévu de descendre de voiture, et donc encore moins d'aller sur un glacier. Le soir où on l'a vu pour la dernière fois, le temps était plutôt clément. Il avait beaucoup neigé depuis le début de l'année, puis la température avait remonté avant une nouvelle vague de froid. Au moment où il a disparu, les rues étaient vierges de neige. Tu t'en souviens ?

– Il est possible que son assassin l'ait enlevé. Il monte dans une jeep et découvre tout à coup qu'on l'emmène sur un glacier. S'ensuit une altercation où il reçoit un coup sur la tête. À moins qu'il ne soit allé là-bas de son plein gré ?

– D'après les résultats de l'autopsie, il était déjà mort. Le corps avait commencé à se raidir et les tissus à se décomposer.

– Mais pourquoi l'emmener sur un glacier ? Qu'est-ce qu'il y a de particulier sur le Langjökull ? Pourquoi l'a-t-il caché à cet endroit ?

– Tu parles de Hjaltalin ? Je n'en sais rien.

Konrad haussa les épaules. Il se rappelait quand on avait retrouvé la voiture. La police avait publié un avis de recherche et n'avait pas tardé à recevoir un appel téléphonique signalant la présence d'une jeep Cherokee rouge au sommet de la colline d'Öskjuhlid. Konrad pensait souvent à ce véhicule car il avait envie d'avoir une voiture comme celle-là, il la trouvait belle et suffisamment spacieuse, équipée d'options séduisantes parmi lesquelles la commande de la boîte de vitesse à partir du volant. Cela dit, même s'il avait eu les moyens de se l'offrir, il n'aurait pas opté pour la couleur rouge mais plutôt pour le blanc. C'était au bout du chemin de graviers montant aux réservoirs qu'on avait découvert la jeep abandonnée. On avait passé la colline et les environs au peigne fin en se servant de chiens policiers dans l'espoir d'y trouver Sigurvin, mais en vain. Il y avait sur le chemin et à côté des réservoirs un tas de traces de pneus, la Scientifique avait relevé celles qui se trouvaient à proximité immédiate de la jeep. On n'avait trouvé ni traces de lutte ni traces de pas sur le chemin. Le sommet de la colline d'Öskjuhlid offrait un point de vue panoramique sur la ville. On y embrassait du regard le golfe de Faxafloi, le glacier de Snaefellsjökull, la lande de Hellisheidi, le massif montagneux de Blafjöll, le mont Esja et le cap de Reykjanes.

– Vous êtes allés voir Hjaltalin à l'hôpital ? s'enquit Konrad en finissant son café, constatant que le goût du breuvage ne s'était pas amélioré depuis son départ.

– Non, répondit Marta. Son état s'est gravement détérioré pendant sa détention. En réalité, dès qu'on l'a libéré, il est entré à l'hôpital. Son médecin ne pensait pas que ça irait si vite.

– Il a dû avoir un sacré choc en apprenant qu'on avait retrouvé Sigurvin après tout ce temps.

– J'imagine que oui.

– Mais il ne m'en a pas parlé quand je suis allé le voir. Il était allongé sur son lit, calme et résigné. Évidemment, dans son état, il avait d'autres chats à fouetter.

– Il ne t'a rien appris de nouveau ?

– Non, il m'a répété qu'il était innocent.

– Et tu comptes faire quoi de cette information ?

– Je ne peux rien en faire, répondit Konrad. Ce n'est pas de mon ressort.

– Il t'a demandé de l'aider ?

– Oui.

– Et ?

– Il n'y a pas de *et*. C'est toi qui lui as demandé où étaient les clefs de la voiture de Sigurvin ?

– Il n'en savait rien, répondit Marta. Et toi, tu lui as posé la question ?

– J'ignorais qu'on ne les avait pas retrouvées sur le corps. Svanhildur n'avait pas encore terminé l'autopsie quand je suis allé voir Hjaltalin. Sigurvin avait sur lui son portefeuille et les clefs de sa maison, mais pas celles de sa voiture. Tu ne trouves pas ça bizarre ? Qui a récupéré les clefs de sa jeep ?

Marta haussa les épaules. Autant poser ces questions au vent.

– Il y a dans tout ça une sorte de négligence, reprit Konrad. J'ai l'impression que l'assassin a bâclé le travail.

– Je n'ai jamais rencontré quelqu'un d'aussi têtu que Hjaltalin, reprit Marta après un silence. Il savait vers quoi il allait quand nous l'avons relâché, il se savait condamné.

– Et, malgré tout, il continuait à nier avoir tué Sigurvin, répondit Konrad. Bien que n'ayant plus rien à perdre. Bien que mourant.

– Il a nié jusqu'à son dernier souffle, conclut Marta en écrasant son gobelet avant de le jeter à la poubelle.

9

Hugo, le fils de Konrad, exerçait en tant qu'ergothé-
rapeute à l'Hôpital national et se rendait régulièrement
à des colloques un peu partout dans le monde avec son
épouse qui tenait une boutique au centre commercial de
Kringlan. Pendant les déplacements de Hugo, Konrad et
Erna avaient souvent gardé leurs fils, des jumeaux pleins
de vie et très attachés à leurs grands-parents. Aujourd'hui
âgés de douze ans, les garçons prétendaient pouvoir se
débrouiller seuls pendant l'absence de leurs parents, ce
qui était exclu. Konrad les avait pris chez lui quelques
jours en leur promettant de les emmener au cinéma. Ils
avaient choisi d'aller voir un film d'action, un véritable
navet auquel leur grand-père n'avait rien compris et
qui montrait une star hollywoodienne au corps huilé
décimant une armée ennemie.

La compagnie de ses petits-enfants lui permettait
de rompre agréablement avec la routine. Il s'efforçait
de leur faire plaisir même s'il supposait que leurs parents
les gâtaient déjà un peu trop. Il refusait toutefois de se
mêler de leur éducation. Il s'étonnait surtout des exi-
gences auxquelles devaient se conformer ces pauvres
gamins forcés de pratiquer à longueur de semaine
toutes sortes d'activités sportives, de suivre des cours
de musique, de participer à des ateliers d'arts plastiques

et de faire une foule d'autres choses dont Konrad avait perdu le compte.

– Ces pauvres gens crèvent d'ambition, avait tranché Beta, sa sœur, un jour où ils avaient discuté de l'emploi du temps surchargé des petits.

Konrad les avait conduits à l'école le matin puis était allé les chercher après leur cours de guitare pour les emmener au cinéma. Les instruments étaient dans le coffre de sa jeep et, quand ils étaient rentrés à la maison, il leur avait demandé de lui montrer ce qu'ils savaient faire. Les enfants avaient refusé en disant que les cours de guitare étaient déjà assez ennuyeux comme ça. Ensuite, ils avaient monopolisé la télé en y branchant leur console de jeux et étaient restés dans leur bulle jusqu'à l'heure du coucher. C'était un vendredi. Konrad les avait autorisés à veiller aussi longtemps qu'ils le souhaitaient. Son fils l'avait appelé de Göteborg vers minuit en lui enjoignant de les mettre au lit. Il avait obéi.

Les enfants avaient entendu leurs parents parler de la découverte du corps.

– Grand-père, demanda l'un d'eux en posant sa tête sur l'oreiller, c'est vrai que tu connaissais l'homme qu'on a retrouvé sur le glacier ?

– Non, répondit Konrad.

– C'est pourtant ce que papa nous a dit, insista l'autre, les yeux encore rougis par les tueries de son jeu vidéo.

– Je ne le connaissais pas personnellement, mais je sais qui c'est.

– Papa nous a dit que tu l'as cherché pendant des années quand tu étais policier.

– C'est vrai.

– Mais tu ne l'as jamais trouvé.

– Non.

– Pourquoi ?

– Parce que son assassin l'avait caché sur ce glacier. Au fait, le film que vous m'avez emmené voir est un vrai navet.

– Non, il était génial, protestèrent les jumeaux. Trop génial !

– Vous êtes deux petits crétins, répondit Konrad en leur souriant avant de refermer la porte de leur chambre.

Les rires des deux frères le suivirent jusqu'à la cuisine qu'il remit en ordre avant d'aller se coucher. Quand ils se furent tu, il entendit des coups discrets à la porte d'entrée. Il crut d'abord que c'était le vent qui agitait le battant de la boîte à lettres dans le vestibule, mais on frappa à nouveau, plus résolument. Il n'attendait aucune visite. Sa sœur Beta était susceptible d'arriver à tout moment de la journée ou de la nuit, mais elle avait la clef et entrait chez lui sans précaution : jamais elle n'aurait pris la peine de frapper. Il y avait peu de chance qu'un vendeur fasse du porte à porte à une heure pareille. Konrad achetait régulièrement des langoustines et du poisson séché à ces gens, mais ils ne se risquaient pas à le déranger tard le soir.

Il alla ouvrir et découvrit une femme sans âge dans l'escalier.

– J'ai vu de la lumière, dit-elle. Je peux vous parler ?

Timide et hésitante, elle était incapable de formuler la raison de sa visite. Konrad s'attendait à ce qu'elle lui tende un journal ou un ticket de loterie. Il pensait la chasser, mais elle semblait si malheureuse et désemparée qu'il n'osa pas le faire. Pauvrement vêtue, elle portait un jean usé, une veste en skaï et un pull-over violet. Un ruban noir ceignait son épaisse chevelure blonde. Elle était encore jolie et svelte même si l'âge et les épreuves de la vie avaient marqué son visage, pincé ses lèvres et creusé de profondes poches sous ses yeux.

— Je vous prie de m'excuser de vous déranger si tard, dit-elle.

— Qu'est-ce que vous vendez ? s'enquit Konrad. Vous avez vu l'heure ?

Il balaya le parking du regard pour vérifier qu'elle était seule. Il était arrivé plus d'une fois que des individus auxquels il avait eu affaire dans le cadre de son travail ne se contentent pas de lui passer un savon au téléphone, mais viennent chez lui le soir pour lui dire ce qu'ils avaient sur le cœur. Ça s'était toujours bien terminé. C'était chaque fois Bacchus qui était responsable de leur visite. Konrad était toujours parvenu à calmer l'intéressé, ou bien il avait patiemment écouté ses réprimandes avant de prendre poliment congé.

— Je ne vends rien, répondit la femme. Je voulais seulement vous parler de mon frère. Si vous me permettez d'entrer un moment.

— Votre frère ? Je le connais ?

— Non. Je ne crois pas.

— Et vous ? Je devrais vous connaître ?

— Je viens vous parler d'une chose qu'il a vue tout gamin. Au pied des réservoirs sur la colline d'Öskjuhlíd.

10

L'inconnue murmura si bas les derniers mots que Konrad les entendit à peine. Il la dévisagea et comprit aussitôt de quoi elle parlait. Elle baissa les yeux comme si elle avait abordé un sujet dont elle avait honte. Le silence s'installa, bientôt troublé par le moteur bruyant d'une voiture qui passait devant la maison. C'était la première fois que Konrad voyait cette femme, il en était sûr. Il ne l'avait pas interrogée pendant l'enquête.

– Les réservoirs d'Öskjuhlid, dites-vous. Vous parlez de Sigurvin ? demanda-t-il prudemment.

– Pardonnez-moi de vous déranger à une heure pareille.

– Ne vous inquiétez pas pour ça.

– Je peux entrer ?

– Je vous en prie, répondit Konrad en ouvrant plus grand sa porte et en l'invitant à l'intérieur. Je ne vais tout de même pas vous laisser dehors. Je n'ai pas l'habitude de recevoir des visites si tard le soir, je dirais même en pleine nuit.

Il jeta un œil à sa montre qui indiquait minuit. L'inconnue le suivit au salon. Encore hésitante et timide, elle regardait les bibliothèques et les tableaux qui ornaient les murs.

– Asseyez-vous. Je vous offre un café ? proposa Konrad. À moins que vous ne préfériez autre chose ?

– Je ne dis pas non. Je m'appelle Herdis, continua-t-elle en lui tendant la main. Vous pouvez peut-être y ajouter un petit remontant, c'est que je n'ai pas bien chaud. Le vent a tourné au nord.

– Je m'en occupe.

Herdis s'installa dans un fauteuil et continua d'observer le salon tandis que Konrad préparait le café et sortait la vodka qu'il conservait dans un placard de la cuisine à côté d'une bouteille de gin et d'une autre de rhum. Il buvait avec modération et optait le plus souvent pour du vin rouge. Il versa une copieuse dose d'alcool dans le fond d'une des tasses en s'interrogeant sur le sens de cette visite impromptue. Pourquoi cette femme venait-elle le voir si tard chez lui plutôt que de s'adresser à la police ? Peut-être croyait-elle qu'il continuait à enquêter ? Son nom avait souvent été cité dans les journaux de l'époque, et il avait parfois fait office de porte-parole de la police. Il jeta un œil dans la chambre des jumeaux en retournant au salon. Ils dormaient comme des loirs. Il referma la porte.

– Effectivement ça s'est rafraîchi, dit-il en s'asseyant à côté de l'inconnue.

Herdis prit la tasse qu'il lui tendait. Elle avala d'une traite le café qui n'était pas très chaud et lui tendit à nouveau la tasse.

– Vous en voulez un autre ? demanda Konrad.

Elle hocha la tête. Il retourna dans la cuisine pour y chercher la cafetière et la bouteille d'alcool qu'il posa devant son invitée. Herdis versa une larme de café dans sa tasse, la compléta avec de la vodka, en but une bonne gorgée puis la vida et la reposa. Konrad attendait, patient.

– Il avait neuf ans, commença-t-elle après s'être réchauffée. On était très pauvres. On habitait dans un minuscule appartement en sous-sol dans le quartier des Hlidar. On passait nos journées dehors. On traînait dans la rue, on faisait du foot sur le grand terrain de Klambratun et on allait jouer sur la colline d'Öskjuhlid. C'était un terrain de jeu fantastique pour les mômes. Enfin, vous savez… il y avait les vestiges laissés par les Anglais après la guerre, la carrière de gravier et la forêt. C'était… et surtout ces réservoirs installés au sommet… c'était comme dans un conte de fées.

– Je m'en souviens très bien, répondit Konrad. Les cuves étaient blanches, mais en piteux état sur la fin. Et pendant longtemps.

– Oui, on les a démolies à cette époque pour en construire de nouvelles au sommet desquelles on a bâti la Perle.

Herdis parlait tout bas. Elle s'efforçait de faire bonne impression, mais ne parvenait pas à dissimuler sa soif. Konrad lui donnait la quarantaine, bien qu'elle semble plus âgée. Ses doigts fins serraient la tasse, elle avait du noir sous les ongles.

– Il avait neuf ans, répéta-t-elle.

– Qu'est-ce qu'il a vu ?

– À l'époque, il ne s'est pas rendu compte que c'était peut-être important. Il ne savait pas que la police enquêtait sur la disparition de Sigurvin. Il ignorait tout de cette histoire. C'était un petit garçon. Ce n'est que bien plus tard qu'il en a entendu parler et qu'il a compris que ce qu'il avait vu était peut-être en rapport avec cette affaire. Il s'y est donc intéressé. À l'époque, il avait presque trente ans, beaucoup de temps avait passé. Cela remontait à si longtemps qu'il se demandait presque s'il n'avait pas rêvé.

– Que fait votre frère, je veux dire, quelle est sa profession ?

– Il travaillait souvent dans la maçonnerie. Ou comme ouvrier. Mais, par moments, il était au chômage. Il est... disons qu'il aimait bien lever le coude. Enfin, c'était un brave garçon, mon Villi.

Herdis grimaça comme pour chasser une pensée déplaisante.

– Vous êtes plus jeune que lui ? s'enquit Konrad.

– Oui, j'ai deux ans de moins.

Herdis lui raconta leur histoire d'une voix basse et hésitante. Elle lui décrivit l'appartement en sous-sol du quartier des Hlidar où ils habitaient avec leur mère qui travaillait dans un magasin et avait du mal à joindre les deux bouts. Leurs parents étaient divorcés, leur père était parti vivre en province et ils le voyaient rarement. Ni elle ni son frère n'étaient brillants à l'école, qu'ils avaient quittée dès la fin de leur scolarité obligatoire. Toute jeune, elle avait loué un appartement avec son petit ami rue Hverfisgata. Son frère avait travaillé sur un bateau de pêche, mais le monde de la mer lui déplaisait et il avait trouvé un emploi à terre. Il habitait seul et n'était pas très stable.

Il ne se souvenait pas exactement à quel moment il avait entendu pour la première fois parler de la disparition de Sigurvin, mais il avait commencé à s'y intéresser en regardant à la télé une émission traitant d'affaires criminelles ayant eu lieu en Islande et où il était question de la voiture, la jeep découverte au sommet d'Öskjuhlid. L'émission comportait des reconstitutions, des photos du véhicule étaient projetées en surimpression sur les réservoirs tels qu'ils étaient avant la construction de la Perle.

71

– Des choses lui sont revenues en mémoire, pour-suivit Herdis. Des événements entre lesquels il n'avait jusque-là établi aucun lien. Des événements qui ont plus de vingt ans.

– C'est très long pour ce genre de témoignage, fit remarquer Konrad.

– Cette histoire l'obsédait. Il m'en a parlé à moi, mais aussi à d'autres. L'idée de se mêler d'une ancienne enquête pour meurtre lui semblait cependant gênante, pour ne pas dire ridicule, et il n'était pas du tout certain qu'il y ait effectivement un lien entre tout ça. Je l'ai encouragé à aller voir la police, il s'est rendu au commissariat pour en discuter avec un de vos collègues, mais ce flic a trouvé son histoire peu crédible, ses souvenirs n'étaient pas assez précis ou je ne sais quoi, et il n'y avait aucune raison d'en faire tout un plat. La police avait reçu des centaines d'appels inutiles. Villi se disait que sa déposition le serait tout autant. Enfin, quelque chose comme ça.

– Vous savez qui l'a reçu ?

– Je n'en ai aucune idée.

– Et qu'est-ce qu'il a vu ?

Herdis baissa les yeux sur sa tasse vide comme si elle hésitait à se resservir. Konrad la regarda se débattre quelques instants avec sa conscience puis la vit prendre subitement une résolution. Elle remplit sa tasse de vodka sans y ajouter une goutte de café et la vida d'une seule gorgée.

– Pardonnez-moi de faire irruption chez vous de cette manière, s'excusa-t-elle en reposant la tasse sur la table. Je voulais venir plus tôt mais… j'étais occupée à… boire quelques canons.

– Vous suggérez que vous avez dû boire pour avoir le courage de venir ici ?

– Exactement, confirma Herdis.

– Mais votre frère, pourquoi n'est-il pas avec vous ?

– J'ai vu les informations où il était question du corps découvert sur ce glacier et je me suis dit qu'il fallait que j'en parle à quelqu'un. Depuis, je n'arrête pas de penser à mon frère. Quelqu'un m'a dit que c'est vous qui étiez chargé de l'enquête à l'époque.

– Évidemment, vous ne pouvez pas le savoir, mais je ne suis plus policier, répondit Konrad. Je suis à la retraite. Je peux vous mettre en contact avec ceux qui s'en occupent aujourd'hui. Ils vous recevront très bien.

– Vous n'avez jamais trouvé le coupable.

– Nous pensions que si, répondit Konrad, mais il a toujours nié.

– Ce Hjaltalin ?

– Votre frère n'est pas avec vous ?

– Non.

– La police voudra sans doute l'interroger, je peux l'accompagner s'il le souhaite, proposa Konrad.

– En effet, répondit Herdis en traînant sur les mots. Mais il est trop tard.

– Trop tard ?

– Vous ne pourrez l'accompagner nulle part.

– Pourquoi ?

– Parce que Villi est mort. Il a été renversé par une voiture.

Konrad percevait la profonde tristesse de Herdis.

– Il n'avait que trente-trois ans. Il… il en aurait eu quarante cette année.

– Je suis désolé, répondit-il, navré de ne pouvoir lui témoigner toute la compassion qu'il aurait souhaitée. C'est terrible, ces accidents.

– Tout ça m'est revenu en mémoire quand ils ont découvert le corps sur le glacier, reprit Herdis. L'histoire que Villi m'avait racontée sur cet homme qu'il avait vu au pied des réservoirs, cet homme qui avait menacé de le tuer.

11

Cet hiver-là, les garçons du quartier avaient passé beaucoup de temps à jouer sur la colline. Ils avaient fait du chantier de Keiluhöll, le nouveau bowling, leur château fort, et s'étaient battus avec leurs épées et leurs boucliers parmi la ferraille entre les murs de béton gris. L'établissement avait maintenant ouvert ses portes, ils y traînaient en regardant les joueurs et, quand l'un des copains avait un peu d'argent, ils s'offraient une partie ou achetaient une portion de frites avec du ketchup. Quand ils en avaient assez, ils allaient à l'ancienne mine de gravier ou se promenaient jusqu'à la baie de Nautholsvik pour y observer ceux qui faisaient du kayak et les quelques hurluberlus assez fous pour se baigner dans la mer.

Cette soirée de février, Villi était allé seul à Öskjuhlid. Il était passé au bowling, mais n'y était pas resté long-temps : ce sport ne le passionnait pas. Sa mère lui avait demandé de ne pas rentrer trop tard parce que les enfants de son âge n'avaient pas le droit de traîner dans la rue après huit heures du soir. Or, il était sorti bien plus tard que ça. Il avait gravi la colline, pensif, un peu déçu par la défaite de Valur, son équipe de hand-ball favorite, à l'occasion du match important qui venait d'avoir lieu à Höllin. Emmitouflé dans son anorak, équipé de gants et d'un bonnet, il avait aperçu les réservoirs qui luisaient au clair de lune et s'était mis en route vers le sommet. Il n'avait pas peur d'être seul. Il adorait jouer avec ses camarades, mais appréciait également la solitude et savait s'occuper en leur absence.

La silhouette des réservoirs se détachait sur le ciel. Aussi imposants qu'inutiles, ils ressemblaient aux tours d'un château fort désert. Bientôt, ils seraient démolis. On en construisait d'autres ailleurs et on installerait un nouveau réseau de distribution d'eau chaude. Ces huit réservoirs formaient un cercle dans lequel on pouvait entrer et au centre duquel se trouvait une plaque de béton et un amas de ferraille. Il y avait aussi là ce qui restait d'un vélo volé. Une échelle allant jusqu'au sommet était accolée à chacune des cuves mais, le premier barreau étant situé à deux mètres du sol, il fallait se servir d'une autre échelle pour y accéder. Avec ses copains, ils avaient trouvé un moyen de le faire. Certains étaient même allés jusqu'en haut. Pour sa part, il était monté une fois au sommet d'un réservoir, mais il avait tellement eu le vertige qu'il ne s'était pas risqué à renouveler l'expérience, et ce, d'autant moins que le toit était incliné et qu'il avait eu en permanence l'impression de glisser. Ses copains n'avaient pas le vertige, ils allaient et venaient sur les toits, longeaient le bord ou s'y asseyaient, les jambes dans le vide. Certains sautaient même d'un toit à l'autre. Cela, il n'avait jamais osé s'y risquer.

D'autres gamins avaient fait sur la toile vierge qu'offraient les cuves des graffitis obscènes, parmi lesquels un pénis maladroitement dessiné à l'aide d'une bombe de peinture, ce qui les faisait toujours rire.

Villi s'était allongé au centre du cercle formé par les réservoirs pour contempler le ciel. Il apercevait la lune entre les cuves. Il avait attendu que l'astre se cache derrière l'une d'elles tout en observant le ballet du phare installé au sommet. Sa mère lui avait expliqué qu'il servait de balise aux avions de Vatnsmyri, le petit aéroport de Reykjavík qui desservait les lignes intérieures. Un faisceau alternativement vert et jaune fendait la nuit, décrivant cercle après cercle à un rythme régulier et soutenu, comme une trotteuse un peu trop rapide sur une horloge par ailleurs parfaitement réglée.

Il était resté là un long moment puis avait brusquement pensé à sa mère en se disant qu'elle risquait de s'inquiéter et qu'elle était peut-être déjà sortie le chercher, comme cela arrivait fréquemment. Elle lui reprochait alors d'être complètement dans la lune. La première fois, il n'avait pas compris l'expression. Il savait cependant que son instituteur avait dit à sa mère qu'il n'était pas assez attentif en classe. Elle s'efforçait de l'aider à faire ses devoirs et il faisait de son mieux pour avoir de bonnes notes, mais il s'ennuyait à l'école et ne comprenait pas pourquoi il fallait apprendre toutes ces choses qui ne l'intéressaient pas.

Plongé dans ses pensées, il avait tout à coup entendu un bruit de pas juste à côté de lui et s'était levé d'un bond. Un inconnu le surplombait et le regardait méchamment. Il avait les cheveux longs et un petit anneau à l'oreille.

– Qu'est-ce que tu fous ici, sale môme ? avait crié l'homme, comme s'il était en colère contre Villi qui ne faisait pourtant rien de mal.

– Rien, avait répondu le gamin.

– Dégage, avait ordonné l'inconnu. Allez, fous le camp !

– Oui, oui.

Villi n'avait pas voulu contrarier cet homme même s'il considérait avoir autant que lui le droit de se promener sur cette colline.

L'inconnu l'avait empoigné d'un geste brutal.

– Si tu parles de moi à qui que ce soit, je te retrouverai et je te tuerai, c'est clair ?

Villi n'avait pas osé répondre.

– Tu as compris ?

Il avait hoché la tête.

– Allez, fous le camp, avait répété l'homme en le relâchant.

Terrifié, Villi n'avait pas demandé son reste. En passant entre les réservoirs, il avait aperçu la voiture de l'inconnu, une gigantesque jeep tout-terrain, garée derrière le petit bâtiment en béton qui avait autrefois abrité le centre de contrôle de la compagnie de distribution d'eau chaude. Cet homme était sans doute arrivé là avant lui, sinon il aurait entendu le bruit du moteur.

Il avait marché à grandes enjambées en regardant régulièrement derrière lui, craignant que l'inconnu ne le poursuive. Avant de prendre ses jambes à son cou pour rentrer chez lui, il avait vu les phares d'une autre voiture qui montait vers les réservoirs et les avaient illuminés un instant avant de disparaître derrière le petit bâtiment en béton.

Le récit de Herdis était terminé. Konrad s'était approché d'elle. Il avait dû se concentrer pour l'entendre tant elle murmurait. Il commençait à être dur d'oreille, ce qui n'arrangeait rien, mais l'idée d'acheter un appareil auditif lui déplaisait. Après un silence, il lui demanda s'il pouvait lui offrir autre chose. Elle secoua la tête.

– Je n'aurais pas dû vous déranger à une heure pareille, répéta-t-elle.

– Ce n'est pas grave. Ne vous inquiétez pas pour ça.

– Ce n'est pas mon habitude de faire ce genre de chose.

– Bien sûr.

– Je n'arrête pas de penser à tout ça depuis qu'on a retrouvé cet homme sur le glacier.

– Je vous comprends.

– Il me semble que c'est mon devoir… que je dois bien ça à la mémoire de Villi. J'étais sa petite sœur. Il a toujours été tellement gentil avec moi. Il était exceptionnel. C'était un frère merveilleux. Il essayait d'arrêter de boire depuis un certain temps, à l'époque de son accident. C'est arrivé en plein hiver, la visibilité était mauvaise, les rues verglacées et il a été percuté par une voiture. Le conducteur ne s'est jamais dénoncé. Il a pris la fuite. Il n'y avait pas de témoin. On n'a jamais su qui l'avait renversé.

– Vous parlez de… Vilmar, c'était son prénom ? demanda Konrad, effectuant subitement un rapprochement. Il se rappelait cet accident, le décès de cet homme et les recherches engagées pour retrouver le conducteur. L'accident avait eu lieu rue Lindargata, dans un quartier que Konrad connaissait bien pour y avoir passé son enfance.

– Il a eu une mort terrible, reprit Herdis. C'était un garçon si gentil. Une mort affreuse.

– Quand tout cela lui est revenu en mémoire, est-ce qu'il en a parlé à d'autres gens ?

– Oui, après cette émission à la télé, il a compris qu'il avait peut-être vu quelque chose d'important et il l'a dit à tous ceux qui voulaient l'entendre.

– Et cet homme sur la colline d'Öskjuhlid, c'était qui ?

– Il ne l'a jamais su. Villi avait neuf ans à l'époque et il ignorait tout de cette histoire. Il ne pouvait donc pas savoir que ce qu'il avait vu avait peut-être un lien avec la disparition de Sigurvin. Cela dit, il n'avait jamais oublié l'homme qui l'avait terrifié. En sondant sa mémoire, il s'est rappelé le match qui avait eu lieu ce soir-là et des équipes qui s'affrontaient. Il a consulté la liste de tous les matchs de Valur et s'est aperçu que celui dont il se souvenait avait eu lieu le soir de la disparition.

– Je vois.

– Et je…

Herdis s'interrompit.

– Quoi ?

– Je me dis parfois que sa mort n'était peut-être pas un simple accident. Pourquoi le conducteur ne l'a pas secouru ? Pourquoi il ne s'est pas arrêté ?

– On n'y voyait pas à trois mètres, répondit Konrad. Il y avait une tempête de neige. Il a sans doute pensé que votre frère n'était pas blessé. C'est ce que nous avons cru à l'époque.

– Plus j'y réfléchis, plus j'ai l'impression qu'au contraire, le conducteur avait l'intention de le tuer.

– Et vous pensez qu'il y a un lien avec Sigurvin ?

Herdis hocha la tête.

– Je voudrais que vous retrouviez l'homme qui a renversé mon frère. L'enquête a repris depuis la découverte du corps sur le glacier et je suis presque sûre que le témoignage de Villi est un élément important.

Konrad ne savait pas quoi lui répondre. Elle se leva.

– Bon, je vous ai assez importuné comme ça, conclut-elle.

– La police souhaitera peut-être vous interroger, prévint Konrad en se levant également.

– D'accord, tant qu'elle le fait discrètement, je n'ai pas envie que ça fasse tout un ramdam.

– Ne vous inquiétez pas. Votre frère ne vous a rien dit de plus sur cet homme ?

– Non, il a seulement parlé de ses cheveux longs et d'un anneau à l'oreille en ajoutant qu'il était effrayant.

– Est-ce que Villi connaissait Hjaltalin ?

– Il a appris qui c'était plus tard, quand il a établi un lien entre ces événements.

– C'était lui qu'il a vu sur Öskjuhlid ?

– Non, c'était un autre homme.

– Vous en êtes certaine ?

– Mon frère n'avait aucun doute.

– Mais c'était peut-être Sigurvin ?

– Non, ce n'était pas lui non plus, répondit Herdis. Ce ne sont ni Hjaltalin ni Sigurvin qui ont menacé de le tuer.

Elle resta un long moment les bras ballants, les yeux baissés.

– C'est tellement horrible, reprit-elle, je me suis dit que vous accepteriez peut-être de m'aider. Que vous réussiriez peut-être à retrouver ce salaud de chauf-fard... et à découvrir ce qui s'est passé. À découvrir si c'était réellement un accident ou si... si cet homme est coupable de meurtre avec préméditation.

12

Le lendemain, Konrad invita Marta à déjeuner dans un restaurant thaï du quartier de Skeifan. Il préférait la voir là-bas plutôt que de passer constamment au commissariat comme s'il y travaillait encore. Pendant le repas, il résuma à son ancienne collègue ce que lui avait dit Herdis à propos de son frère, ce qu'il avait vu à Öskjuhlid et l'accident où il avait trouvé la mort. Marta l'avait écouté sans l'interrompre.

– C'est assez peu, observa-t-elle en avalant une bouchée de riz et un peu d'eau pour éteindre le feu de ses papilles. Elle aimait beaucoup la cuisine orientale et le claironnait fièrement. Elle avait commandé l'un des plats les plus épicés et suait à grosses gouttes.

– Il me semble au contraire que c'est beaucoup. Les événements racontés par cette femme apportent un nouvel éclairage sur la disparition de Sigurvin.

– Soit. Mais nous sommes dans l'incapacité d'interroger le témoin.

– Certes.

– Ces gens, qui sont-ils ?

– Des gens normaux, répondit Konrad. Des gens bien. La sœur m'a fait très bonne impression. Elle s'exprimait clairement et savait exactement pourquoi elle venait me voir. Elle venait au nom de son frère qui lui manque terriblement.

– Tu es sûr qu'elle n'a pas tout inventé ?

– Ça m'étonnerait.

Le restaurant était bondé, les plats au menu excellents. Ils discutaient à mi-voix. Konrad avait apprécié Marta dès son arrivée à la Criminelle. Il aimait travailler avec elle. Jamais elle ne cédait à la précipitation, elle examinait chaque affaire avec la réflexion nécessaire en prenant tout son temps et se trompait rarement. Quand elle prenait quelque chose en main, elle n'avait aucun mal à séparer le bon grain de l'ivraie et il en fallait beaucoup pour la faire dévier de sa route.

– Je ne vois pas ce qu'il y a de nouveau là-dedans. Nous avons toujours pensé que quelqu'un, plus précisément Hjaltalin, était venu chercher Sigurvin en voiture à côté des réservoirs. Un homme à cheveux longs ? Qu'est-ce que ça nous apporte ?

– Je me souviens qu'à un moment, nous avions émis l'hypothèse que Sigurvin était allé sur Öskjuhlid pour réfléchir ou simplement prendre l'air, et qu'il y avait croisé son agresseur. À en croire le témoignage du frère de Herdis, un inconnu attendait Sigurvin et l'a ensuite emmené à bord d'un véhicule. Un inconnu qui possédait ce que le gamin décrivait comme une gigantesque jeep tout-terrain.

– Ce gamin n'a pas vu Sigurvin, objecta Marta.

– En effet, et l'homme qu'il a rencontré n'était pas Hjaltalin.

Marta avalait goulûment bouchée après bouchée.

– Hjaltalin prenait grand soin de sa chevelure, reprit Konrad. Quand nous l'avons arrêté, il avait une coupe mulet, des cheveux très épais.

– Le mulet. La coiffure ringarde de ces années-là !

– Eh oui !

– Comme pas mal de trucs de cette époque.

– Le frère de Herdis assurait que ce n'était pas lui.

– Tu ne crois pas qu'il avait inventé tout ça ? Tu sais bien qu'il y a toujours une kyrielle d'histoires de toutes sortes autour de ce genre d'affaires. Et qu'est-ce que c'est, une gigantesque jeep tout-terrain, pour un petit garçon de neuf ans ? Pour un gamin, cette description s'applique à n'importe quelle jeep.

Marta se passa la serviette sur le front pour éponger la sueur sur son visage rendu écarlate par les épices.

– C'est vraiment délicieux, commenta-t-elle.

– Tu ne veux pas reconnaître que c'est un peu fort pour toi ?

– Ce truc-là ? Mais non, c'est à peine relevé !

– Je ne pense pas qu'il a inventé quoi que ce soit, éluda Konrad, préférant ne pas s'entêter face à son amie qui ne reconnaîtrait jamais que le plat qu'elle avait choisi était trop épicé. Quand ce petit garçon est devenu adulte, il a fait le rapprochement entre ce qu'il a vu et la disparition de Sigurvin, et il était persuadé d'avoir été le témoin d'un événement important pour l'enquête.

– Ok, je comprends mais, dans le meilleur des cas, c'est plutôt léger. Je suis toujours convaincue de la culpabilité de Hjaltalin.

– Donc, tu ne feras rien de ces informations ?

– Elles sont intéressantes, mais…

Marta haussa les épaules.

– Nous avons un nouveau témoin. Ce n'est tout de même pas rien !

– C'est faux, Konrad, et tu le sais très bien. Le témoin dont tu parles est décédé et rien ne permet d'affirmer que son témoignage est fiable. Ce gamin n'avait que neuf ans et tout ça remonte à plus de trente ans !

Konrad grimaça, conscient que Marta n'avait pas totalement tort. Il avait demandé à Herdis si son frère se rappelait la couleur de la jeep, mais ce dernier n'avait gardé du véhicule qu'un très vague souvenir.

– J'ai parfois l'impression que nous avons commis une énorme erreur pendant cette enquête, reprit-il.

– Si je me souviens bien, Hjaltalin possédait une Ford Explorer et une Nissan Sunny.

Konrad regardait son amie sans rien dire.

– D'après Villi, ce n'était pas Hjaltalin qui se trouvait sur la colline d'Öskjuhlid le soir de la disparition, reprit-il. À mon avis, nous ne pouvons pas... ou plutôt, tu ne peux pas faire abstraction de ces informations. Tu devrais au moins y réfléchir, je trouve.

– Konrad, je ne suis pas vraiment convaincue, mais je veux bien interroger cette femme, consentit Marta. Ça ne me gêne pas. C'est peut-être incroyable, mais aujourd'hui encore nous recevons des appels de gens qui affirment avoir des indices sur cette disparition.

– Elle pense, ou disons plutôt qu'elle craint, que la mort de son frère, cet accident, soit directement liée à cette affaire.

– Je vais la recevoir.

– Tu arrives à sentir le goût de ce que tu manges ? s'enquit Konrad.

– Oui, c'est délicieux, même si le cuisinier aurait pu forcer un peu plus sur les épices, regretta-t-elle en essuyant la goutte de sueur qui coulait sur son nez.

Après le déjeuner, Konrad s'offrit une petite balade en voiture jusqu'au cap de Seltjarnarnes. Il se gara sur la route qui menait au terrain de golf et resta assis au volant à regarder le rivage en se rappelant les moments où il était venu ici avec Erna. Aujourd'hui, il n'y avait pas d'éclipse de lune. Le chauffage de la voiture sifflait. Il faisait un froid de canard. Il regardait le vieux phare de l'îlot de Grotta qui, des dizaines d'années durant, avait indiqué aux marins la route à suivre dans la nuit.

Marta ne s'était pas montrée très encourageante. En fin de compte, il la comprenait. Ce nouveau témoignage ne remettait pas fondamentalement en question les hypothèses de la police, même s'il était intéressant. Il venait dépoussiérer les vieux recoins de l'esprit comme une bourrasque d'air frais. Soit, des années avaient passé, mais un nouveau témoin apparaissait dans une enquête que le policier à la retraite n'avait jamais imaginé reprendre.

Hjaltalin se trompait quand il affirmait que Konrad était le seul parmi les enquêteurs à l'avoir cru et à avoir douté de sa culpabilité. La police avait eu beau examiner l'affaire sous tous les angles au cours des semaines, des mois et des années qu'avaient duré les investigations, jamais elle n'était parvenue à prouver que Hjaltalin était à l'origine de la disparition de Sigurvin. Les preuves étaient infimes, l'arme du crime introuvable, tout comme le corps. On avait fouillé sans succès le domicile et le lieu de travail de Hjaltalin. Certes, il n'était pas impossible que les querelles opposant les deux hommes aient constitué le mobile du crime, mais les dénégations entêtées du suspect, malgré sa longue détention préventive, avaient gravement mis à mal les soupçons de la police.

Hjaltalin supportait très bien son incarcération alors que l'isolement avait raison de la plupart des prisonniers. Certains avouaient au bout de quelques jours. Hjaltalin ne semblait pas en être affecté. Quoi qu'on puisse lui dire, il restait campé sur ses positions et répétait qu'il n'avait rien à se reprocher.

Le plus étrange, c'était qu'il avait tenté de développer avec Konrad des relations personnelles et d'en faire un ami. Il avait fini par refuser de parler à tous les autres policiers. Tout cela n'avait pas plu à Konrad qui n'appréciait pas cet homme, n'avait pas envie de le voir plus que nécessaire et refusait qu'on laisse le suspect décider du déroulement des interrogatoires.

C'était vrai. Au fil du temps, Konrad avait eu des réserves sur sa culpabilité, mais la plupart du temps il se gardait d'en faire état. Quand la police s'était mise à soupçonner Hjaltalin, les enquêteurs ne s'étaient quasiment plus intéressés à personne d'autre. Ils considéraient que Sigurvin était mort le soir de sa dispute avec cet homme, personne ne l'ayant revu ensuite.

Konrad fixa longuement le phare comme un marin perdu en mer, comme s'il était susceptible de lui indiquer la route à suivre. Il redémarra et se dirigea vers l'extrémité du cap, vers l'endroit où dormait son ultime souvenir avec Erna.

13

L'ancienne petite amie de Hjaltalin vendait toujours des vêtements, mais désormais elle possédait sa propre boutique, qu'elle dirigeait avec sa sœur. Toutes deux étaient sorties presque indemnes de la grande crise. N'ayant aucune dette, elles avaient pu louer un magasin au moment opportun dans la galerie commerçante de Smaralind. Elles avaient racheté le bail à un homme qui avait fait faillite, perdant sa villa de quatre cent quarante mètres carrés, ses trois jeeps et les actions qu'il avait acquises auprès de banques et de sociétés d'investissement en contractant des emprunts toxiques.

Salomé avait la cinquantaine et les années l'avaient épargnée. Konrad avait beau ne pas l'avoir revue depuis longtemps, il l'avait immédiatement reconnue en la voyant discuter avec une cliente, vêtue d'un pantalon noir et d'un chemisier blanc, un collier de perles au cou, son épaisse chevelure brune retombant librement sur les épaules. Elle avait fait partie de la troupe de danse de Listdansflokkur pendant un certain temps et avait conservé la grâce des danseuses. Deux autres clientes attendaient leur tour.

Optant pour la discrétion, Konrad regardait les vêtements tout en observant Salomé qui conseillait ces femmes en quête de tenues élégantes, mais pas trop chères. Elles le regardaient à la dérobée, pensant bien entendu qu'il cherchait quelque chose à offrir à son épouse. Ou peut-être à sa maîtresse. Au bout d'un moment, il se retrouva seul avec Salomé qui s'avança vers lui. Elle l'avait reconnu et se souvenait qu'il l'avait interrogée trente ans plus tôt.

– Je vous ai déjà dit ce que je savais. Vous voulez quoi ?

– Vous parlez de la police ?

– Évidemment, de qui d'autre ?

– Donc, vous vous souvenez de moi.

– Oui, vous êtes Konrad. Je me souviens de tout. Je pensais que tout ça était terminé depuis longtemps et voilà qu'on retrouve cet homme sur le glacier. Décidément, cette histoire me poursuivra éternellement.

– Je ne suis plus dans la police.

– Ah bon ? Dans ce cas, qu'est-ce que vous faites ici ? rétorqua Salomé.

– Les vieilles habitudes, répondit-il, tentant un trait d'humour qui tomba à plat.

– Attendez, puisque vous n'êtes plus flic, en quoi ça vous concerne ?

– Comme vous dites, ce n'est pas facile de se débarrasser de cette histoire.

– Je sais. Mais sérieusement, c'est tellement… Je suis obligée de répondre à vos questions ?

Elle s'interrompit et le fixa d'un air inquisiteur. Il supposait qu'elle se fichait qu'on ait retrouvé le corps de Sigurvin et que l'enquête soit rouverte. Qu'elle désirait seulement continuer à vivre tranquillement sans devoir penser à des événements qui avaient façonné sa vie de manière déterminante pendant si longtemps.

– Je ne sais même pas de quoi ils ont parlé, reprit-elle. Vous allez à nouveau me poser toutes ces questions ?

Konrad secoua la tête. Elle avait pris de l'assurance en vieillissant. Elle n'était plus la jeune femme timide qu'il avait interrogée trente ans plus tôt, cette jeune femme qui avait passé son temps à tripoter un élastique et qui avait déclaré avoir passé la soirée avec Hjaltalin le soir où, d'après un autre témoin, Sigurvin s'était disputé avec quelqu'un sur le parking de son entreprise.

– Je sais que vous ne donniez pas cher de mon témoignage, ajouta-t-elle.

– Vous disiez avoir passé toute la soirée avec Hjaltalin.

– Eh bien, voyez-vous, je n'ai pas envie d'en reparler. Mon passage au commissariat m'a suffi.

Salomé alla s'occuper de la cliente qui venait d'entrer, une quinquagénaire qui cherchait un manteau et un pantalon. Elle la conseilla sans se montrer trop pressante. Ne trouvant pas son bonheur, la cliente ressortit.

– Vous disiez ne rien savoir de cette femme que Hjaltalin serait allé voir après vous avoir quittée. Il a toujours refusé de dévoiler son identité et on était persuadés qu'il nous mentait.

– Je ne sais rien d'elle, répondit Salomé. J'ai d'ailleurs toujours douté de son existence. Hjaltalin était un menteur compulsif. Je n'ai pas tardé à m'en rendre compte. Pour lui, la vérité n'avait aucune valeur et il l'arrangeait en fonction de ses besoins. Pas seulement pour Sigurvin, mais aussi pour tout le reste. Il me mentait constamment. C'était ancré au plus profond de son caractère. Quant à moi, j'ai bien sûr menti pour lui.

– Depuis que vous êtes séparés ?

Salomé le regarda comme si elle hésitait à lui répondre. Elle n'avait rien à reprocher à Konrad. Ce n'était pas le cas pour les autres policiers qui l'avaient harcelée en lui posant constamment les mêmes questions.

– Notre histoire s'est arrêtée d'elle-même quand il a parlé de cette autre femme, répondit-elle. Je voulais me débarrasser de lui et de tout le reste, ces mensonges, cette enquête. On n'était pas ensemble depuis longtemps. Il était... ce n'était pas du tout un salaud, loin de là. Il était malgré tout très gentil, doux et prévenant. Même si son côté... désinvolte était fatigant. En revanche, je n'ai jamais cru qu'il avait fait du mal à cet homme.

– Vous m'avez dit à l'époque qu'il avait tendance à s'emporter et qu'il avait mauvais caractère, mais qu'il n'avait jamais levé la main sur vous.

– Jamais. Il piquait parfois des colères terribles, mais bon, ça arrive à tout le monde.

– Est-ce qu'il a essayé de vous recontacter plus tard ? Ces dernières années ?

– Non, répondit Salomé. Jamais. On ne s'est jamais revus. Je pensais parfois à lui, je le plaignais, mais on n'était pas en contact.

Des haut-parleurs diffusaient de la musique douce dans la galerie. Il y avait pas mal de monde, des gens qui faisaient leurs courses ou s'offraient un peu de rêve en regardant les vitrines.

– Vous aviez quel genre de voiture, à l'époque ?

Salomé s'accorda un instant de réflexion.

– Une Japonaise. En fait, elle appartenait à ma mère, mais c'est moi qui la conduisais.

Une jeune cliente entra sans que Salomé ne lui accorde aucune attention.

– Depuis qu'on a retrouvé le corps sur le glacier, la police a recueilli un certain nombre d'informations. Selon l'une d'elles, Sigurvin serait monté à bord d'une autre jeep que la sienne. Une gigantesque jeep tout-terrain.

Salomé le dévisagea.

– Et ?

Konrad haussa les épaules.

– Le conducteur de ce véhicule avait les cheveux longs et portait un anneau à l'oreille.

– Hjaltalin n'a jamais eu d'anneau à l'oreille, répondit Salomé.

– Vous ne connaissez personne qui possédait une grosse jeep ou aurait eu la possibilité d'en emprunter une ?

– Non, répondit Salomé sans hésiter.

– Personne qui aurait eu un anneau à l'oreille ?

– Non plus.

– Vous en êtes sûre ?

– Oui.

Salomé secoua la tête.

– Vous disiez avoir passé la soirée chez votre mère le soir où Sigurvin a disparu. Vous êtes allée directement chez elle après avoir quitté Hjaltalin et vous avez également passé la nuit à son domicile.

– J'habitais alors toujours chez elle, répondit Salomé. Vous savez déjà tout ça.

– J'ai appris qu'elle était morte.

– Oui, il y a trois ans.

La jeune femme qui venait d'entrer dans le magasin approcha.

– C'est vous qui vous occupez des clients ? demanda-t-elle, impatiente.

– Un instant, je vous prie, répondit Salomé. Bon, vous avez fini ? demanda-t-elle sèchement à Konrad.

– Oui.

Sur quoi, Salomé demanda à sa cliente ce qu'elle pouvait faire pour elle.

14

Konrad alla dîner chez Hugo, qui vivait dans une coquette maison mitoyenne du quartier de Grafarvogur avec son épouse, Sirri, et les jumeaux. Les petits étaient très heureux de voir leur grand-père, qui leur lisait des contes et des poèmes, et leur racontait de terrifiantes histoires de fantômes avant de dormir. Sa belle-fille n'appréciait pas vraiment, du reste il arrivait que Konrad aille un peu trop loin. Dernièrement, elle s'était mise en colère quand, rentrant à la maison avec son mari, elle avait découvert le grand-père en train de regarder *L'Exorciste* avec ses petits-enfants. Les gamins étaient aussi surexcités que terrifiés par les déchaînements du démon.

– Ça ne va pas du tout ! avait dénoncé Sirri, furieuse, à Hugo.

Excellent cuisinier, Hugo avait préparé un plat d'inspiration espagnole à base de porc que son père affamé avalait à grosses bouchées tandis que les jumeaux racontaient leur journée. Au bout d'un moment, ils en eurent assez d'être à table et partirent jouer. Sirri tenait une parfumerie, certains de ses clients étaient des gens connus qu'elle mentionnait régulièrement dans la conversation. Konrad avait cru comprendre qu'un célèbre inspirateur de tendances faisait partie de ses clients réguliers. Hélas, Sirri se moquait souvent de son mari en public quand elle avait un peu bu. Elle le faisait suffisamment discrètement pour que ça ne pose pas trop de problèmes, mais Konrad sentait bien que son fils était vexé. Hugo n'aimait pas qu'elle boive. Pour sa part, il ne consommait d'alcool que pendant les repas, et très modérément. Konrad ignorait si leur mariage était heureux, mais son fils ne se plaignait pas.

Sirri racontait la visite du célèbre influenceur qui s'était extasié face au nouveau rayon de produits de beauté importés de France, quand le téléphone de Konrad sonna. Le nom de Marta s'affichait à l'écran. Il sourit au jeune couple et se leva en disant qu'il devait répondre, mais qu'il n'en aurait pas pour longtemps.

– Je croyais que tu arrêtais, annonça Marta sans préambule.

– Que j'arrêtais quoi ?

– *Come on !* L'ex-petite amie de Hjaltalin a appelé le commissariat pour se plaindre de l'interrogatoire qu'un ancien policier lui a fait subir. Elle nous a demandé si elle devait s'attendre à d'autres visites de ce genre.

– Calme-toi. Après tout, c'est ta faute.

– Ma faute ?!

– C'est toi qui m'as impliqué dans cette histoire. Ce n'est pas moi qui ai demandé à aller voir Hjaltalin en prison. Je t'avais dit que j'étais à la retraite.

– Tu as interrogé d'autres gens ?

– Non.

– Elle t'a appris quelque chose ?

– Rien du tout.

– Tu ne peux pas reprendre cette enquête en faisant cavalier seul, prévint Marta. C'est exclu. Tu devrais quand même le comprendre. Il faut que tu nous laisses faire notre travail.

Il y eut un long silence. Konrad se demandait s'il devait procéder à la manœuvre suivante. Il s'attendait à recevoir ce coup de fil de Marta et il avait beaucoup réfléchi à ce qu'il allait lui dire. Voilà maintenant que l'occasion se présentait. Il décida de sauter le pas.

– Mais qu'est-ce que je vais dire à Herdis ? demanda-t-il.

– Quelle Herdis ? De quoi tu parles ?

– De la sœur du garçon d'Öskjuhlid.

– Comment ça ?

– Elle m'a demandé de retrouver l'homme qui a tué son frère. J'ai accepté.

– Quelle idée saugrenue !

– Ce n'est pas saugrenu. Je vais le faire. Tu ne peux quand même pas m'interdire de parler aux gens.

– Quoi ? Tu vas… tu comptes jouer les détectives privés ? Tu plaisantes ?

– Les détectives privés, répéta Konrad en riant. Je vais lui rendre un service, c'est tout. Tu l'as reçue ?

– Oui, et laisse-moi te dire que son témoignage ne pèse pas lourd. Vraiment pas lourd.

– Elle m'a convaincu et je vais l'aider.

– L'aider ? Tu fais ça pour toi et pour personne d'autre.

– Si tu veux.

– Au cas où tu apprendrais des choses importantes, tu n'as pas le droit de nous les cacher. Tu n'as pas le droit d'enquêter comme ça. Tu es à la retraite !

– Si je découvre des choses, je t'en informerai, répondit Konrad avant de raccrocher.

– Tout va bien ? s'enquit Hugo quand son père revint à table.

– Très bien, c'était Marta.

95

– En tout cas... poursuivit Sirri, reprenant l'anecdote qu'elle racontait sur cet inspirateur de tendances qui passait si souvent à sa boutique.

Un verre à la main, elle fit un long discours sur cet homme et ses opinions concernant tel ou tel sujet avant de conclure en disant qu'ils étaient complètement d'accord sur tout un tas de choses. Konrad perdait constamment le fil, il pensait à sa conversation avec Marta et se contentait de sourire en hochant régulièrement la tête même s'il n'avait aucune idée de ce dont parlait sa belle-fille.

Plus tard, il se retrouva seul dans le salon avec son fils. Ils discutèrent du championnat de football anglais. La conversation étant aussi peu intéressante pour sa belle-fille que celle sur l'influenceur pour eux, Sirri était partie passer un coup de téléphone.

– Quelles nouvelles de Marta ? demanda Hugo une fois qu'ils eurent épuisé le sujet du football. Il portait le prénom de son grand-père maternel. Il était grand, svelte, avec un beau visage. C'était un homme modeste qui ne perdait jamais son calme.

– Elle m'appelait pour me parler de Sigurvin.

– Tu es à nouveau plongé jusqu'au cou dans cette enquête ?

– Pas jusqu'au cou, je me tiens juste au courant.

– Ça a dû te faire un drôle d'effet quand on l'a retrouvé.

– C'est le moins qu'on puisse dire. Je ne m'y attendais pas. Je croyais que ça n'arriverait jamais.

Konrad regarda intensément son fils.

– Je n'en pouvais plus de cette enquête, dit-il. Mais, à nouveau, elle me happe. Je me dis que j'aurais peut-être mieux fait de ne pas aller voir Hjaltalin en prison.

– Tu n'avais pas le choix.

– Sans doute.

– De toute manière, tu n'as jamais réussi à oubl.er cette histoire.

– J'aimerais bien avoir le fin mot pour la régler définitivement, répondit Konrad. Il serait temps.

15

Le défilé des dépressions avait cessé. La météo s'était améliorée et le soleil était revenu. Konrad s'efforçait de profiter des belles journées d'automne pour s'offrir de longues promenades dans la vallée d'Ellidaa. Il n'était plus aussi alerte qu'autrefois, il souffrait de douleurs aux articulations, aux jambes et au dos. Une certaine raideur s'était installée dans son corps. En dehors de cela, sa santé était solide, il tombait rarement malade, il prenait un cachet par jour contre le cholestérol, mais c'était tout.

Il profita d'une de ces promenades pour appeler Svanhildur, son amie légiste.

– Tu pourrais m'en dire plus sur l'arme du crime ? Tu as une idée précise ? demanda-t-il.

– L'assassin a dû se servir d'un tuyau en métal ou d'une barre de fer, c'était un objet lourd, peut-être une petite barre à mine. En tout cas, l'arme était rouillée. Il y a des traces de rouille dans la plaie, on examine en ce moment les autres matières et impuretés qu'elle contient. Il a reçu deux coups. Ce n'était pas un accident. Ni une chute. Quelqu'un l'a frappé à la tête dans l'intention de le tuer. Vous n'en avez pas discuté avec Marta ?

– Non, répondit Konrad. Deux coups à l'arrière de la tête, tu dis ?

– On peut supposer que son assassin l'a attaqué par surprise. Qu'il est arrivé par derrière. Apparemment, Sigurvin n'a pas tenté de se défendre. Le corps ne présente pas d'autres blessures. Il était robuste. Enfin, il était jeune et dans la force de l'âge.

– Tu sais pourquoi l'assassin l'a caché sur ce glacier ? Qu'est-ce que ça lui apportait ?

– C'est un endroit comme un autre pour cacher un cadavre, tu ne crois pas ?

– Oui, en tout cas on ne l'a pas trouvé.

– Tu comptes m'éviter encore longtemps ? demanda Svanhildur alors que Konrad allait raccrocher.

– Je ne sais pas. On est en train de discuter.

– Certes, mais en évitant les sujets qui fâchent.

– Je n'ai pas l'impression de t'éviter.

– Tu me fuis depuis que ta femme est tombée malade, assura Svanhildur. Tu ne penses pas que tout ça a assez duré ?

– J'aurais dû lui parler de nous.

– Tu crois vraiment que ça l'aurait aidée ?!

– Je n'en sais rien, mais j'aurais eu la conscience tranquille, répondit Konrad. J'aurais dû tout lui raconter, mais je ne l'ai pas fait. Je n'en ai pas eu le courage et, ensuite, il était trop tard.

Leur conversation s'acheva sur ces mots. Konrad poursuivit sa promenade le long de la rivière d'Ellidaa. Plus tôt dans la journée, il avait dû descendre en ville et en avait profité pour passer à l'Hôpital national où il avait discuté un moment avec le pasteur de l'établissement, qui était la dernière personne à avoir vu Hjaltalin en vie. Konrad le connaissait bien et l'appréciait beaucoup. Cet homme les avait beaucoup aidés quand la maladie d'Erna avait progressé. Au courant des liens entre Hjaltalin et Konrad, il s'attendait plus ou moins à recevoir la visite de l'ancien policier.

— Comment ça va ? avait demandé le pasteur alors qu'ils s'étaient assis dans un couloir.

— Pas trop mal, merci, avait répondu Konrad. Je fais de mon mieux pour tromper l'ennui.

— C'est une bonne chose, avait observé le pasteur, un quinquagénaire placide qui s'exprimait d'une voix apaisante et semblait n'avoir jamais aucune raison de hausser le ton. Je suppose que vous venez me voir pour Hjaltalin. Je me trompe ? Ne me dites pas que vous avez trouvé la foi !

Konrad s'était contenté de sourire. Un jour, ils avaient discuté de Dieu, ou, plutôt, Konrad lui avait dit ce qu'il pensait de la religion. Bien qu'athée, il avait lu la Bible. L'idée de l'existence d'un Créateur universel lui semblait ridicule, et la sainte Trinité que formaient Dieu, Jésus et l'Esprit saint échappait à son entendement. Qui est donc cet Esprit saint ? avait-il dit. Il n'aurait pas tout bonnement été inventé dans un concile ? Dans une conférence ?! Que ceux qui votent pour l'adoption de la sainte Trinité lèvent la main ! s'était-il emporté. Le pasteur, d'ailleurs prénommé Pétur, c'est-à-dire Pierre, était un petit homme râblé qui n'avait pas osé le contredire.

— Il n'a jamais avoué, avait déclaré Konrad après un silence. Je pensais qu'il vous avait peut-être confié certaines choses avant de mourir. Je suis allé le voir en prison quelques semaines avant son décès.

— Il me l'a dit.

— Il faisait peine à voir.

— Oui, la maladie a progressé très rapidement. Mais il n'a jamais mis ça sur le compte de sa détention. Il était heureux que vous soyez passé le voir. Il m'a parlé de votre visite.

– Je lui ai demandé s'il consentait à nous dévoiler la vérité étant donné son état de santé. Il n'avait plus rien à perdre. Mais il a continué à nier.

– Je suis bien sûr tenu par le secret concernant nos conversations, avait répondu le pasteur. Mais si vous souhaitez savoir s'il m'a avoué être le coupable, eh bien, non, il a continué à dire ce qu'il disait depuis toujours.

– Il vous a parlé de l'enquête ?

Le pasteur s'était accordé un instant de réflexion.

– À dire vrai, son esprit était concentré sur d'autres sujets. Nous avons discuté de beaucoup de choses.

– Donc, il ne vous a rien dit qui concernerait le glacier, la femme mariée ou la colline d'Öskjuhlid ?

Le révérend Pétur avait secoué la tête.

– Il a reçu beaucoup de visites ?

– Non, ses parents sont décédés. Sa sœur vit à l'étranger et elle n'est pas arrivée à temps. Elle a assisté à l'enterrement puis elle est repartie chez elle. Il n'y avait pas foule à la cérémonie. Il était seul et abandonné. Je suppose que les gens se sont détournés de lui après toutes ces histoires.

– Peut-être, avait admis Konrad.

– Ah, j'ai failli oublier de vous le dire mais... le soir ou plutôt la nuit avant sa mort...

– Oui ?

– ... j'ai voulu passer le voir et j'ai trouvé une femme assise à son chevet, une femme que je n'avais jamais vue jusque-là. À dire vrai, je n'ai vu que sa silhouette. Elle me tournait le dos et faisait tout pour être discrète. Elle ne m'a même pas salué. Hjaltalin m'a fait signe qu'il voulait être seul avec elle. Un peu plus tard, quand je suis repassé, elle était partie. J'ai demandé au mourant si c'était sa sœur, il ne m'a pas répondu.

– Elle était comment ?

– Je viens de vous le dire, elle me tournait le dos et cherchait à être discrète. Je sais qu'il ne s'agissait pas de la sœur de Hjaltalin car elle est venue le voir peu après et il était trop tard, elle était très malheureuse de ne pas l'avoir revu de son vivant. En revanche, cette inconnue a piqué ma curiosité, c'est que nous sommes humains, nous aussi, les pasteurs. J'ai donc posé des questions aux soignants, mais ils n'ont pas su me répondre. Personne ne l'avait remarquée et elle ne s'est pas attardée ici.

– Elle avait le même âge que Hjaltalin ?

– Je ne saurais le dire. Je vous le répète, je l'ai juste entraperçue.

– Elle avait l'air riche ? Pauvre ?

– Ni l'un ni l'autre. C'était une personne plutôt banale, pas très grande. Je crois qu'elle portait un manteau noir et aussi un foulard sur les cheveux, comme dans l'ancien temps. Je n'ai pas osé la regarder plus que ça et il voulait être tranquille avec elle. Alors, je suis parti.

– Vous êtes la dernière personne à avoir vu Hjaltalin en vie ?

– Oui.

– Et il n'a pas avoué ?

– Non. Il a fermé les yeux et rendu l'âme. Il a accueilli la mort avec beaucoup d'humilité. Évidemment, l'annonce de son cancer avait été un choc, ce qui n'est pas étonnant, mais je crois qu'il avait fini par se résigner. Enfin, c'est mon impression. Il ne manifestait ni remords ni regrets, si cela peut vous aider…

– Il avait la foi ?

– Comparé à vous, oui.

Konrad s'accorda une pause dans sa promenade pour profiter du soleil d'automne et de la vue magnifique qui s'offrait à lui sur la ville et les montagnes, un peu plus au nord. La circulation était dense, boulevard de Breidholt. En authentique enfant de Reykjavík, il adorait flâner en ville quand le soleil était au rendez-vous.

– Vous savez pourquoi l'assassin l'a caché sur ce glacier ? s'était enquis le pasteur juste avant qu'il ne quitte l'hôpital.

– Non, je ne suis plus policier. Et j'ignore ce que les flics en pensent.

– Cependant, vous n'avez pas tout à fait renoncé à résoudre le mystère ?

– Oh que si !

– Dans ce cas, pourquoi venir me poser ces questions ?

– Disons que… Je pense beaucoup à Hjaltalin depuis quelques jours, avait répondu Konrad. Je voulais juste savoir s'il s'était confié à vous. Je suis venu vous voir pour discuter, loin de moi l'idée de vous faire subir un interrogatoire. J'espère que ce n'est pas votre impression.

– Si c'est l'absolution que vous cherchez, permettez-moi de vous dire que ce n'est pas Hjaltalin qui vous la donnera.

– Non, avait répondu Konrad, ça m'étonnerait.

16

Quand elle avait signalé à la police la disparition de son frère, Jorunn était évidemment morte d'inquiétude. Souriante et sympathique, elle avait alors la vie devant elle. Elle ne savait pas encore qu'elle serait condamnée à passer des dizaines d'années dans l'ombre de cet événement. Maintenant qu'elle avait derrière elle une bonne partie de son existence, Konrad constatait à quel point ce drame l'avait marquée.

Ils ne s'étaient pas vus depuis longtemps. Ses traits fatigués portaient le souvenir de ces années difficiles. Son sourire s'était évanoui. Elle n'était plus aussi avenante qu'autrefois. Elle remerciait le ciel et le glacier de lui avoir ramené le corps de son frère, même si elle regrettait que les journaux aient fait leurs choux gras de toute cette affaire. La presse avait publié toutes sortes de théories abracadabrantes, d'autres versions de l'histoire, des vieilles photos, des témoignages : elle avait tout ressorti. Blessée chaque fois qu'un article paraissait, Jorunn n'avait pas tardé à cesser de répondre aux sollicitations des journalistes. Puis elle avait renoncé à se tenir au courant de ce qu'ils disaient ou écrivaient. Elle avait dû changer de numéro de téléphone, fatiguée de recevoir des appels d'inconnus ivres et grossiers qui affirmaient savoir exactement ce qui s'était passé.

Ayant toujours été proche de son frère, elle n'avait aucun mal à répondre aux questions concernant sa vie privée. Elle s'était toujours bien entendue avec Konrad. Elle avait confiance en lui et savait qu'il faisait tout pour découvrir le coupable. Puisqu'il souhaitait la voir maintenant qu'on avait retrouvé son frère, elle avait accepté sans difficulté. Marta était passée la voir deux fois pour lui poser un tas de questions mais, comme tout le monde, Jorunn était surprise qu'on ait découvert le corps sur le glacier. Elle n'avait pas l'embryon d'une explication.

– J'ai appris que vous étiez à la retraite, dit-elle en l'invitant à entrer. Elle vivait seule et n'avait pas d'enfant. Konrad supposait que la disparition de son frère n'y était pas étrangère.

– En effet, je suis à la retraite. Laissez-moi vous dire que la découverte sur le glacier m'a fait un choc.

– Oh oui, vous êtes mieux placé que quiconque pour me comprendre.

– J'imagine que ça a été un choc pour vous aussi.

– C'était... c'était surréaliste. Enfin, on l'avait retrouvé. Je ne m'y attendais pas, j'avais accepté l'idée depuis longtemps. Il était mort et je ne saurais jamais ce qui lui était arrivé. Puis il y a eu ça.

– Qu'est-ce que vous avez pensé en apprenant la nouvelle ? Quelle est la première chose qui vous est venue à l'esprit ?

– Je ne saurais dire. Et vous ?

– J'ai pensé que nous n'avions pas été à la hauteur, répondit Konrad. Qu'un détail important nous avait échappé. Que nous aurions dû le retrouver depuis longtemps.

– Moi, j'ai toujours eu l'impression qu'au contraire vous étiez à la hauteur, le rassura Jorunn.

– Ça n'a pas suffi. Nous… j'ignore pourquoi, mais nous nous y sommes mal pris.

– Évidemment, j'ai été très surprise, reprit Jorunn. Qu'est-ce que Sigurvin faisait là-bas ? Puis j'ai appris qu'il n'y était pas allé de son plein gré, mais qu'on l'y avait emmené et j'ai supposé que c'était par des alpinistes. Les gens qui se risquent sur les glaciers savent ce qu'ils font. Marta m'a dit que la police examine tout cela de très près, mais pour l'instant ils n'ont rien trouvé. Évidemment, aujourd'hui, des tas de gens vont sur les glaciers. Des agences de voyages. Des alpinistes. Des chasseurs. Des passionnés de ski nordique. Des randonneurs. L'association touristique d'Islande.

– Et les brigades de sauveteurs.

– Oui, ils passent leur temps à y secourir des imprudents, n'est-ce pas ?

– Et rien ne vous est venu à l'esprit concernant Sigurvin, qui serait en rapport avec les glaciers ?

– Non, j'y ai beaucoup réfléchi, mais je ne vois aucun lien.

– Jamais il ne parlait de randonnées sur les glaciers ?

– Jamais. Ou alors, je ne m'en souviens pas.

– Aucun de ses amis ne s'intéressait à ce genre de choses ? Il n'avait aucune connaissance qui aurait aimé aller sur les hautes terres du centre de l'Islande ? Ou qui faisait de l'alpinisme ?

– Je ne crois pas. Sigurvin préférait ne pas quitter Reykjavík, répondit Jorunn. Il n'aimait pas faire du tourisme en Islande, il voyageait beaucoup, mais seulement à l'étranger. Ça, il aimait ! Gamins, nous ne vivions pas dans l'opulence et quand mon frère a réussi dans les affaires, il a voulu profiter de la vie, ce qu'il faisait en voyageant.

Sigurvin et Jorunn avaient été élevés par une mère célibataire, morte quelque temps après la disparition de son fils. Ils avaient connu la grande pauvreté étant petits. Parfois, ils avaient à peine de quoi manger. Leur oncle les avait beaucoup aidés. Il dirigeait une petite entreprise de vente en gros et avait veillé à ce qu'ils poursuivent leurs études, elle au lycée général, lui à Verslunarskoli, un lycée spécialisé dans les filières commerciales. Tous deux étaient très travailleurs et Sigurvin gagnait de l'argent en faisant du jardinage ou d'autres menus travaux. Il avait passé son permis de conduire dès qu'il avait eu l'âge légal et avait commencé par travailler pour son oncle. Chaque fois que l'occasion de gagner quelques couronnes de plus se présentait, il la saisissait. Jamais il n'avait manqué d'argent, adulte. Konrad avait interrogé son oncle à l'époque. Ce dernier n'avait pas tari d'éloges sur son neveu, il était très affecté par sa disparition et le décrivait comme un homme qui avait le sens du commerce. Ces mots étaient restés gravés dans la mémoire de Konrad parce qu'ils faisaient écho à des propos qu'il avait entendus dans la bouche d'autres personnes, même si elles n'avaient pas dit les choses aussi joliment que cet oncle au grand cœur. Sigurvin aimait l'argent. Il aimait le profit.

Jorunn disait qu'il s'était montré généreux avec elle et qu'il s'était toujours bien occupé de leur mère. Il avait toutefois une certaine tendance à la rigidité et considérait qu'un contrat était un contrat. Ainsi, il avait été profondément blessé quand Hjaltalin l'avait accusé de malhonnêteté et de spoliation. Plus Hjaltalin s'entêtait, plus Sigurvin s'arc-boutait sur ses positions. Jorunn ignorait pourquoi la situation s'était à ce point envenimée entre eux. Sigurvin était parfois inflexible. Elle lui avait demandé un jour si Hjaltalin et lui ne pouvaient pas s'arranger pour trouver un terrain d'entente en coupant la poire en deux : il lui avait répondu qu'il avait rédigé ce contrat de vente sans arrière-pensées, qu'il n'avait jamais été dans ses intentions de l'escroquer et que ce n'était pas son problème si son ancien associé se sentait lésé.

– Dites-moi, demanda Konrad. Hjaltalin a reçu une visite à l'hôpital peu avant sa mort. Une femme est venue à son chevet. Vous savez qui c'est ?

– Non.

– Ce n'était pas vous ?

– Moi ?

– Vous n'êtes pas allée le voir ?

– Non. Pourquoi ? Je n'avais rien à lui reprocher.

– Évidemment, c'était quelqu'un d'autre.

– Sigurvin était un bon garçon, reprit Jorunn après un long silence. Il ne méritait pas ce qui lui est arrivé. Personne ne mérite une chose pareille.

– C'est certain, convint Konrad.

– J'ai l'impression qu'il sera à jamais le boy-scout qu'il aurait voulu être autrefois, poursuivit Jorunn. Un homme secourable. Tout simplement adorable. Un homme, un frère et un fils adorable.

– Il était chez les scouts ? s'étonna Konrad, qui ignorait ce détail.

– Ce serait beaucoup dire. Il y est entré passionné, mais je crois qu'il n'y est resté qu'un an ou deux.

– C'est tout ?

– Oui. Il s'y ennuyait, alors il est parti.

– Il avait quel âge ?

– Dix, douze ans. Quelque chose comme ça. Il n'était guère plus vieux.

Jorunn baissait les yeux.

— Je suis heureuse qu'on l'ait retrouvé, dit-elle. Ça me rongeait de l'intérieur… c'était affreux de ne pas savoir ce qu'il était devenu… Je pense à lui tous les jours depuis sa disparition… vous n'imaginez pas à quel point… je suis soulagée qu'on l'ait enfin retrouvé.

17

D'un pas fatigué, le vieil homme accompagna Konrad à la chambre qu'il occupait à la maison de retraite, en s'aidant d'un déambulateur. Assis au réfectoire, le pensionnaire mangeait de l'aiglefin bouilli et des pommes de terre quand l'ancien policier était venu le déranger. Les deux hommes ne s'étaient jamais appréciés. Konrad avait autrefois eu affaire à lui pour des histoires de vols, faux et usage de faux, contrebande d'alcool. Cet homme avait été alcoolique pendant plusieurs années au point de devenir clochard, mais il avait fini par s'en sortir. Devenu membre d'une congrégation religieuse, il avait été assidu aux offices, promettant de s'amender. C'est alors qu'il avait commencé à travailler dans l'entreprise de Sigurvin comme chauffeur-livreur. À ce que savait Konrad, il avait donné entière satisfaction. Après la disparition de son patron, l'entreprise avait subi d'importantes transformations et, quelque temps plus tard, il était devenu employé des services municipaux. Il avait connu son quart d'heure de célébrité en tant que témoin clef, mais assurait qu'il s'en serait bien passé. Il affirmait souvent qu'il aurait préféré ne rien entendre ce soir-là.

Steinar avait beaucoup vieilli. Usé physiquement, il avait toutefois les idées claires et l'esprit vif. Il avait immédiatement reconnu Konrad et compris qu'il venait une fois de plus l'interroger sur la dernière dispute entre Hjaltalin et Sigurvin dont il avait jadis été témoin sur le parking.

— Je m'attendais plus ou moins à vous voir débarquer, dit-il en l'invitant à entrer dans sa chambre. Vu qu'on a retrouvé le corps.

Il rangea son déambulateur et s'assit lourdement sur le lit. Il flottait dans ses vêtements, une chemise au motif indéfini et un pantalon en tergal, beaucoup trop grands pour son corps amaigri. Il ne s'était pas rasé depuis un certain temps et ses cheveux, autrefois épais, étaient clairsemés. Ils étaient d'un gris sale et pleins de pellicules.

— On ne pouvait donc pas laisser ce pauvre homme là où il était ? regretta Steinar en se passant une main sur la tête comme pour se recoiffer.

— Il y a sans doute des gens que ça arrangerait. Je me demandais si des éléments nouveaux vous seraient revenus en mémoire depuis qu'on a découvert le corps.

— Je ne pensais plus du tout à cette histoire, avoua Steinar, évidemment j'ai eu un choc quand j'ai appris la nouvelle.

— À mon avis, personne n'avait imaginé qu'on puisse le retrouver là-bas, remarqua Konrad.

— En tout cas, vous et vos collègues flics, vous n'avez pas été bien futés, rétorqua Steinar, visiblement content de lui. Vous avez repris l'enquête ?

— Je ne suis plus policier. Par contre, je suis curieux. Mais rien ne vous oblige à répondre à mes questions.

— Plus policier ? Vous avez atteint l'âge de la retraite ?

Konrad hocha la tête.

— Donc, vous ne tarderez plus à entrer ici ?

Konrad se demandait parfois s'il finirait sa vie en maison de retraite et cette perspective ne l'enchantait guère. Il avait remarqué que Steinar partageait sa chambre avec un autre pensionnaire et n'imaginait pas finir ses jours ainsi. Même les prisonniers de Litla-Hraun avaient droit à des cellules individuelles.

– Qui sait ? répondit-il en souriant. J'ai bien conscience qu'on vous pose constamment les mêmes questions depuis des années. Mais de nouveaux éléments sont apparus et j'avais envie d'entendre ce qu'ils vous inspirent.

– En quoi ça vous regarde puisque vous n'êtes plus flic ?

– J'ai longtemps travaillé sur cette enquête. Disons que c'est peut-être devenu une sorte de hobby. Je ne sais pas trop. Quelle est la première chose qui vous est venue à l'esprit quand vous avez appris la découverte du corps ?

– Que Hjaltalin l'avait drôlement bien caché et qu'il s'était donné de la peine.

– Est-ce qu'il arrivait que certains de vos collègues parlent des glaciers ou des hautes terres quand vous travailliez pour Sigurvin ? Je veux dire, des gens qui aimaient s'aventurer dans ces endroits ? Des gens qui possédaient des jeeps équipées pour ce type d'expédition ? Un client qui avait un véhicule de ce genre ?

Steinar s'accorda un instant de réflexion et se gratta la tête.

– Non, je ne crois pas. Il est un peu tard pour poser ces questions. Je ne me rappelle pas avoir vu des gens qui roulaient en jeep dans l'entourage de Sigurvin. Cela dit, je ne le connaissais pratiquement pas. J'ai trouvé ce boulot par un de mes oncles qui était contremaître dans cette entreprise. Je n'y travaillais pas depuis longtemps.

– Au départ, vous ne vouliez pas dire ce que vous saviez. Vous refusiez de parler de cette dispute.

– Je ne suis pas une balance. Ça ne me concernait pas. Pas du tout.

Steinar avait d'abord été entendu comme témoin. Le commissariat avait reçu un appel anonyme l'informant que quelqu'un avait entendu Hjaltalin se disputer avec Sigurvin et le menacer, le soir où on avait vu le disparu pour la dernière fois. La police n'avait pas tardé à découvrir l'identité de la mystérieuse correspondante, qui était la compagne de Steinar. Ce dernier lui avait confié avoir assisté à la scène en précisant toutefois qu'il ne voulait pas se mêler à cette histoire. Sa compagne ne l'avait pas écouté, mais elle avait veillé à ne pas dévoiler l'identité de Steinar, même si elle avait précisé qu'il travaillait dans l'entreprise de Sigurvin. La suite avait été un jeu d'enfant. Konrad connaissait Steinar et son passé douteux. Il avait remarqué sa nervosité quand ils avaient discuté, Steinar tenait à en finir avec cette conversation au plus vite. Konrad lui avait expliqué que la police était au courant des menaces que Hjaltalin avait proférées à l'encontre de Sigurvin. Il lui avait demandé s'il en avait connaissance, en précisant que la police avait reçu l'appel de quelqu'un qui avait refusé de dévoiler son identité. Steinar avait alors affirmé ne rien savoir. Mais, interrogé par Leo, un autre policier, il avait fini par raconter ce qu'il avait vu et entendu sur le parking.

Steinar n'étant pas considéré comme un témoin fiable, la police avait vérifié qu'il n'essayait pas de se tirer d'affaire en faisant porter le chapeau à Hjaltalin. On l'avait un temps soupçonné, mais sa compagne avait déclaré avoir passé toute la soirée et la nuit avec lui. En outre, il n'avait aucune raison d'en vouloir à son patron, et encore moins de l'assassiner. Cela dit, en dehors de Hjaltalin, il était la dernière personne à avoir vu Sigurvin en vie et le fait qu'il ait dissimulé ces informations le rendait forcément suspect.

On lui avait demandé sans relâche pourquoi il n'était pas allé à la police immédiatement après la publication de l'avis de recherche. Il avait répondu que c'était justement pour éviter de subir ce genre d'interrogatoires. Par ailleurs, il craignait qu'on le soupçonne étant donné son passé. La police refuserait de le croire et elle penserait que c'était lui qui avait tué Sigurvin.

Il avait dû procéder à une identification et avait tout de suite reconnu en Hjaltalin l'homme qui s'était disputé avec son patron. Il n'avait pas eu la moindre hésitation et s'en était tenu à sa version. Steinar jurait n'avoir vu Hjaltalin que ce soir-là, d'ailleurs il était nouveau dans l'entreprise.

– À l'époque, on a beaucoup parlé de ce qui s'était passé sur la colline d'Öskjuhlid, reprit Konrad en regardant le déambulateur à côté du lit. Il est peut-être trop tard pour revenir là-dessus. Vous vous souvenez de cette histoire de jeep ?

Steinar s'accorda un instant de réflexion.

– Non, je ne peux pas dire.

Konrad toussota.

– Vous aviez quel genre de véhicule ?

– Moi ? Vous croyez toujours que j'ai buté cet homme ?! s'exclama Steinar. Je n'avais pas de voiture. Il m'arrivait de rentrer chez moi avec la camionnette de l'entreprise. C'était le seul véhicule dont je disposais.

– Je ne crois rien du tout. Ce n'était qu'une question.

– La manière dont vous vous êtes servi de mon témoignage pour harceler cet homme m'a franchement déplu, reprit Steinar d'une voix lasse. Je savais que je n'aurais jamais dû vous parler. Jamais. Il a fallu que cette maudite bonne femme vous appelle. Faut être une vraie connasse pour faire un truc pareil.

— Inutile de l'insulter, on aurait fini par vous trouver, même sans son intervention, assura Konrad.

— Permettez-moi d'en douter, fanfaronna Steinar. J'en doute fortement.

Il y eut un silence. Konrad avait le sentiment que le vieil homme ne lui disait pas tout. Un employé de la maison de retraite lui avait confié qu'il ne recevait jamais de visites et qu'il passait le plus clair de son temps dans sa chambre, à l'écart des autres pensionnaires. Il avait beaucoup décliné ces dernières semaines. Il ne lui restait sans doute plus longtemps à vivre.

— Est-ce que Le... Leo est toujours flic ? demanda Steinar après un long silence.

— Leo ? Oui, il est encore en activité. Pourquoi ?

Affaibli, décharné, Steinar grattait sa barbe blanche.

— Ah, je ne sais pas, en ce qui concerne cette femme, je n'ai pas vraiment de raison de lui en vouloir. Mais j'en ai assez de tous ces mensonges.

— Comment ça ?

— Leo ne vous en a jamais parlé ?

— Parlé de quoi ?

— De la façon dont il m'a traité.

— C'est-à-dire ?

— Non, rien. Aucune importance. Laissez tomber.

— Qu'est-ce qu'il vous a fait ?

— Rien, s'entêta Steinar en posant sa main sur sa poitrine. Ce n'est pas grave. Je suis fatigué. Je dois me reposer.

— Steinar... ?

— Je vous demande de partir. C'est au-dessus de mes forces. Je n'en peux plus de tout ça. S'il vous plaît, laissez-moi.

Konrad l'aida à s'allonger puis le salua. Avant de quitter la maison de retraite, il alla informer l'accueil que le vieil homme se disait très fatigué. On lui promit de le surveiller de près.

18

Herdis appela Konrad le lendemain. Elle souhaitait le voir et lui demanda s'il pouvait passer au supermarché de la chaîne Krona, où elle travaillait. Il décida d'en profiter pour faire quelques courses, du lait, du pain, du café et d'autres produits de première nécessité. En le voyant entrer dans le magasin, elle quitta sa caisse pour aller le rejoindre. Il était aux alentours de midi et il n'y avait presque personne dans l'immense supermarché.

– Cette Marta est quelqu'un de bien, dit-elle en le saluant d'une poignée de main.

– Oui, elle est sympa, convint Konrad. Donc, ça y est, elle vous a écoutée. Où se trouvent les olives dans ce labyrinthe ?

– Suivez-moi, répondit Herdis. Par contre, j'ai eu l'impression qu'elle n'était pas franchement convaincue.

– C'est possible. Marta a toujours besoin de temps pour digérer.

Ils entrèrent dans une allée interminable où on trouvait toutes sortes de produits italiens, des pâtes, des tomates en boîte et des sauces. Herdis lui montra ce qu'il cherchait. Il prit un gros pot d'olives vertes qu'il déposa dans son panier.

– Il me faudrait aussi des flocons d'avoine. Je ne connais pas du tout ce magasin, c'est la première fois que j'y viens.

– Je voulais vous dire, répondit Herdis en se remettant en route, que j'ai rencontré un ancien copain de Villi. Il venait faire ses courses ici et nous avons discuté. Il m'a dit que mon frère lui avait confié ce qu'il avait vu à côté des réservoirs et il s'est souvenu qu'il était là-bas au même moment, lui aussi, et qu'il avait également vu une jeep tout-terrain à côté des cuves.

– Une jeep tout-terrain ?

– Oui, il a insisté là-dessus. Ce véhicule n'était pas une simple jeep, ses pneus étaient bien plus gros et elle était beaucoup plus imposante que celles qu'on voit habituellement. Villi lui avait dit qu'il y avait de grandes chances qu'ils aient vu la même.

– Et c'était au même moment ?

– Sans doute un peu avant. Le copain de Villi en est sûr car les benjamins du club de hand-ball de Valur disputaient un match ce soir-là et il était allé les voir. Ensuite, il était monté jusqu'aux réservoirs avec ses camarades. Il n'y a pas longtemps il s'est souvenu de ce match, il a vérifié la date à laquelle il a eu lieu. C'était début février.

– Et cette jeep était si particulière ?

– Oui. Tout ça lui est revenu en mémoire quand on a trouvé le corps de Sigurvin sur le glacier. Selon lui, ce véhicule pouvait sans problème affronter le Langjökull.

Konrad déposa le paquet de flocons d'avoine dans son panier.

– Parfait. J'irai peut-être interroger cet homme, répondit-il. Je suis curieux. Cette histoire me hante. Je vais voir des gens pour leur poser des questions, je rassemble des informations et je leur dis que c'est vous qui m'envoyez. Je tenais à ce que vous le sachiez. Ça ne vous dérange pas, j'espère.

Herdis le regarda intensément.

– Que c'est moi qui vous envoie ?

– Oui, je leur dis que vous êtes en quête de réponses concernant ce que votre frère a vu.

– Mais je vous ai demandé de trouver celui qui l'a renversé. Ce serait une excuse encore plus valable, vous ne trouvez pas ?

Konrad était assis dans sa cuisine. Le calme régnait dans le quartier. Les voisins étaient couchés. En dépit de l'heure tardive, il ouvrit la bouteille de vin que Hugo lui avait offerte, espérant qu'un verre ou deux l'aideraient à trouver le sommeil. Tant pis si cela ne fonctionnait pas. De toute manière, désormais, le jour et la nuit se confondaient.

Il avait allumé le plafonnier au-dessus de la table, mais avait laissé le reste de la maison plongé dans la nuit. Il fumait un cigarillo et pensait à nouveau à sa conversation avec Hjaltalin à la prison.

– C'est à cause de lui ? avait demandé le détenu, s'entêtant à lui parler de son père.

– Quoi donc ? avait répondu Konrad. Qu'est-ce qui est « à cause de lui » ?

– Que vous êtes entré dans la police.

– Comme toujours, je ne vois pas de quoi vous parlez.

– Vous en êtes sûr ?

– Oui, j'en suis certain. Je ne suis pas venu ici pour parler de mon père. Laissez-le tranquille. Ce qu'il était ne vous regarde absolument pas.

– Donc, vous n'essayez pas de réparer le mal qu'il a fait ?

Konrad avait gardé le silence.

– Ce n'est pas ça, Konrad ? Vous n'essayez pas d'être meilleur que lui ? Ce n'est pas pour cette raison que vous êtes devenu flic ? Pour cette raison que vous êtes devenu ce pauvre raté de flic ?

– Allez vous faire foutre !

– Vous deviez bien avoir quelques ressemblances. Il y a en vous une partie de lui. Laquelle ? En quoi lui ressemblez-vous ? Vous avez hérité de sa méchanceté ? De sa malveillance ?

Konrad avala une gorgée de vin. Le téléphone sonna. C'était la maison de retraite où résidait Steinar. On venait de le transférer à l'hôpital, il avait eu une crise cardiaque et insistait pour lui parler.

19

Steinar était tombé dans le couloir et on l'avait immédiatement emmené à l'hôpital. Pris d'une intense douleur à la poitrine, il était allé chercher de l'aide et s'était effondré. L'employé qui l'avait trouvé avait prévenu l'accueil. Steinar était maintenant en soins intensifs. Il avait exigé de voir Konrad à qui les médecins avaient conseillé d'être bref. On ignorait s'il passerait la nuit.

Konrad était debout à côté de son lit depuis un moment quand Steinar ouvrit les yeux. Le vieil homme le reconnut au bout de quelques instants. Il esquissa un sourire et ferma à nouveau les paupières.

– Je refuse d'emporter ce secret dans la tombe, murmura-t-il, si bas qu'on l'entendait à peine.

– Quel secret ?

– Heureusement, Hjaltalin n'a jamais été condamné et maintenant ce pauvre homme est mort, par conséquent... Mais on a trouvé le corps sur ce glacier... je n'arrête pas d'y penser depuis que j'ai vu ça à la télé.

– D'y penser ? De quoi parlez-vous ?

Steinar ouvrit les yeux et le fixa.

– Leo n'était pas très net, dans le temps. Quand il coinçait quelqu'un... c'était un vrai sadique. Il ne se gênait pas pour le tabasser. Une fois, il y est allé si fort que j'ai eu du mal à marcher plusieurs jours durant. Il m'a plongé la tête dans les chiottes. Vous êtes peut-être au courant de tout ça. Peut-être que vous ne valiez pas mieux que lui.

– Je ne suis pas du tout comme lui, se défendit Konrad.

– Mais je m'en fous, murmura Steinar. Il ne peut plus rien me faire. C'est lui qui a monté tout ça.

– C'est-à-dire ?

– Il a menacé de m'accuser du meurtre. Il disait que je n'avais pas d'alibi, j'étais tellement nerveux, j'avais tellement peur à cause de…

Steinar ferma à nouveau les yeux. Il était épuisé. Konrad savait qu'il ne pourrait pas rester beaucoup plus longtemps auprès de lui.

– … de mon passé. Je savais qu'il pouvait me mettre en mauvaise posture. Il était sûr de la culpabilité de Hjaltalin, il ne restait qu'à en apporter la preuve. C'est ce qu'il m'a dit. En apporter la preuve.

– Et alors ?

– J'ai vu Hjaltalin et Sigurvin se disputer. Je n'ai pas menti et c'est vrai que Hjaltalin était très virulent, j'avais l'impression qu'il allait sauter à la gorge de Sigurvin.

– Mais ?

– Je n'ai pas entendu ce qu'ils se sont dit.

Konrad dévisagea le vieil homme.

– Comment ça ?

– Je n'ai jamais entendu Hjaltalin crier à Sigurvin qu'il allait le tuer.

– Qu'est-ce que vous dites ?!

– Je ne l'ai jamais entendu crier : « Je vais te tuer… espèce d'ordure. » Je n'ai jamais entendu ces mots-là. Pas réellement. C'est Leo qui m'a forcé. Forcé à dire que Hjaltalin avait crié ça. Il n'est pas impossible qu'il ait prononcé ces paroles, mais il a peut-être dit tout autre chose.

– Et vous ne dites ça que maintenant ? Après tout ce temps ?

– Je ne veux pas emporter ce secret dans la tombe.

– Steinar… ?

– C'est la vérité. La pure vérité.

– Vous imaginez qu'on va vous croire ? Vous êtes sûr de ne pas mentir ? Histoire de vous venger de Leo ?

La voix de Steinar était presque inaudible. Konrad dut se pencher pour l'entendre.

– Vous pouvez croire ce que vous voulez, murmura le vieil homme. Je n'ai pas entendu ce qu'ils se sont dit. Leo a fait pression. Il m'a menacé. Il jurait qu'il me ferait porter le chapeau. Je n'ai pas osé lui résister. Peut-être que Hjaltalin a vraiment dit ça. Je ne sais pas. Il était très menaçant. Sigurvin aussi, d'ailleurs. Mais je n'ai pas entendu leur conversation. En tout cas… c'est Leo qui m'a forcé à dire ça. C'était son invention. Il a réussi à me convaincre que je finirais en prison et qu'il était probable que Hjaltalin ait prononcé ces paroles. Très probable.

– Steinar, je ne peux pas…

– Je vous dis juste que c'est la vérité.

– Quel était le motif de leur dispute ?

– Je l'ignore. Tout ce que je sais, c'est que cette ordure de Leo m'a forcé à dire tout ça.

– C'est… Steinar ?

Steinar ferma les yeux. Une infirmière arriva au chevet du vieil homme et pria Konrad de partir. Il hésita un instant, debout à côté du lit, puis remercia la soignante, sortit son téléphone et appela Marta.

20

Le lendemain, Konrad attendait Marta dans son bureau quand elle arriva comme une bourrasque, suivie par Leo. Elle ferma soigneusement la porte. Debout, les bras croisés et le visage buté, Leo ne daigna même pas accorder un regard à son ancien collègue. Il venait de se disputer avec Marta, leur colère était palpable. Marta s'installa dans son fauteuil en pointant l'index sur Konrad.

– Cette conversation ne sort pas de ce bureau, c'est compris ?

– Il a reconnu avoir menti ? demanda Konrad.

Il était environ midi. Des averses s'abattaient sur la ville et le ciel s'assombrissait. Les journées précédentes avaient été clémentes et lumineuses, mais l'air avait subitement fraîchi, il avait gelé et bientôt la nuit presque éternelle de l'hiver serait là. Le matin, Konrad avait dû gratter son pare-brise et les vitres de sa voiture pour les dégivrer. Il n'aimait pas cette saison. Il avait envie de chaleur et de soleil.

Sexagénaire râblé aux cheveux blancs et aux traits fins, Leo portait le bouc. Rien n'échappait à ses petits yeux vifs. Très estimé au sein de la police, il s'était fortement impliqué dans l'amélioration des conditions de vie de ses collègues dont il défendait les acquis sociaux.

Il avait autrefois beaucoup travaillé avec Konrad, mais leurs relations s'étaient refroidies depuis longtemps.

– Rien ne me force à écouter ces conneries, lança-t-il, la main sur la poignée de la porte, prêt à quitter la pièce. Il avait un problème d'alcool et reprenait le travail après un congé sans solde de quelques mois.

– Tu restes ici ! ordonna Marta. Quant à toi, Konrad, tu te tais !

– Steinar est un vieux crétin gâteux, rétorqua Leo. Je ne comprends pas pourquoi on l'écoute. Ça m'échappe complètement.

Il s'adressait exclusivement à Marta et agissait comme si Konrad n'était pas là.

– Marta, tu sais ce que ça signifie, répondit Konrad. Si Steinar dit vrai, cela remet en question la validité de toutes les enquêtes auxquelles cet homme a participé de près ou de loin. Absolument toutes. Combien d'autres mensonges a-t-il inventés ? Combien d'aveux a-t-il extorqués sous la menace et par la coercition ?

– Ta gueule ! tonna Leo.

– Ta gueule toi-même, rétorqua Konrad.

– Steinar n'est qu'un… un sale menteur, plaida Leo. C'est évident. Ce genre d'accusation est fréquent. Il me déteste. C'est pour cette raison qu'il a dit ça. Je ne comprends même pas qu'on en discute.

– Mais pourquoi ? reprit Konrad. Quelle raison aurait-il de mentir sur son lit de mort ? Pourquoi avoir attendu tout ce temps pour te mettre en si mauvaise posture ?

– Hjaltalin a toujours nié avoir menacé Sigurvin sur le parking, fit remarquer Marta, le regard rivé sur Leo.

– Enfin ! Bien sûr qu'il l'a fait. C'est quoi ces conneries ? Tu imagines peut-être qu'il allait avouer avoir menacé de mort un gars qui a disparu juste après ?

– Et M. Leo a organisé tout ça jusque dans les moindres détails, poursuivit Konrad. Il s'est servi de nous. Il s'est servi de moi. Je suppose qu'il l'a fait plus d'une fois. On aurait dû explorer d'autres pistes.

– N'importe quoi, s'emporta Leo. Tout ça, c'est des conneries. Si on écoutait tout ce que racontent les petites frappes qui essaient de nous nuire, on ne tarderait pas à fermer boutique.

– Tu devrais prendre une déposition en bonne et due forme de Steinar avant qu'il ne soit trop tard, et n'oublie pas de la lui faire signer, suggéra Konrad.

– C'est bien là le problème, répondit Marta. C'est hélas impossible. Il est mort cette nuit, peu après ton départ.

Leo éclata de rire.

– Il n'a sans doute pas supporté ta visite, ironisa-t-il en regardant Konrad. Le pauvre, tu as dû le faire mourir d'ennui.

– Hjaltalin a passé des mois en détention par ta faute, accusa Konrad. Il se leva et s'approcha, menaçant. Tu lui as fait vivre des moments terribles. Tu es la honte de la police, et depuis longtemps !

– Pauvre type ! éructa Leo en le repoussant. Bon, c'est fini ? demanda-t-il à Marta. Je doute que le vieux Steinar ait dit ça de moi. Je suis sûr que c'est Konni* qui a inventé cette histoire pour me nuire, il devrait avoir honte. J'ai autre chose à faire que d'écouter ces élucubrations.

Sur quoi, il quitta le bureau en claquant la porte.

– Il n'a pas tort, reprit Marta. Qu'est-ce qui prouve que Steinar n'a pas inventé cette histoire pour lui nuire ?

– Marta...

---

* Diminutif de Konrad.

– Je ne dis pas que c'est le cas, mais nous aurons du mal à apporter des preuves étant donné que le vieil homme a eu la mauvaise idée de mourir.

– Leo a alimenté la déposition du témoin, il l'a menacé et l'a forcé à dire qu'il avait entendu certaines choses, or il avait lui-même inventé ces propos, plaida Konrad. On devrait passer en revue les enquêtes auxquelles il a participé pour vérifier s'il était coutumier de ce genre de pratiques.

– Certes, mais ça n'arrivera pas et tu le sais très bien. En tout cas, le témoignage du vieil homme ne suffira pas. Loin de là.

Konrad secoua la tête.

– Au fait, j'ai récupéré tes enregistrements, annonça Marta.

– Mes enregistrements ?

– Ceux de l'hôpital.

21

Marta sortit les enregistrements des caméras de surveillance de l'Hôpital national. Elle se les était procurés
au cas où on y apercevrait l'inconnue qui avait rendu
visite à Hjaltalin. La description fournie par le pasteur
étant très vague, Konrad ne savait pas réellement ce
qu'il devait chercher sinon une femme seule à proximité du service d'oncologie. De nombreuses caméras
étaient installées à l'intérieur comme à l'extérieur de
l'établissement, il connaissait avec une précision suffi-
sante l'heure de la visite. Cette femme était venue voir
Hjaltalin tard le soir, au moment où l'activité était à
son plus bas niveau. Le pasteur avait souligné que le
personnel ne l'avait pas vue. Sans passer par l'accueil,
elle était directement allée dans la chambre de Hjaltalin
au chevet duquel elle était restée un moment avant de
repartir aussi discrètement qu'elle était venue. Quand le
pasteur était entré dans sa chambre, Hjaltalin lui avait
fait signe de les laisser seuls.

— Il ne voulait pas que le révérend sache qui lui rendait visite, dit Konrad. Balayant rapidement les images
de la caméra installée à l'entrée secondaire de l'hôpital,
il assistait au ballet des ambulances derrière l'ancien
service des urgences.

– Qu'est-ce qui te fait croire que cette femme est importante ? interrogea Marta pour la deuxième fois. Elle avait hésité à lui communiquer ces enregistrements. Elle n'aimait pas le voir fouiner ainsi, au risque de mettre en péril l'enquête officielle. Cela dit, ils avaient travaillé ensemble pendant des années et sa contribution pouvait être intéressante.

– Je te l'ai déjà dit. Hjaltalin affirmait avoir passé la nuit avec une femme mariée au moment de la disparition de Sigurvin. Et c'est peut-être elle.

– C'était son mensonge préféré, n'est-ce pas ?

– Il ne serait pas le seul à nous avoir menti, répondit Konrad en pensant à Leo.

– Tu crois que leur aventure dure depuis tout ce temps ?

– Pourquoi pas ? À moins qu'ils y aient mis fin depuis des années et qu'elle ait voulu le revoir une dernière fois.

– Pour le remercier ? Il a dû traverser bien des épreuves pour protéger son identité.

– Exactement. Alors, elle a voulu le remercier pour tout. Il le méritait. Au fait, est-ce que tu as parlé de moi à Hjaltalin pendant sa détention ?

– Bien sûr que oui, répondit Marta.

– Je veux dire, de ma vie privée. Tu lui en as parlé ?

– Non, pas du tout.

Konrad regardait Marta. Assise devant l'écran, elle semblait fatiguée. Elle appartenait à la génération montante et avait fait ses premiers pas dans la police, formée par Konrad. À cette époque, elle n'avait pas encore rencontré sa compagne et claironnait qu'elle appréciait la vie de célibataire. Konrad était persuadé du contraire. Il en avait eu la preuve quand cette femme des Vestmann avait emménagé chez elle. Marta rayonnait, elle pensait avoir trouvé le bonheur. Des années plus tard, Konrad avait été désolé de voir leur relation prendre fin. Marta n'était pas du genre à se plaindre, mais elle l'appelait souvent tard le soir, surtout en hiver, pour lui parler pendant des heures de ce qu'elle avait sur le cœur. Il comprenait à quel point elle était seule. Konrad n'était pas du tout d'accord avec les propos qu'avait tenus un collègue en plaisantant : sous ses dehors rugueux bat un cœur de pierre.

Il inséra un second enregistrement dans l'appareil en demandant à Marta comment elle se sentait. Elle assura que tout allait bien et lui demanda pourquoi une telle question. Il répondit qu'elle avait l'air fatiguée et qu'il s'inquiétait pour elle.

– Mais tout va pour le mieux. Toi aussi, il t'arrive d'avoir l'air fatigué.

– Je crains que tous ces plats épicés ne te conviennent pas.

– Tu n'y connais rien. Ils sont au contraire extrêmement sains.

– Alors, cette nouvelle enquête ? Elle progresse ?

– À petits pas, mais je ne suis pas sûre de devoir t'en parler, à toi qui t'y impliques pour des raisons très personnelles. Tu devrais veiller à ne pas prendre les choses trop à cœur. C'est toi qui m'as donné ce conseil autrefois.

– Et tu as l'impression de l'avoir suivi ? s'enquit Konrad.

Il faut éviter de rapporter le travail à domicile, l'avait-il mise en garde autrefois. Tous deux avaient cependant conscience qu'il était très difficile de suivre ce qui tenait lieu de « onzième commandement du policier ».

– À mon avis, j'y suis mieux parvenue que toi, répondit Marta.

– Tu crois ?

– Oui, j'en suis persuadée.

Médecins, infirmiers, aides-soignants, ambulanciers et visiteurs allaient et venaient à l'écran.

– Et cette femme, qu'est-ce qu'elle cache ? demanda Marta.

– Qui ça ?

– Celle-là, répéta-t-elle en montrant une femme qui attendait devant les ascenseurs. Retourne en arrière.

Konrad rembobina. Une femme vêtue d'un long manteau et coiffée d'un foulard entrait par la porte de l'hôpital et se dirigeait vers les ascenseurs, dos à la caméra. L'instant d'après, elle avait disparu dans une des cabines.

– Ce ne serait quand même pas... Qui c'est ? demanda Marta.

Konrad passa une troisième fois la séquence. L'inconnue faisait tout pour passer inaperçue. Apparemment, elle savait que l'hôpital était équipé de caméras de surveillance et s'efforçait de les éviter.

– Tu crois qu'on la voit arriver ? s'enquit Marta.

Konrad prit l'enregistrement de la caméra installée à l'entrée. Sachant à quel moment elle avait rendu visite à Hjaltalin, ils ne tardèrent pas à la repérer. On la voyait approcher du bâtiment en veillant à ne jamais apparaître de face, puis elle franchissait la porte en mettant sa main en visière et en se servant de son foulard pour se cacher le bas du visage.

– Qui est-ce donc ? demanda Konrad.

Il trouva l'enregistrement du couloir du troisième étage. La porte de l'ascenseur s'ouvrait. Deux aides-soignants en sortaient, suivis par la femme au foulard qui pressait le pas vers le service d'oncologie. Il était environ vingt-trois heures. Le pasteur de l'hôpital était entré dans la chambre de Hjaltalin à ce moment-là et y avait vu cette inconnue.

— C'est bien celle que nous cherchons ? vérifia Marta.

Konrad appuya sur avance rapide. Le service de cancérologie était désert. Ils virent toutefois le pasteur traverser l'écran.

— C'est ton copain ! dit Marta.

— Oui, c'est Pétur. Ce brave homme.

L'ancien policier avança l'enregistrement jusqu'au moment où la porte de la chambre se rouvrait. La femme au foulard sortait dans le couloir. Il fit défiler les images au ralenti. L'inconnue retournait vers les ascenseurs, les appelait mais, préférant ne pas attendre, descendait par l'escalier. Elle gardait la tête baissée en permanence avec sa main en visière, il n'y avait aucun moyen d'apercevoir son visage.

Konrad reprit l'enregistrement de la caméra installée à l'entrée pour y chercher l'heure correspondante. L'inconnue longeait le couloir jusqu'à la porte, toujours en baissant la tête, toujours la main en visière. Tout à coup, elle commença à fouiller dans son sac, retira sa main et son foulard retomba sur ses épaules.

Konrad mit l'image sur pause. Cette femme ne lui était pas inconnue, même s'il ne l'avait pas revue depuis des dizaines d'années.

— C'est bien elle ! Comment c'est possible ?

— C'est qui ? s'impatienta Marta.

— Qu'est-ce que Linda est allée faire là-bas ?

Konrad fixait l'écran, incrédule.

— C'est qui ? répéta Marta en s'agitant sur dans son fauteuil.

— Je n'arrive pas à y croire, murmura Konrad.

— À quoi ?

— C'est pourtant bien sa femme.

– La femme de qui ?

– Linda. C'est la femme de Sigurvin. Pourquoi est-elle allée voir Hjaltalin ?

– C'est elle ? demanda Marta en s'approchant.

– Mais qu'est-ce qu'elle lui voulait ? murmura Konrad, les yeux toujours rivés sur l'écran.

22

Le lendemain, accompagnée par un collègue, Marta se rendit chez Linda et lui demanda pourquoi elle était allée voir Hjaltalin à l'Hôpital national. Linda commença par nier mais, face à l'insistance de la policière, elle avoua qu'elle tenait à ce que cette visite reste secrète pour des raisons évidentes, ce qui expliquait le jeu de cache-cache auquel elle s'était livrée. Ayant appris que Hjaltalin était mourant et qu'on l'avait hospitalisé au service d'oncologie, elle avait voulu lui demander s'il avait tué Sigurvin. C'était aussi simple que ça. Elle pensait que, sur son lit de mort, il lui dévoilerait la vérité. Comme il ne lui avait rien appris de nouveau, elle lui avait dit au revoir et était repartie. Sachant que l'hôpital était équipé d'une flopée de caméras, elle avait essayé de les éviter, mais n'avait manifestement pas été assez prudente.

Linda pria instamment Marta de garder le secret sur cette visite.

Marta résuma leur rencontre à Konrad en lui passant un rapide coup de fil.

– Et c'est tout ? s'étonna-t-il.

– Oui, c'est tout.

– Tu la crois ?

– Difficile à dire, répondit Marta.

– Tu as demandé la liste de ses appels téléphoniques ?

– Oui, je te l'enverrai dès que je l'aurai. Sans doute très bientôt. Je crois que tu ferais bien d'aller la voir aussi. D'une certaine manière, c'est aussi ton histoire.

– Et c'est moi qui ai reconnu cette femme, n'oublie pas, ajouta Konrad.

– D'accord, mais fais gaffe à tes chevilles, prévint Marta.

Impatient, Konrad se rendit le soir même chez Linda, qui habitait une maison neuve dans le quartier de Grafarholt, tout près du terrain de golf. Elle ne sembla pas surprise de le trouver sur le pas de sa porte. Ils ne s'étaient pas vus depuis très longtemps, mais elle le reconnut immédiatement et comprit ce qui l'amenait. On aurait dit qu'elle l'attendait. La cour dallée devant la maison était entourée de parterres de fleurs et un buisson sans feuilles trônait au centre, d'apparence plutôt inquiétante, cerné par les ténèbres sous la bruine automnale.

– Vous venez me voir pour cette visite à l'hôpital ? demanda-t-elle sans préambule, sans même lui laisser le temps de la saluer.

Konrad hocha la tête.

– On m'a dit que vous étiez à la retraite.

– En effet, répondit-il, mais certaines choses nous poursuivent.

Linda le regarda intensément.

– C'est bien vrai, convint-elle. Je vous en prie, entrez.

Son intérieur était chaleureux et confortable, orné de beaux objets et de tableaux. Au loin, derrière l'écran de pluie, brillaient les lumières de la ville et, plus près, on apercevait une partie du terrain de golf. Il lui demanda si elle pratiquait ce sport.

– Moi non, mais mon mari, oui. Il est en Écosse pour affaires, ajouta-t-elle, comme si elle tenait à justifier son absence.

Elle s'était remariée récemment à un homme qui dirigeait une petite société d'import installée à Kopavogur. Pharmacienne, elle avait vécu seule avec sa fille unique pendant de nombreuses années. Cette dernière avait fait des études de technologie au Danemark avant de rentrer en Islande avec son mari et ses deux enfants. Les parts de Sigurvin dans son entreprise avaient été revendues avec d'importants profits, la mère et la fille avaient hérité d'une somme coquette. Linda s'était employée à la faire fructifier. Sa fille avait plus tard dépensé son héritage pour payer ses études et son appartement. Les deux femmes avaient pu s'offrir un peu de luxe et ne connaissaient pas les problèmes d'argent.

– Il me semble que pas mal de couples jouent au golf ensemble, reprit Konrad, sans vouloir s'immiscer dans son intimité.

– Pas nous, répondit Linda. Ce sport ne m'a jamais intéressée. Par contre, Teitur adore ça !

Elle lui proposa un café en lui demandant s'il préférait autre chose. Il opta pour une limonade au gingembre. Ils s'installèrent dans le salon, tous deux résolus à ne pas rendre cette entrevue trop pénible. Linda avait la soixantaine. Les traits fins et réguliers, les cheveux blonds, elle était replète et portait une confortable tenue d'intérieur, un pantalon fluide et une tunique, sans aucun bijou.

– Votre amie est venue m'interroger, dit-elle en buvant une gorgée de limonade au gingembre à laquelle elle avait ajouté un peu de vodka. Konrad s'en était abstenu : il conduisait.

– Je suppose que vous parlez de Marta.

– Mes réponses ne l'ont sans doute pas satisfaite puisque vous êtes ici.

– Ce n'est pas elle qui m'envoie, répondit Konrad.

Il lui expliqua qu'il travaillait pour la sœur d'un homme qui s'était beaucoup intéressé à la disparition de Sigurvin. Cet homme avait jadis été témoin du côté des réservoirs d'Öskjuhlid d'un événement dont il pensait qu'il avait un lien avec celle-ci. Il regrettait de ne pas avoir agi avec plus d'énergie. Sa sœur désirait savoir ce qui s'était passé sur la colline ce soir-là, persuadée que cela éclaircirait les conditions dans lesquelles son frère avait trouvé la mort.

– Votre amie Marta m'a parlé de ce nouveau témoin, dit Linda. J'ignorais son existence. Enfin, les gens parlent tellement, ils croient voir, entendre et savoir tant de choses.

– Cet homme semblait digne de foi, assura Konrad.

– Je n'en doute pas.

– En outre, la police m'a demandé de l'assister quand Hjaltalin a été à nouveau incarcéré. Pour moi, ces dispositions sont toujours valables, reprit-il en souriant.

– D'accord, que voulez-vous savoir ?

– Pourquoi être allée voir Hjaltalin ?

– Je l'ai déjà dit à votre copine. Je voulais lui demander s'il souhaitait soulager sa conscience avant de partir. Il ne l'a pas fait. C'est tout. Je ne me suis pas attardée.

– Vous vouliez savoir s'il avait tué Sigurvin ?

– C'est évident, non ?

– Et il a nié, comme toujours ?

– Oui.

– Il n'a pas été surpris de vous voir ?

– Surpris ? Peut-être un peu… Ma visite était… disons… inattendue.

– Vous avez déployé des trésors d'énergie pour ne pas être reconnue.

– Ne me dites pas que ça vous surprend. Étant donné la situation.

– Pas du tout, répondit Konrad. En revanche, je suis beaucoup plus étonné que vous soyez allée le voir.

– Eh bien, j'en ai brusquement ressenti le besoin. Je ne sais pas ce qui m'a pris. Je voulais le voir avant… avant…

– Vous aviez eu des contacts avec lui avant sa maladie ? Avant cette visite ?

– Aucun.

– Il ne vous donnait jamais de nouvelles ?

– Non. Puis j'ai appris qu'il était mourant.

– Je suppose que Marta vous en a parlé, Hjaltalín n'avait aucun alibi le soir de la disparition. Il affirmait avoir passé la nuit avec une femme dont il a toujours refusé de dévoiler l'identité, prétextant qu'elle était mariée. Il s'en est tenu à cette version jusqu'aux derniers instants. Je suis allé le voir en prison quand on a retrouvé Sigurvin sur le glacier, il a continué à clamer son innocence et à répéter cette histoire à dormir debout. Je peux vous dire que j'ai presque fini par le croire.

Linda but une gorgée de limonade.

– En voyant les enregistrements de l'hôpital, ça m'a frappé, poursuivit Konrad. Je n'y avais jamais pensé, mais je peux comprendre. C'est que ça ne crève pas les yeux.

– Quoi donc ? demanda Linda.

– Je ne crois pas que vous ayez ressenti tout à coup un besoin irrépressible de lui parler sur son lit de mort. Je ne crois pas que vous soyez allée le voir pour obtenir des réponses.

– Ah bon ?

– Non, à mon avis, c'est plus compliqué.

Linda avala une autre gorgée. Elle manifestait par ailleurs un calme olympien. Elle avait toujours été sereine et pleine d'assurance.

– Je ne vois pas où vous voulez en venir, éluda-t-elle.

– Hjaltalin a reçu plusieurs appels sur son portable et il en a aussi émis quelques-uns. Il s'est également servi de la ligne de l'hôpital pour en passer deux autres. Son portable était déchargé ou il craignait qu'il n'ait été placé sur écoute. En tout cas, il ne s'est pas méfié du téléphone de l'hôpital. Ou peut-être avait-il tellement envie de vous voir qu'il a pris ce risque. Le premier numéro était celui de sa sœur aux États-Unis. Le second, c'est celui de cette maison.

Linda restait impassible.

– La veille de votre visite à l'hôpital.

Linda se taisait.

– C'est lui qui vous a contactée, n'est-ce pas ? poursuivit Konrad. Pour la première fois depuis des années, vous avez entendu sa voix. Il vous a dit qu'il était mourant et a demandé à vous voir.

Linda le fixait, stoïque.

– Hjaltalin était un menteur né, mais là, il n'a pas menti. En effet, il avait passé la nuit avec une femme mariée et, maintenant, je comprends un peu mieux pourquoi il a toujours refusé de dévoiler son identité.

Les yeux de Linda s'emplirent de larmes. Elle était immobile. Raide, le dos droit dans son fauteuil, elle s'efforçait de faire comme si les paroles de Konrad ne l'atteignaient pas.

– Vous ne viviez plus avec Sigurvin quand il a disparu. Mais vous n'étiez pas légalement divorcés, n'est-ce pas ? Vous étiez encore mariée sur le papier ?

Linda hocha la tête, les lèvres pincées.

– On vous considérait comme divorcée et jamais nous n'avons vu en vous une femme mariée. De plus, vous étiez chez votre sœur ce soir-là. Je l'ai vérifié. En revanche, je n'en ai trouvé aucune confirmation dans les procès-verbaux. Je crois que la police n'a jamais vérifié votre alibi auprès de votre sœur parce que personne n'imaginait que vous ayez pu faire du mal à Sigurvin. Il faut dire que cette enquête est partie dans tous les sens dès les premiers jours.

Konrad se pencha vers elle.

– J'ai raison, n'est-ce pas ? Vous êtes cette femme mariée ? demanda-t-il. La femme dont Hjaltalin a toujours refusé de nous donner le nom.

23

Linda se leva. Elle vida son verre, le reposa sur la petite desserte du salon, alla dans la cuisine chercher de l'essuie-tout pour sécher ses larmes puis, s'étant ressaisie, vint se rasseoir dans son fauteuil.

– Je ne pensais pas que vous découvririez tout ça, dit-elle. Je devrais être soulagée. Cette histoire me hante, c'est un cauchemar qui dure depuis si longtemps.

– Hjaltalin nous a beaucoup menti, répondit Konrad. Il était impossible de distinguer le vrai du faux. On a tout fait pour vous trouver, jamais il n'a dévoilé votre identité et nous n'avons jamais repéré la trace de cette femme mariée dont il parlait toujours. Personne à la police n'avait imaginé qu'il puisse s'agir de l'épouse de Sigurvin.

– Quand j'ai appris qu'il disait avoir passé la nuit avec une femme mariée et que c'était l'alibi qu'il donnait, je n'en ai pas cru mes oreilles. Lui qui n'arrêtait pas de me dire que notre relation devait impérativement rester secrète.

– Il était désespéré… Puis vous avez pris le risque de venir le voir à l'hôpital juste avant sa mort.

– Oui.

– Vous trouvez que ça en valait la peine ?

– Nous avions mis fin à toute relation. On ne se voyait pas, on ne se contactait pas, répondit Linda. On faisait comme si tout ça n'avait jamais existé. Laissez-moi vous dire que ça m'a valu des moments de détresse. Mais le risque était trop grand. Puis les années ont passé... Quand je l'ai vu à l'hôpital, quand je l'ai vu dans cet état, allongé sur ce lit... c'était horrible. J'ai eu du mal à le reconnaître.

– Son cancer a progressé très rapidement.

– Il était complètement décharné.

– Pourquoi vous a-t-il appelée ?

– Je suppose qu'il voulait me faire ses adieux.

– De quoi vous a-t-il parlé ?

– En fin de compte, nous n'avions pas grand-chose à nous dire. Mais ça m'a fait du bien de le revoir, de passer un peu de temps avec lui et...

Linda n'avait pas la force d'achever sa phrase.

– Vous étiez ensemble depuis longtemps quand Sigurvin est mort ?

– Quelques mois.

– C'est pour cette raison que vous l'aviez quitté ? Parce que vous étiez avec Hjaltalin ?

Linda hocha la tête.

– Oui, enfin, dans un sens.

– Mais Sigurvin n'était pas au courant ?

– Non, répondit Linda. Il ignorait que je fréquentais Hjaltalin. Notre mariage n'était pas heureux. Je crois qu'on aurait fini par divorcer de toute façon.

– C'est pour ça que vous avez fréquenté Hjaltalin ? Parce que votre couple battait de l'aile ?

– D'une certaine manière, oui.

– Vous vous retrouviez où ?

– Ici et là. Chez lui. Chez moi. On était très prudents. On se voyait à Borgarnes. À Selfoss. Dans des

142

petites pensions de famille. Les gens ne faisaient pas attention à nous et on ne s'occupait pas d'eux. Sigurvin passait beaucoup de temps à l'étranger, ce qui facilitait les choses.

— Mais pourquoi ? Pourquoi l'avoir trompé ?

— Vous croyez que ce sont des choses qui s'expliquent ? rétorqua Linda. Mon couple avec Sigurvin était moribond. Hjaltalin me comprenait. Il me rassurait, me consolait, me prenait dans ses bras, il était chaleureux.

Konrad l'écoutait en silence. Elle lui raconta sa rencontre avec Sigurvin à Verslunarskoli, le lycée spécialisé dans les filières commerciales. Elle lui avait déjà dit tout ça des dizaines d'années plus tôt, mais aujourd'hui son récit avait gagné en maturité et portait la marque d'expériences douloureuses. Elle décrivait Sigurvin comme un jeune homme fougueux et entreprenant, elle avait été séduite par son assurance. Il était beau garçon et ne manquait jamais d'argent, ce qui n'était pas pour lui déplaire. Ils avaient à peine vingt ans. Sigurvin échafaudait toutes sortes de projets et rêvait de s'enrichir. Il avait interrompu ses études et lui avait dit que rien ne l'obligeait à s'inscrire en faculté de pharmacie si elle ne le désirait pas vraiment. Pour sa part, elle aimait apprendre, elle avait toujours envisagé d'aller à l'université et voulait être indépendante. Au lycée, elle ne s'intéressait pas à Hjaltalin avant que ce dernier ne se lance dans toutes sortes d'aventures avec Sigurvin. Les deux jeunes gens se ressemblaient beaucoup. Ils voulaient réussir vite en se passant de l'école. Hjatalin n'avait pas terminé son cursus à Verslunarskoli, il n'avait jamais passé le bac. Sigurvin l'avait convaincu d'investir dans une compagnie de pêche presque à hauteur de 50 %. Il était, quant à lui, actionnaire majoritaire. Linda et les deux jeunes hommes passaient beaucoup de temps ensemble à cette époque. Hjaltalin avait fréquenté un certain nombre de filles, mais il avait pour Linda les yeux du désir. Elle le savait, elle le sentait, et un soir il était même allé jusqu'à le lui dire.

– C'est comme ça que tout a commencé, longtemps avant que les choses ne déraillent avec Sigurvin, poursuivit Linda. J'ignore pourquoi j'ai sauté le pas. Mon couple était à la dérive. Hjaltalin savait ce qu'il voulait et il s'est débrouillé pour l'obtenir.

– Il a voulu s'éloigner de Sigurvin ? C'est pour cette raison qu'il a vendu ses parts quand Sigurvin a proposé de les lui racheter ? C'est à cause de votre liaison ?

– Je suppose. J'imagine que ça a joué un rôle.

– Il avait l'impression d'être spolié. Il a accusé Sigurvin de l'avoir volé.

– Il était furieux, reconnut Linda. Bien qu'ayant le sang chaud, il se calmait en général rapidement. Mais là, il était hors de lui. Cette colère était cependant atténuée parce que, d'une certaine manière, on se vengeait de Sigurvin. Cela dit, on avait tous les deux mauvaise conscience. On n'était pas des salauds.

– Sigurvin n'a jamais rien découvert ?

– Non. Je ne pense pas.

– Vous saviez que Hjaltalin fréquentait Salomé ?

– Leur histoire était finie, assura Linda. Il allait rompre quand tout ça est arrivé.

– Pourquoi ne pas nous avoir parlé de cette liaison ? s'enquit Konrad. Ç'aurait été plus simple, non ?

– Selon Hjaltalin, la police n'aurait pas manqué d'établir un lien entre notre liaison et la disparition. Il en était convaincu. Il a réussi à s'en sortir parce que personne n'était au courant. Quant à moi, on m'aurait de fait considérée comme complice. Il y aurait eu un procès. On aurait pu clamer qu'on était ensemble lorsque Sigurvin a disparu, personne n'aurait voulu nous croire. On nous aurait condamnés à la perpétuité. Hjaltalin imaginait que ça se passerait comme ça. Il était très inquiet, selon lui, il faisait face à des accusations mensongères alimentées par la police elle-même. Par exemple, ce témoin censé l'avoir entendu menacer Sigurvin de mort, il m'a juré que cet homme racontait n'importe quoi et que tout ça, c'était fabriqué par la police elle-même. Il n'avait aucun doute. Il n'avait confiance en personne car il était persuadé que les flics se serviraient de notre liaison contre nous et qu'ils seraient sans pitié.

– En effet, il ne pouvait se fier à personne, reconnut Konrad en pensant à Steinar et à Leo, et en se demandant s'il devait lui parler des récentes déclarations du vieil homme. Il préféra s'abstenir.

– Il n'a pas osé vous parler de nous. Il savait que vous vous en serviriez contre lui et craignait que vous n'inventiez d'autres mensonges. Il était désespéré et voyait des complots partout.

– Donc, il ne se contentait pas de protéger une femme mariée, mais il voulait aussi sauver sa peau ?

Linda hocha la tête.

– Je crois que Hjaltalin n'avait pas tort, reprit Konrad. Il valait mieux ne pas dévoiler votre liaison, même si ça lui a causé bien des problèmes. Il a réussi à s'en tirer, mais il s'en est fallu d'un cheveu. Votre liaison aurait fait pencher la balance du mauvais côté.

– C'est ce qu'il répétait constamment.

– Il a passé tout ce temps en détention provisoire sans jamais revenir sur sa version. Je suppose que vous étiez fière de lui. La détention provisoire n'est pas une partie de plaisir.

– Fière de lui ? Pas du tout. J'étais désespérée de le savoir en prison. Je me sentais très mal. Mais que faire ? J'avais peur. Est-ce que j'aurais dû me précipiter au commissariat pour tout vous raconter ? Qu'est-ce qui se serait passé ensuite ? On aurait été condamnés. Que serait devenue ma fille ? Qui allait s'occuper d'elle ? Nous n'avons fait aucun mal. Hjaltalin était avec moi ce soir-là. C'est la vérité. Je n'ai aucune raison de vous mentir. Il était avec moi.

– Vous savez pourquoi ils se sont disputés sur le parking ?

– Pour des questions d'argent. Hjaltalin était furieux de la manière dont les choses s'étaient passées, mais jamais il n'aurait tué quelqu'un pour quelques couronnes.

– Qui d'autre était au courant de votre liaison ?

– Personne, on était très prudents.

– Ce qui signifie que vous êtes la seule à pouvoir confirmer cette nouvelle version des faits, nota Konrad.

– Oui.

– Vous avez menti. Menti à Sigurvin. Menti à la police. Vous nous avez caché des informations importantes. Vous dites ne pas avoir voulu prendre le risque d'être accusés, vous et Hjaltalin. D'autres penseraient sans doute que vous l'avez fait parce que vous avez tué Sigurvin.

Linda fixait Konrad, elle bouillonnait.

– C'est faux !

– On a que votre parole.

– Et voilà ! Vous comprenez pourquoi Hjaltalin ne voulait pas vous en parler, répondit Linda, haussant le ton pour la première fois. Quoi qu'il arrive, il ne voulait pas. Et c'est exactement pour ça ! Parce que la police nous aurait suspectés tous les deux et qu'elle aurait inventé des choses qui n'ont jamais eu lieu.

Elle fixait Konrad.

– On... on l'a trahi, c'est vrai. On l'a trahi et c'était affreux, mais on n'a rien fait d'autre. Absolument rien.

24

Olga était aussi peu avenante que d'habitude. Elle travaillait aux archives de la police, atteindrait bientôt l'âge de la retraite et n'était pas à prendre avec des pincettes. Elle était affectée depuis longtemps à ce service et, derrière son comptoir, ressemblait elle-même un peu à un gros classeur : petite, les jambes courtes et solides, carrée, le corps imposant. Elle avait toujours été particulière et les collègues s'employaient à limiter les relations avec elle au strict nécessaire. Au fil des ans, Konrad avait réussi à briser la glace et, les dernières années, ils s'entendaient plutôt bien, ce qui n'empêcha pas Olga de se montrer agacée quand il lui demanda de retrouver les procès-verbaux de l'accident de Villi, le frère de Herdis.

– Je te croyais à la retraite. Pourquoi tu veux ce truc-là ? En quoi cette histoire te concerne ?

– La sœur de cet homme m'a demandé de faire des recherches, répondit-il.

– Une fille à qui tu fais du gringue ?

– Non, une femme qui a besoin de mon aide.

Konrad savait pourquoi elle lui posait cette question. Marta lui avait confié qu'Olga était d'une humeur massacrante parce que son mari avait fini par jeter l'éponge et venait de la quitter. Après trente ans de mariage, il avait annoncé à sa femme et leurs deux filles qu'il en avait assez de toutes ces conneries et qu'il s'en allait. Il n'avait donné aucune explication, mais elle n'avait pas tardé à découvrir qu'il avait emménagé chez une autre, une donzelle maigre comme un clou, selon elle. Désormais, l'homme agissait comme s'il n'avait jamais connu Olga. Konrad voulait lui témoigner sa compassion.

– Comment ça va ? demanda-t-il, hésitant.

– Allons, ne fais pas semblant de ne pas être au courant !

– Non, je…

Il était sur le point de lui présenter « toutes ses condoléances », mais s'était ravisé, sachant qu'il n'y avait pas mort d'homme et ignorant ce qu'il convenait de dire à une personne récemment séparée.

– Ce pauvre type n'a toujours été qu'un crétin minable, répondit Olga. Konrad supposa qu'elle parlait de son ex-mari.

Il avait rencontré cet homme à plusieurs banquets annuels et ils avaient échangé quelques banalités. Il ne le connaissait pas, mais il le plaignait de devoir supporter cette ogresse au quotidien. Aujourd'hui, Olga lui faisait de la peine, mais il se demandait si le départ de son mari ne s'expliquait pas dans une certaine mesure par son sale caractère. Évidemment, il n'osait pas en souffler mot.

– J'imagine que les collègues ne parlent que de ça, lança Olga.

– Pas du tout, la rassura Konrad. Enfin, je ne viens pas très souvent ici. Je suis tellement soulagé d'être à la retraite.

– Ces touristes allemands ont réussi là où tu as échoué, tu ne trouves pas ça lamentable ? demanda-t-elle, sans parvenir à dissimuler un sourire narquois.

Pour être honnête, je me suis toujours dit que vous n'étiez pas très futés. Enfin, tu le sais, je t'ai assez charrié avec ça.

— C'est vrai, répondit Konrad, histoire de meubler.

— Bon, je ne suis pas autorisée à te communiquer ces procès-verbaux, reprit Olga, vacharde. Tu le sais. Tu ne travailles plus dans cette administration et nos archives ne sont pas ouvertes au public.

— Je comprends. D'ailleurs, je venais surtout ici pour te demander si tu te souvenais de cet accident. C'est très rare que des conducteurs renversent des piétons, et encore plus qu'ils prennent la fuite.

Konrad était allé consulter sur Internet les journaux de l'époque, qui avaient beaucoup parlé de cet accident. Il avait revu les photos que la presse avait publiées, un attroupement autour d'une ambulance et de voitures de police sous une tempête de neige déchaînée.

— Tu parles de Vilmar Hakonarson ? L'homme qui a été renversé l'hiver 2009 ? vérifia Olga.

— Exactement.

— Ce n'est pas toi qui étais chargé de l'enquête, tu étais en congé sabbatique, non ?

— Oui.

— Tu faisais n'importe quoi.

— Oui.

— Si je me souviens bien, cet accident s'est produit rue Lindargata en pleine nuit pendant une tempête de neige, reprit Olga. Konrad était soulagé qu'elle ne mentionne pas les raisons de ce congé sabbatique.

— C'est bien ça.

— Vilmar rentrait seul chez lui. Il était complètement ivre. Étant donné son taux d'alcoolémie, il est même étonnant qu'il ait réussi à sortir du bar. Il est mort d'un traumatisme crânien et d'une hémorragie interne. Alors, ma mémoire est bonne ?

Konrad hocha la tête.

— Nos collègues ont mesuré les distances et calculé les trajectoires en fonction du poids de la victime. Il y avait une tempête, il neigeait si fort cette nuit-là qu'il était impossible de repérer d'éventuelles traces de freins ou de relever les empreintes des pneus. Tout a aussitôt disparu sous la neige. En outre, la rue avait été piétinée par les curieux qui s'étaient attroupés. Il n'y avait aucun témoin direct de l'accident. La victime a dû rester un bon moment sur le trottoir avant d'être découverte.

— Et rien n'indiquait qu'on l'avait renversé délibérément ?

— Délibérément ? répéta Olga.

Elle s'accorda un long moment de réflexion en fixant Konrad, consternée.

— Tu piques ma curiosité, reprit-elle. Je crois me souvenir qu'on a exploré cette piste, mais que ça n'a rien donné.

— Ce serait intéressant d'en avoir confirmation.

— Attends.

Elle alla chercher le dossier rangé dans deux classeurs. Aussitôt, elle se plongea dans la lecture avec Konrad : rapport d'autopsie, croquis des lieux, calcul de la vitesse, suppositions sur le type et le poids du véhicule, taux d'alcoolémie, météo à Reykjavík cette nuit-là, conditions de circulation sur le lieu de l'accident, conditions d'éclairage, liste des témoins interrogés, notamment dans le bar où Villi avait pris ses derniers verres.

— Les enquêteurs supposent qu'il s'agit d'un véhicule lourd et de taille importante, pas d'une simple voiture, observa Olga.

– Une seconde, répondit Konrad en feuilletant le rapport d'autopsie. C'est le haut du corps qui encaisse le choc, un choc très violent qui brise le bassin et quatre côtes. Les légistes pensent que ces fractures sont dues à l'impact. Puis Vilmar reçoit un choc violent à l'arrière de la tête en retombant sur le trottoir.

– Ils essaient de repérer d'éventuelles traces de freinage, poursuivit Olga, lisant un autre rapport. Mais tout est brouillé par la tempête de neige. Ils ne trouvent rien qui indiquerait que le conducteur se serait arrêté pour descendre de voiture et secourir Vilmar. De toute manière, la neige qui recouvre les lieux a été piétinée par les badauds. Le conducteur aurait simplement poursuivi sa route, il n'aurait pas vu Vilmar tant la visibilité était mauvaise.

– Il a quand même dû sentir le choc, s'étonna Konrad. Il a dû comprendre ce qui se passait.

– Ils disent qu'il s'agit d'un gros véhicule, répondit Olga.

– Comme une jeep ? Une camionnette ?

– Pourquoi pas ?

– Est-ce qu'on a interrogé ceux qui ont passé la soirée avec lui au bar ?

Olga feuilleta les documents.

– J'ai trouvé le nom d'un de ses amis, Ingibergur, qui déclare avoir bu quelques verres avec lui ce soir-là.

Olga continuait à feuilleter les papiers.

– Le pauvre, je n'ai pas l'impression qu'il nous apprendra grand-chose. Il était sans doute soûl, lui aussi.

25

Ingibergur, Ingi pour les intimes, était la dernière connaissance de Villi à l'avoir vu en vie. Les deux hommes avaient travaillé ensemble dans la maçonnerie et s'étaient liés d'amitié. On bossait comme des dingues, précisa Ingibergur. Des quartiers entiers sortaient de terre en quelques mois : villas cossues, maisons mitoyennes et immeubles. Les magasins avaient poussé comme des champignons, pour la plupart dans d'immenses hangars à l'orée de la ville. Leur patron avait du mal à honorer tous les contrats qu'on lui proposait et manquait constamment de personnel. Il avait dû faire appel à une agence d'intérim qui lui avait envoyé des ouvriers étrangers. Pendant un moment, on parlait quatre langues sur les chantiers où il travaillait avec Villi, ce qui n'était pas sans poser problème. Ils étaient alors les seuls de l'équipe à parler l'islandais.

Villi et Ingi avaient le même âge, tous deux étaient passionnés de sport et célibataires. Né dans les quartiers est, Villi était un ardent supporter du club de foot Fram et Ingi, de Valur. Or Fram et Valur étaient des ennemis jurés. Le début de leur amitié avait été difficile. Dès son arrivée dans l'entreprise, Ingi avait commis l'impair de dénigrer l'équipe de Valur. Éliminée l'été précédent, elle jouait maintenant en première division.

Quant aux Fram, ils ne gagnaient pratiquement aucun match, ce que Villi ne se privait pas de souligner. Il n'hésitait pas à mettre en avant la longue histoire de Valur, nettement plus intéressante que celle de Fram. Ingi balayait cet argument en donnant divers exemples des prouesses de son équipe. Ils s'étaient chamaillés ainsi quelque temps puis avaient compris le ridicule de leur querelle et s'étaient trouvé un ennemi commun : le KR, Knattspyrnufélag Reykjavikur, le club de football de Reykjavík, qu'ils n'avaient de cesse de vilipender. Très vite, ils avaient pris l'habitude d'aller ensemble aux matchs ou de s'installer dans un bar qui les diffusait pour les regarder en direct devant une bonne bière et quelques petits verres d'alcool fort jusqu'au milieu de la nuit. C'était là un autre de leurs points communs : ils aimaient boire.

L'alcool ne leur faisait cependant pas le même effet. Ingi avait tendance à se refermer sur lui-même et ne parlait à personne. Bien que d'un caractère réservé et timide, Villi devenait très bavard, il ne tardait pas à aborder les autres clients du bar pour discuter de tout et n'importe quoi avec eux. Il connaissait les habitués et saluait les nouveaux venus comme des copains de longue date. Ingi se laissait porter, taciturne et pensif. Plus la soirée avançait, moins il prenait la parole, sauf quand on le sollicitait. Il se contentait alors d'une réponse laconique. Un jour, quelqu'un avait demandé à Villi si son ami avait un problème. Villi avait éludé en disant que c'était son *silent partner*.

Un soir à la fin novembre, Ingi et Villi étaient venus là pour assister à un match du championnat d'Espagne. Ils étaient arrivés tôt pour avoir une table face à l'écran où ils étaient restés seuls tous les deux jusqu'à l'arrivée des clients. Trois autres passionnés de foot s'étaient alors joints à eux. Villi était très en forme, et l'atmosphère excellente. Ils avaient discuté avec les gars qui s'étaient assis à leur table. Tous convenaient que l'équipe de Barcelone était nettement meilleure que le Real Madrid.

Le match terminé, les clients avaient fini leur verre, s'apprêtant à rentrer chez eux. Quelques-uns avaient salué le serveur en le remerciant, d'autres s'étaient contentés de remonter la fermeture éclair de leurs anoraks, se préparant à affronter la tempête qui faisait rage à l'extérieur. La météo s'était considérablement dégradée, le vent avait forci, assorti de chutes de neige compactes. Les deux amis ne s'en souciaient guère, à nouveau assis seuls à leur table, Ingi ayant depuis un bon moment sombré dans le silence.

Le bar continuait à se vider et, ayant bu suffisamment pour vaincre sa timidité, Villi observait les tables voisines. Parmi les quelques femmes venues assister au match, deux d'entre elles, à peu près du même âge qu'eux, étaient assises au comptoir. Villi avait donné un petit coup de coude à Ingi qui les avait regardées sans grande conviction. Villi était sur le point de les aborder quand elles s'étaient levées. L'une d'elles avait fait la bise au serveur puis était partie avec sa copine.

Villi était allé commander une autre bière. Il avait salué le gars assis au comptoir, avait fait quelques commentaires sur le match, et la discussion s'était engagée. Ingi avait continué à boire sa bière, seul à sa table, jetant régulièrement des regards en direction de son ami. Trois filles étaient entrées et avaient épousseté en riant la neige qui s'était accumulée sur leurs vêtements. C'était la première fois qu'il les voyait ici. Elles ne semblaient pas connaître ce bar qu'elles avaient balayé du regard avant de s'approcher du comptoir pour y commander des cocktails multicolores. Puis elles étaient allées s'asseoir

155

à l'écart, comme pour être tranquilles. Ingi n'avait aucun succès auprès des femmes, il avait eu une petite amie, mais ça n'avait pas duré. Il s'était demandé s'il devait les rejoindre, mais quelque chose l'avait retenu. Il ne savait pas quoi leur dire et n'avait pas envie de passer pour un sale type qui importunait les filles.

Finalement, ayant trouvé quelque chose à leur dire, il s'était levé pour se diriger vers leur table mais, arrivé à proximité, le courage lui avait manqué et il avait changé de direction. Elles ne l'avaient même pas regardé. Ne pouvant faire machine arrière, il était allé s'affaler dans un coin, sa bière à la main, le cœur battant.

Il était peut-être plus ivre qu'il ne l'avait cru. Il ignorait combien de temps il était resté assis là. Le serveur lui avait apporté deux autres bières. Ensuite, il s'était levé, chancelant, et s'était souvenu de Villi. Son ami avait disparu, tout comme l'homme avait qui il discutait. Ingi s'était assis au comptoir et s'était endormi. Il avait été réveillé par le serveur et un autre homme qui l'avait prévenu qu'ils fermaient. Somnolant, il était sorti dans la tempête. Insensible au blizzard, il avait traversé le centre, poussé par le vent jusqu'à chez lui. Complètement soûl, il ne conservait du trajet qu'un vague souvenir.

Ingibergur passa une main dans sa barbe et but une autre gorgée de bière.

– Villi a sans doute cru que j'étais parti, expliqua-t-il.

– Et vous ne l'avez pas revu ensuite ? demanda Konrad.

– Non.

26

Ils étaient dans le bar où les deux amis avaient passé leur dernière soirée. Depuis la mort de Villi, l'établissement avait changé trois fois de propriétaire. On pouvait toujours venir y voir les matchs de foot, mais il n'y en avait pas en ce moment. Tout était calme. En cette fin de mercredi après-midi, les clients n'étaient pas légion. Les haut-parleurs diffusaient de la musique douce. Le serveur rangeait les verres propres qui tintinnabulaient quand il les posait sur les étagères sous le comptoir.

Ingibergur avait déjà bu deux bières et bien entamé la troisième. Le teint rubicond, il caressait sans arrêt son épaisse barbe rousse tout en poursuivant son récit. Il était toujours maçon, il avait retrouvé un emploi depuis trois ans, après une période de chômage. Il avait travaillé trois mois à Akureyri pour un entrepreneur chargé de construire un centre sportif, mais il n'avait pas supporté la rigueur de l'hiver dans le nord de l'Islande.

Herdis avait aidé Konrad à le retrouver. Elle se rappelait pour qui le jeune homme avait travaillé avec son frère. Leur ancien patron avait fait faillite, mais il se souvenait très bien de Villi et d'Ingibergur, et lui avait communiqué le nom d'un autre entrepreneur. Ce dernier croyait qu'Ingi vivait toujours à Akureyri, mais il avait son numéro de portable et l'avait donné à Herdis. Quand elle l'avait appelé, il avait répondu au bout de trois sonneries. Il était revenu à Reykjavík.

Ingibergur avait raconté à Konrad leur dernière virée dans ce bar. Il s'en souvenait d'autant mieux qu'il s'était mille fois repassé le film de cette soirée dans sa tête. De banals détails comme le résultat du match ou la conversation qu'ils avaient eue avant le début étaient restés gravés dans sa mémoire. Il gardait en revanche un souvenir plutôt flou de ce qui s'était passé après sa tentative ratée d'aborder les trois jeunes filles.

– J'aurais peut-être dû engager la conversation avec elles, marmonna-t-il en avalant une autre gorgée de bière. Il avait manifestement mauvaise conscience d'avoir abandonné son ami au comptoir.

– Mais vous ne l'avez pas fait.

– Non, le courage m'a manqué. Je suis allé m'asseoir là-bas pour continuer à boire pendant que Villi discutait avec cet homme, répondit-il en pointant l'index vers le coin. J'étais… assez ivre.

– Villi aussi.

– Oui. La police a vérifié son taux d'alcoolémie.

– Il était complètement soûl, précisa Konrad, espérant que cela contribuerait à atténuer la mauvaise conscience d'Ingi. Vous pouvez m'en dire plus sur l'homme avec qui il discutait ?

– Pas vraiment. Je l'ai à peine aperçu. Il avait la tête baissée, il était assis au comptoir. Tout ce que je sais, c'est que je ne l'avais jamais vu avant ce soir-là et je crois que Villi ne le connaissait pas non plus. Ce n'était pas un ancien collègue, mais juste un type assis là avec qui Villi a engagé la discussion. Villi était comme ça. Il devenait bavard quand il avait bu. Je crois vous l'avoir déjà dit.

Le serveur qui travaillait au bar à l'époque n'avait pas été capable de fournir un signalement précis de l'homme qui avait parlé avec Villi. Il ne s'agissait en tout cas pas d'un habitué. Comme la plupart des clients ce soir-là, il portait un gros anorak. Certains avaient ôté le leur en entrant, mais il avait gardé le sien et portait également une casquette à large visière. Le serveur n'avait donc pas vu son visage. La police avait lancé un avis de recherche avec le signalement sommaire communiqué par le barman et Ingibergur. Personne ne s'était manifesté.

– Je sais qu'on vous a posé ces questions plus d'une fois, reprit Konrad, mais vous pensez qu'ils ont quitté le bar ensemble ?

Ingibergur avait souvent envisagé cette éventualité. Il regrettait de ne pas mieux se rappeler la fin de la soirée, mais il en était incapable. Il ignorait où son ami était allé. Il ne savait pas qu'au moment où il rentrait chez lui dans la tempête de neige, Villi gisait dans une mare de sang, rue Lindargata.

Il secoua la tête.

– Ils se sont disputés ?

– J'ignore de quoi ils parlaient.

– Peut-être que l'homme a voulu lui vendre quelque chose. Par exemple, de la drogue.

– Je n'en sais rien. Villi ne se droguait pas. Donc… je me dis… enfin…

Ingibergur s'interrompit.

– Ils se disputaient peut-être tout bas. Peut-être que Villi l'a vexé.

– Qu'est-ce qui vous fait croire que cet homme pourrait vous dire ce qui s'est passé ? Ils ne se connaissaient pas du tout.

159

– Je sais, mais nous n'avons pas le moindre indice, répondit Konrad. C'est bien le problème, nous sommes dans le flou le plus total. Il pourrait peut-être nous en dire plus, si on le retrouvait. Peut-être qu'il ne sait rien, mais nous devons essayer de l'interroger.

– La sœur de Villi cherche toujours à comprendre ce qui est arrivé à son frère ?

– Oui.

– Elle a été très gentille au téléphone.

– Elle aurait des raisons de ne pas l'être ?

– Elle ne m'a jamais reproché quoi que ce soit. C'est Villi qui a voulu venir dans ce bar.

Ingibergur s'interrompit une nouvelle fois.

– Et il a fallu qu'il ait cet accident, reprit-il après un bref silence.

– L'homme à qui il parlait avait un anorak, ce vêtement portait peut-être une inscription ? Ou bien sa casquette ?

Konrad avait appelé l'ancien barman pour lui poser les mêmes questions. Ce dernier avait eu d'innombrables clients ce soir-là et ne se souvenait d'aucun en particulier. Ils formaient une foule impatiente qui n'attendait que sa bière et il avait servi les verres à un rythme soutenu. En outre, dès que la majorité des clients avaient disparu, il avait joué au poker sur Internet et s'était concentré sur sa partie.

– Non, je n'ai remarqué aucune inscription sur son anorak, répondit Ingibergur. Il était plus âgé que nous. J'ai toujours eu cette impression. Un homme plutôt inquiétant. Je ne crois pas qu'il ait dit grand-chose. Il a surtout écouté Villi.

– Pourquoi ne pas être allé vous asseoir avec ces femmes ?

– J'avais changé d'avis.

– D'accord, mais vous aviez une raison de le faire ?

– Je...

Ingibergur hésita.

– Quoi ?

– Il y en avait une que je connaissais. On était dans la même classe à la fin du collège. Helga. Je l'ai reconnue dès qu'elles sont entrées, je me suis dit que j'allais lui parler puis...

– Vous n'avez pas pu le faire ?

– Non, je... je me suis ravisé.

Konrad regardait le coin où Ingibergur était allé s'asseoir, le cœur serré, le soir de l'accident.

– Villi vous a parlé de ce qu'il avait vu sur la colline d'Öskjuhlid ? demanda-t-il.

– Très souvent, répondit Ingibergur. Cette histoire l'obsédait. Évidemment, dans le temps, des tas de gens traînaient là-bas.

– C'est vrai.

– Par exemple, les homos. C'était un endroit qu'ils appréciaient.

– Vous vous rappelez ce qu'on disait à l'époque, quand vous étiez petit garçon ? demanda Konrad.

– Je m'en souviens, répondit Ingibergur.

Öskjuhlid était un lieu de rencontre notoire des homosexuels. La police avait un temps imaginé que Sigurvin y était allé pour cette raison. Apparemment, il n'était pas homosexuel. Sa sœur affirmait que cette hypothèse était ridicule. Et l'idée qu'il soit allé là-bas pour satisfaire des besoins sexuels l'était encore plus. C'était totalement exclu. Konrad se disait que, peut-être, d'autres personnes présentes à côté des réservoirs avaient vu des choses, mais qu'elles ne s'étaient pas manifestées car, à cette époque, l'homosexualité était très mal acceptée.

Ingibergur inspira profondément.

— Il serait peut-être encore vivant si j'étais resté avec lui, murmura-t-il.

— En général, comment vous terminiez vos soirées ? Vous alliez chez lui ?

— Ça arrivait, répondit Ingibergur d'une voix presque inaudible. Parfois, on allait chez moi. On écoutait de la musique. C'était un véritable ami. Je… je le regrette beaucoup. Vraiment beaucoup.

— C'est difficile de perdre un proche. Je comprends qu'il vous manque.

— Je pense très souvent à lui, reprit Ingibergur. Oui, il me manque terriblement. Terriblement.

27

Hugo rendit visite à son père dans la soirée avec les jumeaux. Leur mère étant à son club de couture, Hugo les avait emmenés manger dans un fast-food et ils avaient fait une halte chez leur grand-père avant de rentrer à la maison. Comme toujours, Konrad était heureux de les voir, il les avait un peu taquinés et leur avait offert de la glace au chocolat qu'il avait dans son congélateur.

– Comment ça va ? demanda son fils. Toujours obsédé par Sigurvin ?

– Pas vraiment, j'ai vérifié quelques petites choses depuis qu'on l'a retrouvé, répondit Konrad en allumant la cafetière. Il faut bien s'occuper.

– Tu veux dire que tu ne renonceras pas tant que tu n'auras pas trouvé ceux qui lui ont fait ça.

– Je veux dire que je fais de mon mieux pour tromper l'ennui.

Assis avec leur glace devant la télé, les garçons regardaient un film. Hugo les laissa tranquilles. Ils étaient assez remuants, surtout quand ils allaient chez leur grand-père qui avait le don de les exciter. C'était une bonne chose qu'ils se calment un peu devant des images.

– Le travail te manque, c'est tout, répondit Hugo.

– Pas du tout.

– C'était pareil quand on t'a viré.

– On ne m'a pas viré, corrigea Konrad. J'ai pris un congé sabbatique.

– Tu n'as rien pris du tout. On t'a forcé à prendre ce congé. Tu es toujours dans le déni. C'est incroyable.

– D'accord, on m'a forcé. Mais quelle importance ? Et pourquoi remettre ça sur le tapis ? En quoi ça te… ?

Il alla chercher la cafetière dans la cuisine, surpris par la tournure que prenait leur conversation. Il ne comprenait pas pourquoi Hugo parlait de ça. En effet, il avait été mis à pied à l'époque de l'accident de Villi, ce qui expliquait qu'il connaissait très peu l'affaire. Il avait commis une faute grave et, durant quelque temps, n'avait pas été certain de récupérer son poste. Le problème avait été réglé grâce à l'appui de Marta, qui avait été déterminant.

Il tendit la tasse à Hugo, qui ressemblait physiquement à sa mère. Il avait hérité de la beauté qui caractérisait ce côté de la famille.

– C'était évidemment lié à toute cette histoire, reprit son fils. À toi et à maman. À cette enquête sur la disparition de Sigurvin. Tu étais insupportable.

– Hugo, c'était une enquête éprouvante. Je ne suis pas sûr qu'il faille en reparler.

– Dans ce cas, qu'est-ce qui te pousse à t'y replonger ? Tu n'es plus flic. Ça ne te concerne plus.

– Je n'en sais rien. C'est une partie importante de ma vie. Ce genre d'histoire te poursuit. Je peux encore me rendre utile. En plus, Hjaltalin ne voulait parler à personne, sauf à moi. C'est lui qui m'a entraîné dans tout ça.

– Malgré tout le reste ?

– Oui, malgré tout le reste.

– Tu ne t'attendais pas à ce qu'on retrouve le corps.

– Non, pas vraiment.

– J'imagine que cette découverte a réveillé en toi des tas de vieux fantômes. Tout à coup, on retrouve ce gars et tu ne peux pas t'empêcher de foncer tête baissée.

– Ça va aller. Ne t'inquiète pas pour moi.

Hugo attrapa la photo de mariage de ses parents, posée sur le meuble à côté de lui. Elle était prise devant l'église de Hateigskirkja, juste après la cérémonie. Konrad portait un smoking de location et Erna une robe magnifique. Ils se souriaient béatement.

– Dire que ça fera bientôt six ans, reprit Hugo.

– Oui, six ans.

Après le départ de son fils et de ses petits-enfants, Konrad regarda à nouveau la photo. Il avait du mal à reconnaître le jeune couple sur les marches de l'église. Il se souvenait à peine de cette époque. Grand et maigre comme un clou, il avait les cheveux longs. Ceux d'Erna étaient retenus par un ruban, elle était un peu trop maquillée. Il avait vingt-six ans. Elle en avait vingt-sept. C'était une belle journée d'été, le dernier week-end de juin. On lisait dans leur sourire radieux la certitude qu'ils resteraient ensemble jusqu'à leur dernier jour. La signature de contrats de vente de hareng et l'approche de la saison des foins faisaient les gros titres. Dans le vaste monde, comme d'habitude, la guerre faisait rage. Ils vivaient ensemble depuis quelques années, comme c'était fréquent en ces temps de liberté. Le jour du mariage, Konrad avait regardé Erna dormir le matin puis, n'y tenant plus, il l'avait réveillée en l'embrassant doucement. Ils étaient restés au lit et s'étaient amusés de cette situation incongrue. Il était plutôt rare à l'époque que les jeunes se marient, et encore plus qu'ils le fassent à l'église, mais ils avaient décidé de sauter le pas même si c'était petit-bourgeois. Il s'était même agenouillé devant elle un soir pour lui demander sa main. Il lui avait proposé de quitter la ville en secret, de trouver une église de campagne et de s'y marier sans personne d'autre qu'eux et le pasteur. Elle avait craint de décevoir sa famille.

– Il fallait toujours que tu penses aux autres, murmura Konrad en fixant la photo.

Il inspira profondément. Quelques bribes d'une vieille chanson de variété lui revinrent en mémoire, une chanson qu'on avait écoutée pendant la noce, deux vers qui étaient comme l'écho murmuré et mélancolique d'un soir d'été, il y avait si longtemps :

l'épreuve de longues et lourdes nuits
souffrances et désespérance*...

---

* Il s'agit de *Vegir liggja til allra átta* (« Les routes partent dans toutes les directions »), classique islandais sorti en 1963, interprété par Ellý Vilhjálms. Mélodie : Sigfus Halldorsson. Texte : Indridi G. Thorsteinsson (le père d'Arnaldur Indridason).

28

Konrad parlait rarement de son père sauf avec Eyglo. Cette femme avait exercé un temps la profession de médium. Il l'avait rencontrée alors qu'il enquêtait sur le rôle, toutefois indirect, qu'avait joué son père dans une affaire de meurtre pendant la guerre. Une jeune fille, Rosamunda, avait été retrouvée morte à côté du théâtre national et ses parents étaient allés consulter un médium. Ce voyant, père d'Eyglo, de mèche avec celui de Konrad, avait affirmé percevoir la présence de la victime pendant la séance, mais certains participants avaient flairé l'escroquerie. Ils avaient compris que le père de Konrad s'était préalablement renseigné sur les parents de la victime. On avait accusé les deux complices de fraude : ils avaient abusé une famille en détresse pour s'enrichir. Beaucoup plus tard, Konrad avait fait des recherches sur l'assassinat de Rosamunda, qui impliquait des soldats de l'armée américaine, des notables islandais et des habitants de Skuggahverfi, le quartier des Ombres. Cela s'était produit à l'époque de la naissance de Konrad.

Eyglo lui avait dit que, peu après le meurtre de son père devant les abattoirs, le médium, son père à elle, s'était suicidé. Elle n'avait jamais compris pourquoi et ne cherchait pas à savoir. Elle supposait toutefois que, pendant la guerre, le père de Konrad avait découvert des choses plus ou moins louches sur le voyant, ce qui lui avait permis de le forcer à travailler avec lui. Eyglo reconnaissait que ce n'étaient que des suppositions mais, c'était notoire, le père de Konrad était une crapule. Quand les deux hommes étaient morts, en 1963, cette scandaleuse séance de spiritisme n'était plus qu'un lointain souvenir, mais sachant que son père avait fréquenté des tas de gens peu recommandables, Konrad s'était demandé s'il n'avait pas repris ses anciennes activités.

Tout cela était revenu l'envahir quand Hjaltalin avait à nouveau soulevé la question en lui demandant si la mort de son père lui était désormais indifférente. Même s'il n'en disait rien, il pensait beaucoup à tout ça depuis quelque temps. Malgré l'importance des moyens déployés, l'assassin n'avait jamais été identifié. Konrad avait lu les procès-verbaux au début de sa carrière. Ils concluaient à un malencontreux hasard : son père s'était trouvé au mauvais endroit au mauvais moment. Il avait sans doute eu une altercation avec un inconnu croisé sur sa route. Apparemment, les deux hommes ne s'étaient pas battus, l'assassin lui avait directement asséné deux coups de couteau. Il n'y avait pas eu vol, il avait toujours sa montre et son portefeuille sur lui. La police avait interrogé en vain tous ceux qu'il fréquentait parmi les délinquants notoires comme lui.

Pour sa part, Konrad avait toujours affirmé ne rien savoir des déplacements de son père ce soir-là. Ses parents étaient divorcés depuis des années. Sa mère était partie s'installer à Seydisfjördur, à l'autre bout du pays, en emmenant sa sœur Beta. Son mari n'avait pas d'emploi fixe, il buvait, la battait et fréquentait des alcooliques et des délinquants. Leur couple n'était plus qu'une façade. Quand sa femme en avait eu assez, il avait refusé qu'elle emmène Konrad avec elle. Elle pouvait partir avec leur fille, mais son fils resterait avec lui. La pauvre femme était dans une situation impossible. Elle avait pensé qu'avec le temps il s'adoucirait et permettrait à Konrad de la rejoindre. Mais ce n'était jamais arrivé en dépit des nombreux voyages qu'elle avait faits jusqu'à Reykjavík pour essayer de ramener son mari à la raison et le convaincre de cesser d'utiliser leur fils pour se venger d'elle.

Le soir du meurtre, Konrad était sorti s'amuser avec des amis. Il avait arrêté l'école et s'était mis à boire, glissant déjà vers la petite délinquance. Il avait rendu divers menus services à son père, par exemple en revendant le butin de ses cambriolages ou des produits de contrebande venus de la base américaine de Keflavik et des cargos. Un jour, avec un copain, il était même entré par effraction dans une bijouterie, mais ils avaient rapidement pris leurs jambes à leur cou sans rien emporter. Il tournait mal, ses fréquentations étaient désastreuses. Au fond de lui, il en avait conscience.

Vous avez dû avoir un choc quand on l'a tué, avait dit Hjaltalin dans sa cellule. C'était bien en dessous de la réalité. Konrad avait eu l'impression de recevoir un coup de poing dans la figure quand la police lui avait annoncé la nouvelle. Et l'onde de choc qui s'était ensuivie résonnait encore en lui.

Quand il l'avait appelée, Eyglo, d'abord réticente à l'idée de le revoir, avait finalement accepté de déjeuner avec lui dans un restaurant. Elle était arrivée à l'heure, toute de noir vêtue, comme à leur première rencontre. Svelte, un peu plus jeune que lui, elle ne faisait pas son âge. Elle avait le visage lisse, comme si les soucis de la vie l'avaient épargnée. Ces deux inconnus que seule reliait une vieille histoire d'escroquerie se saluèrent d'une poignée de main.

– Vous croyez vraiment que vous découvrirez de nouveaux éléments après toutes ces années ? demanda-t-elle après avoir commandé des rougets au serveur. Konrad avait pris la même chose. Elle était franche et directe, elle ne se perdait pas en circonvolutions.

– Quelqu'un m'a demandé l'autre jour si je l'avais complètement oublié ou si je considérais qu'il ne valait pas la peine que je lui consacre mon énergie, répondit-il. Ces propos m'ont choqué. Désormais, je suis moins occupé et je me dis qu'il a peut-être fallu toutes ces années pour avoir envie d'en savoir un peu plus sur mon père.

– C'était un homme très déplaisant. En tout cas, d'après Engilbert, mon père. Ça ne vous a tout de même pas échappé. Les gens comme lui se font nécessairement des ennemis.

– Je crois que la police a interrogé tous ceux qui le connaissaient, et aussi une foule de gens qui ne le connaissaient pas, mais en vain. Je ne vois pas par où commencer mes investigations et j'ai pensé à vous. Vous m'avez dit l'autre fois que mon père savait certaines choses sur Engilbert et qu'il le faisait chanter.

– Oui, mais j'ai précisé que ce n'était qu'une impression personnelle.

– Vous croyez qu'ils s'étaient remis à travailler ensemble ?

– C'est impossible.

– Pourquoi ?

– Engilbert méprisait votre père. Selon lui, c'était une ordure. Il ne voulait plus le voir.

– Il vous a dit ça ?

– Oui.

– Pour quelle raison vous a-t-il parlé de lui ?

– Il ne prononçait jamais son nom, mais un jour il s'est disputé avec ma mère et elle a eu des mots très durs. Ensuite, j'ai demandé à papa qui était cet homme dont maman avait dit tant de mal, il m'a répondu que c'était une mauvaise fréquentation qui l'avait incité à faire des choses qu'il regrettait amèrement.

– Il ne vous a pas donné de précisions ?

– Non. Qu'est-ce qui vous fait croire qu'ils auraient recommencé à travailler ensemble ? Vous avez des indices ?

– Disons que j'ai trouvé certaines choses dans les affaires de mon père après sa mort.

– Certaines choses ?

– Des articles concernant un faux médium, un charlatan, et la manière dont on l'a démasqué. Des histoires d'escroqueries et de manipulations. Des descriptions du monde de l'éther.

– Du monde de l'éther ?

– Oui.

Eyglo le fixa d'un air méfiant sans dire un mot.

– Et ça vous a surpris ? demanda-t-elle après un long silence. C'était une chose que vous ignoriez ?

– Complètement. Je n'avais jamais vu ces articles et ces récits, je me suis dit qu'il avait peut-être repris ses anciennes activités. Mais je n'en ai jamais eu confirmation.

– Vous croyez à l'au-delà ? demanda Eyglo. À ce que certains appellent le monde de l'éther ?

– Non, répondit Konrad.

– Vous en êtes sûr ?

– Certain.

– Dans ce cas, pourquoi ai-je l'impression du contraire ?

— Je ne sais pas.

— Engilbert respectait les gens qui y croyaient, reprit Eyglo. Il éprouvait de la compassion pour ceux qui souffraient et cherchaient des réponses. Votre père ne croyait à rien. Il n'avait aucune compassion pour personne. Il se moquait des gens en détresse. Comment ces deux hommes ont-ils pu travailler ensemble ? Dites-le-moi. Comment diable leurs routes ont-elles pu se croiser ?

Konrad était incapable de lui répondre.

— Ce qu'on appelait autrefois le monde de l'éther, mon père y croyait, reprit Eyglo. Il pensait que les êtres humains rejoignaient cet univers après la mort, qu'il était aussi réel que notre monde à nous, et qu'il arrivait que ceux qui le peuplaient entrent en contact avec le règne terrestre. Son rôle était de faciliter ces contacts. Il n'était qu'un intermédiaire. Votre père a réussi à souiller cette connexion. À souiller ce don. C'est très douloureux pour moi et je ne sais pas vraiment comment prendre vos questions et vos investigations. Je me demande ce que je dois en penser.

29

Bien que blessé par les propos qu'elle avait tenus, Konrad n'essaya pas de défendre son père. C'était inutile. Il avait entendu d'autres gens bien plus virulents. Il s'étonnait cependant de la violence des sentiments et des réactions que cet homme suscitait si longtemps après sa mort.

Il était arrivé que son père lui parle de ces séances de spiritisme. C'étaient souvent des récits incroyables et plutôt comiques. Ces histoires avaient piqué la curiosité de Konrad qui s'était documenté sur les différentes théories concernant la vie après la mort, entre autres sur celle du monde de l'éther, tout aussi réel que notre monde terrestre pour les adeptes du spiritisme. À leurs yeux, au moment de la mort, l'âme y emportait tout le bagage qu'elle avait accumulé au cours de son passage sur terre, sa personnalité et sa mémoire, et elle accédait à un autre degré d'existence appelé corps éthéré. La seule trace subsistant dans le monde terrestre était le corps inerte du défunt, enveloppe désormais inutile de l'âme libérée. Le père d'Eyglo adhérait à cette théorie et considérait qu'il était équipé d'une sorte d'antenne permettant de percevoir les âmes présentes dans cet au-delà.

– J'essaie seulement de le comprendre, expliqua Konrad. Je sais qu'il avait de nombreux défauts. Je suis le premier à le reconnaître. Je conçois que ce soit pénible pour vous d'aborder ces sujets. Je ne sais pas vraiment moi-même ce que je cherche en m'adonnant à ces… investigations. Je suppose que j'ai envie de mieux cerner cet homme. En fait, j'ai l'impression de ne pas l'avoir vraiment connu.

– Il est préférable de ne pas remuer certaines choses, répondit Eyglo. Ça ne vous a jamais effleuré ?

– Pour être honnête, je…

Konrad hésita.

– Vous… ?

– C'est justement ce que j'ai fait jusqu'à maintenant. J'ai évité de remuer tout ça. J'ai évité de m'intéresser à ce qui lui est arrivé par crainte de découvrir des choses déplaisantes. Ce n'était pas un homme facile. Il se livrait à des activités plutôt louches. Je n'étais pas sûr de vouloir les connaître en détail, de vouloir en savoir plus sur lui et découvrir la raison pour laquelle on l'a tué. Après tout, peut-être qu'il l'avait bien mérité. Je suppose que vous avez…

Konrad s'interrompit.

– Enfin, j'imagine que tout ça vous échappe.

– La différence entre nos deux pères, c'est que le mien était un homme adorable qui n'aurait pas fait de mal à une mouche, répondit Eyglo. En revanche, il était doté d'une sensibilité à fleur de peau et avait du mal à supporter la réalité. À mon avis, c'est pour cette raison qu'il buvait. Je me suis longtemps demandé pourquoi il avait mis fin à ses jours. Il n'a laissé aucune explication. Il n'en a pas parlé les jours précédents. Nous n'avons vu aucun signe avant-coureur. Il n'a écrit aucune lettre à ma mère. Ni à moi, d'ailleurs. Rien ne permet d'expliquer pourquoi il a fait ce choix.

— C'était donc un coup de folie ?

— Sans doute.

— Il avait déjà fait des tentatives ?

— Oui. Une fois. Des années auparavant.

Eyglo fixa Konrad un long moment. Elle se taisait. Elle n'en dirait pas plus et il la comprenait. Ils se connaissaient à peine et il percevait à quel point cette rencontre la mettait mal à l'aise.

— Il a continué à exercer comme médium même après le scandale de cette supercherie ?

— Oui, mais très peu et seulement pour quelques élus.

— Et ça fonctionnait bien ? Il réussissait à établir le contact avec le... monde de l'éther ?

— Moquez-vous de lui tant que vous voulez, rétorqua Eyglo, vexée par le ton caustique de ses propos.

— Je vous prie de m'excuser, je ne voulais pas... c'est que je n'ai pas l'habitude de parler de ces choses-là. Je ne voulais pas vous froisser. Je vous l'assure. Je manque d'expérience pour aborder ces sujets.

— Il était réellement médium, insista Eyglo. Il apportait du réconfort aux gens. Je ne vois pas en quoi ça prête à rire.

— Quand nous nous sommes vus l'autre fois, vous m'avez confié que la mort de mon père l'avait beaucoup choqué. Vous pourriez être plus précise ?

— C'est ma mère qui me l'a dit. D'après elle, papa a réagi très violemment. Il était terrifié. Elle ignorait de quoi il avait peur. Il osait à peine sortir, sauf quand elle l'accompagnait. Il vérifiait tout le temps que la porte et les fenêtres étaient bien fermées et laissait toujours la lumière allumée, comme s'il avait tout à coup affreusement peur du noir.

– Et il a changé de comportement après la mort de mon père ?

– Maman pensait qu'il avait peur que son fantôme revienne le hanter, répondit Eyglo en hochant la tête. Il avait peur qu'il s'en prenne à lui.

– Et c'était la première fois qu'il agissait comme ça ?

Eyglo secoua la tête.

– Il était très sensible et… oui, on peut même dire qu'il manquait de courage. Il en fallait très peu pour le bouleverser. Maman disait qu'il lui avait fallu long-temps pour se remettre du scandale et de ces accusations de charlatanisme qu'il avait subies pendant la guerre. D'ailleurs, elle avait l'impression qu'il ne s'en était jamais vraiment remis.

– Parce qu'il possédait réellement ces facultés ?

– Évidemment, et aussi parce qu'il ne voulait pas faire le mal. Ce n'était pas ce genre d'homme. Il avait mauvaise conscience, parfois pour des broutilles, il s'appliquait toujours à donner le meilleur de lui-même.

– On l'a autopsié ? demanda Konrad.

– Non. C'était inutile. Tout a été réglé très vite. Quelle raison aurait-on eu de faire une autopsie ?

– Je ne sais pas, je me posais simplement la question. Vous m'avez dit qu'il buvait. Si je me souviens bien, vous m'avez parlé de beuveries qui duraient parfois des jours.

– Oui. Maman se faisait un sang d'encre quand il disparaissait plusieurs jours de suite sans lui donner aucune nouvelle, sans doute en compagnie de tas d'indi-vidus comme…

– Comme mon père ?

– Oui.

– Il était ivre quand… ? Est-ce qu'il revenait d'une de ces beuveries quand il a mis fin à ses jours ?

– Oui, il avait bu.

– C'est votre mère qui l'a trouvé ?

– Non, s'emporta Eyglo. Vous voulez connaître les détails ? Vous trouvez que c'est important ? Vous voulez que je vous dise comment c'était ?

– Pardon. Je ne voulais pas me montrer intrusif. Je me suis dit que peut-être… je ne sais pas trop comment m'exprimer… Vous ne vous êtes jamais demandé si c'était réellement un suicide ? Vous n'avez jamais envisagé qu'il puisse s'agir de… d'un crime ?

– D'un crime ?

– Oui. Il a peut-être connu le même destin que mon père.

Eyglo le dévisagea, ahurie.

– Non ! Jamais !

– Mais imaginons qu'ils aient recommencé à travailler ensemble, poursuivit Konrad. Imaginons qu'ils aient provoqué la colère de quelqu'un. Et que la mort de mon père soit liée à leurs activités.

– C'est ce que vous croyez ?

– Ils sont morts à quelques mois d'écart. Vous n'imaginez pas qu'il puisse y avoir un lien entre ces deux décès ?

– Non, c'est exclu. Tout à fait exclu. Vous avez une imagination débordante !

– Évidemment je n'ai aucune preuve, se défendit Konrad. J'ignorais ce qui était arrivé à Engilbert avant de vous rencontrer. J'ai beaucoup réfléchi depuis et je suis arrivé à la conclusion qu'il n'est pas impossible que nos deux pères aient recommencé à travailler ensemble. En tout cas, au moment où on l'a tué, le mien s'intéressait à nouveau à ces choses-là, au monde de l'éther.

Eyglo garda le silence un long moment. Elle réfléchissait à l'idée qu'il venait de lui exposer, cette idée qui ne l'avait jamais effleurée.

– Ce n'est pas nous qui l'avons trouvé, on a découvert son corps dans le port de Sundahöfn, déclara-t-elle à voix basse.

– Comment... ?

– Apparemment, il a voulu traverser le bras de mer à la nage, à moins qu'il ne soit tombé à l'eau. Il était habillé. On ignore depuis quel endroit le corps a dérivé. Il n'avait ni blessures ni contusions. Il lui arrivait d'aller sur les bateaux des marins qui avaient de l'alcool de contrebande. Sur le port.

Une assiette se brisa avec fracas dans la cuisine du restaurant. Konrad et Eyglo étaient presque seuls dans la salle. Le coup de feu de midi était passé.

– Ils ont mesuré son taux d'alcoolémie ?

– Oui, je vous l'ai déjà dit, il avait bu.

– Et il était complètement habillé ?

– Oui.

– Il portait même ses chaussures ?

– Oui.

– Et on ne l'avait pas dévalisé ?

– Non, il n'avait rien à voler.

Ils restèrent un long moment plongés dans le silence. Le temps semblait s'être suspendu, à leur table.

– Il fallait vraiment qu'il soit désespéré, murmura Eyglo. J'en ai des frissons rien que d'y penser.

30

Dans la soirée, Elisabet rendit visite à son frère. Bibliothécaire, célibataire endurcie, elle recherchait sa compagnie, surtout depuis quelques années. Quand il lui demanda comment elle allait, elle lui répondit qu'heureusement elle ne manquait pas d'occupation : les gens lisaient encore des livres. Elle travaillait également comme bénévole à Stigamot, l'association de lutte contre les violences conjugales, mais elle en parlait rarement. Elle n'avait jamais eu tendance à s'épancher ni à s'étendre sur ses activités ou sa vie privée. Bien charpentée, les cheveux noir de jais, le visage long et osseux, le regard brun et perçant, le nez aquilin, elle portait des tenues qui dissimulaient ses formes : des chandails qu'elle enfilait en couches successives en hiver, des jupes en tissu épais et de gros godillots rembourrés pour lutter contre le froid. Elle avait aussi une impressionnante collection de bonnets et n'hésitait pas à les mettre les uns sur les autres quand elle le jugeait nécessaire.

– La police a rouvert l'enquête sur la disparition de Sigurvin ? finit-elle par demander, alors qu'elle s'apprêtait à partir. Tu y participes ?

– Je voulais rester en dehors de tout ça, mais en fin de compte j'y suis à nouveau plongé jusqu'au cou.

Konrad ne savait pas exactement comment répondre à la question de Beta. Il lui parla de la sœur de Villi et de l'homme que ce dernier avait vu sur la colline d'Öskjuhlid. La police tentait de vérifier la validité de son témoignage. Selon Konrad, les conversations qu'il avait eues avec Olga et le pasteur ne concernaient pas vraiment l'enquête. C'était là son hobby de retraité. Il avait cessé de travailler dès qu'il en avait eu la possibilité, il n'avait plus envie d'être policier et ne comptait pas revenir sur sa décision. Peut-être en allait-il de même dans d'autres domaines de son existence, depuis quelque temps. Il n'avait plus de but dans la vie, il manquait de détermination, chose plutôt surprenante pour un homme de son âge. Il fumait des cigarillos sans être pour autant fumeur et il enquêtait sans être policier. Mais ce qui lui paraissait le plus étrange, c'était qu'il était à la retraite sans avoir l'impression d'être vieux.

C'étaient peut-être là des sentiments normaux quand on prenait de l'âge. Konrad appartenait à la toute dernière génération d'Islandais nés sous domination danoise. Le lendemain de sa naissance, l'Islande était devenue une république indépendante sous une pluie battante au Parlement en plein air de Thingvellir. Pendant quelques instants, des instants si brefs qu'ils comptaient à peine, il avait été sujet du roi de Danemark. Ça l'avait toujours agacé quand son père le taquinait avec ça, mais au fil des ans il avait nourri une certaine tendresse pour ce lien qui l'unissait au Danemark, même s'il était dérisoire.

Il avait été un enfant joyeux. Ça ne l'avait jamais vraiment dérangé d'avoir un bras un peu bizarre dont il avait du mal à se servir. Le gauche avait moins de force que le droit. Quand il avait grandi, il avait cherché à comprendre la raison de cette différence car tous les gens qu'il connaissait avaient les deux bras aussi forts l'un que l'autre. Sa mère lui avait expliqué que c'était à cause d'un problème qu'il avait eu à sa naissance. Mais cela ne le perturbait pas outre mesure, il ne savait pas ce que ça faisait d'avoir deux bras aussi forts l'un que l'autre et n'avait donc aucun moyen de comparer, il savait seulement qu'il était légèrement différent de ses camarades. Au début, à l'école, les autres enfants s'étaient moqués de cette particularité physique, mais il ne s'était pas laissé décourager, il excellait en natation et en gymnastique, et il participait à tous les jeux de plein air. Les moqueries avaient cessé, et finalement presque plus personne ne remarquait sa différence. En fin de compte, son bras avait une forme tout à fait normale, il avait une main et cinq doigts. Il était le seul à connaître sa faiblesse.

À l'école primaire, son institutrice, une sexagénaire bigote qui croyait aux miracles, lui avait conseillé de prier Dieu pour qu'il redonne de la force à son bras. Après tout, Jésus lui-même avait guéri un paralytique un dimanche. Les propos de cette femme laissaient clairement entendre que le Fils de Dieu connaissait le problème et qu'il savait comment le résoudre.

Originaire d'une vallée reculée du nord de l'Islande et très superstitieuse, la tante de Konrad affirmait qu'un bras malade était la manifestation d'un châtiment. Elle ne considérait toutefois pas que le pauvre enfant avait dû payer pour ses propres fautes, mais que c'était une malédiction envoyée par l'au-delà pour punir les méfaits commis par celui qui ne méritait même pas le nom de frère, formule par laquelle elle désignait invariablement le père de Konrad.

Enfant, Konrad avait remarqué un petit homme qui se promenait en ville, vêtu d'un imperméable. Quelqu'un lui avait dit que c'était un grand poète. Ils avaient

181

un point commun : leur bras paralysé. Cette infirmité avait beaucoup nui au poète dans sa jeunesse, ce qui l'avait rendu cynique et mélancolique – mais elle avait également fait de lui un des plus grands écrivains de son pays.

– Tu es bien silencieux, remarqua Beta en regardant son frère, perdu dans ses pensées. Il lui parla de son déjeuner avec Eyglo. Il lui avait déjà exposé sa théorie selon laquelle leur père aurait repris ses activités de voyance avant d'être poignardé. Il précisa que le complice avec qui il avait travaillé pendant la guerre était mort quelques mois après lui. Peut-être les deux hommes avaient-ils repris leur collaboration.

– Il a eu une réaction très vive en apprenant la mort de papa. Il ne sortait qu'accompagné, n'éteignait jamais la lumière et craignait l'obscurité.

– J'ignorais que les médiums connaissaient la peur, commenta Beta. Après tout, ils ont peut-être encore plus de raisons d'avoir peur que nous.

– Je n'en sais rien. En tout cas, il est mort sans laisser d'explication.

– Il considérait peut-être que c'était le moment d'aller rejoindre le monde de l'éther, ironisa Beta avant d'ajouter qu'elle n'allait pas tarder à rentrer. Les discussions sur leur père, sur la manière dont il était mort et sur ses magouilles ne l'intéressaient pas.

Assis seul dans sa cuisine, Konrad repensait à l'époque où il avait mis fin à sa formation d'imprimeur à Idnskoli, le lycée technique. À l'époque, il sombrait peu à peu dans l'alcool et avait des fréquentations plus que douteuses. Un de ses amis à peu près recommandables avait été exclu du Lycée de Reykjavík mais continuait à participer aux activités culturelles qui avaient lieu dans l'établissement. Ce camarade l'avait emmené voir une pièce de théâtre où jouait une jeune fille dont il était tombé éperdument amoureux. Elle s'appelait Erna.

Bien plus tard, quelque temps après la mort de son père, Konrad avait arrêté de boire et repris sa formation au lycée technique. Erna l'avait alors croisé dans un café en ville, aussi radieuse qu'un soleil d'été.

– Elle est paralysée ? avait-elle demandé en prenant sa main.

– Elle est légèrement plus petite et moins vigoureuse. C'est de naissance, avait répondu Konrad.

– Ce n'est pas gênant pour ta formation d'imprimeur ?

– Je ne me plains pas. Je ne sais pas. Je ne sens pas la différence.

– Évidemment, tu ne connais rien d'autre. Elle est capable de faire un bras fer ? demanda-t-elle en posant son coude sur la table.

– C'est un défi ?

– Tu as peur ?

C'est ainsi qu'ils s'étaient rencontrés. Étudiante sérieuse, Erna se destinait depuis toujours à la médecine et excellait dans son domaine. Il se demandait ce qu'elle avait vu en lui à cette époque, mais il avait tout de suite compris qu'elle serait sa lumière, sa vie et son amour.

Il n'avait pas imaginé qu'un jour, il la tromperait. Cela prouvait à quel point il se connaissait mal.

31

Marta lui téléphona à l'heure du coucher. Il supposa qu'elle voulait savoir si sa conversation avec Linda lui avait appris des choses, mais il se trompait. Elle avait une histoire surprenante à lui raconter.

Alors qu'elle s'apprêtait à rentrer chez elle, le standard l'avait prévenue qu'un homme désirait communiquer à un responsable de la Criminelle des informations concernant Sigurvin. Marta s'était rendue à l'accueil, elle avait salué le visiteur, plutôt nerveux, en lui demandant ce qu'elle pouvait faire pour lui. Il souhaitait discuter seul à seul avec elle et elle l'avait invité à la suivre dans son bureau. L'homme, du nom d'Egill, semblait extrêmement gêné. Marta avait l'habitude de recevoir des gens qui prétendaient avoir des renseignements sur Sigurvin sans que cela mène nulle part. Parmi ceux qui s'intéressaient à cette histoire, certains avaient échafaudé toutes sortes de théories abracadabrantes. D'autres étaient simplement un peu bizarres. Marta avait l'impression qu'Egill appartenait à cette seconde catégorie. Elle n'avait pas envie de lui consacrer plus de temps que nécessaire, et voulait surtout rentrer chez elle.

— Voyez-vous, avait commencé Egill, ma femme et moi, on s'était offert une nouvelle cuisine aménagée.

Qu'est-ce que c'est que cette histoire, s'était agacée Marta en regardant sa montre.

– On l'avait achetée à IKEA, elle n'était pas trop chère. Et c'est moi qui l'ai installée, je suis menuisier, voyez-vous.

– Je vois. Et tout s'est bien passé ?

– Très bien, répondit Egill. La cinquantaine bien enveloppée, il avait un gros ventre et d'épais doigts calleux de travailleur manuel. Notre ancienne cuisine était en bout de course, c'était à l'époque de la grande prospérité. L'argent coulait en abondance et on empruntait comme on voulait. Cela dit, nous n'avons jamais contracté aucun crédit à la consommation. On avait toujours notre vieille bagnole et on s'en contentait. Je connais pas mal de gens qui ont fait n'importe quoi, ils ont acheté des tas de choses en prenant des crédits et...

– Vous aviez quelque chose à me dire concernant Sigurvin, n'est-ce pas ? avait interrompu Marta en essayant de ne pas être trop désagréable. C'est bien le but de votre visite ?

– Je vous prie de m'excuser, mais je tiens à être précis. J'espère que tout cela pourra rester entre nous et que ça n'ira pas plus loin. Qu'en dites-vous ?

– Je ne sais pas du tout de quoi vous allez me parler, objecta Marta. D'ailleurs, je ne suis pas sûre de le savoir à la fin de cette conversation, ajouta-t-elle à mi-voix en regardant à nouveau sa montre.

– Vous disiez ? s'était enquis Egill, une main sur son oreille. Toutes ces scies électriques et ces machines m'ont rendu à moitié sourd.

– Rien du tout, poursuivez.

– Il n'y a eu qu'un seul autre propriétaire entre lui et nous. Un certain Johann. C'est à lui que nous avons acheté la maison, on lui a donné un coup de peinture avant d'emménager puis on a fait quelques menus travaux. Fridny disait souvent qu'il fallait changer la cuisine et on a fini par le faire.

– Fridny ?

– Ma femme.

– D'accord.

– Si je viens vous voir, c'est seulement parce que vous avez retrouvé son corps sur le glacier. Sinon, on n'aurait jamais rien dit. Je dois avouer que Fridny et moi, on a un peu honte. On n'aurait sans doute pas dû faire ça. D'ailleurs, nous n'en avons jamais parlé à personne. En fait, nous avons tout pris. Tout volé.

– Tout volé ? C'est-à-dire ?

– L'argent.

Egill avait haussé les épaules, penaud.

– Quel argent ?

– Celui que nous avons trouvé dans l'ancienne cuisine. Un million en coupures neuves de mille couronnes. Il l'avait soigneusement caché dans la cuisine, dans un simple sac en plastique, avant sa disparition.

– Qui donc ?

– Sigurvin. L'homme que vous avez retrouvé. On est sûrs que cet argent n'appartenait pas à Johann, celui qui habitait dans la maison avant nous. On a vérifié. Fridny l'a fait en lui posant des questions suffisamment évasives. Elle s'est très bien débrouillée.

– Sigurvin, dites-vous ? En quoi cette histoire le concerne ? .

– Je pensais pourtant vous l'avoir expliqué.

– Non.

– Enfin, c'était lui le propriétaire de cette maison. Il habitait là lorsqu'il a disparu ! avait rétorqué Egill, agacé par Marta qui ne comprenait rien.

– Sigurvin ? Vous en êtes sûr ?

– Absolument. Nous…

– Vous ?

– Hélas, nous ne sommes pas en mesure de rembourser cet argent, avait regretté Egill. Nous avons tout dépensé.

Konrad avait écouté sans rien dire. Le récit que Marta lui avait fait de la visite du menuisier au commissariat le surprenait autant qu'il avait déconcerté son ancienne collègue.

– Donc, Sigurvin aurait caché un million dans sa cuisine ?! s'exclama-t-il, ahuri.

– Il semble bien.

– Qu'est-ce qu'ils ont fait de cet argent ? Il ne leur est pas venu à l'esprit de le rendre ? De prévenir ? Quels drôles de gens !

– Le pauvre homme était vraiment désolé. Apparemment, sa femme l'est encore plus.

– Qu'est-ce qu'ils ont acheté ?

– Des actions de la banque Kaupthing. Fridny avait un cousin qui y travaillait.

– Et ?

– Ils ont tout perdu pendant la crise.

32

Le lendemain, en fin d'après-midi, Konrad se gara devant le cabinet de pédicure du quartier d'Armuli et se rendit directement dans la salle d'attente où patientaient deux hommes et une femme. Il demanda à voir Helga. La secrétaire le pria de s'asseoir. Au bout d'un long moment, il prit un magazine people posé sur la table. C'était un vieux numéro qui parlait du divorce d'un couple d'entrepreneurs, du banquet annuel d'un groupe de presse illustré de photos de gens qui passaient à la télé, et de l'ouverture d'un restaurant qui proposait exclusivement des plats crus. Le « scandale » portait sur l'achat d'une maison par un acteur influent de la vie économique. Konrad feuilleta les magazines les uns après les autres et se plongea dans l'existence des « people ». Il avait presque honte de s'y intéresser.

Les clients quittaient la salle d'attente un à un. Une praticienne arriva en lui demandant s'il était bien Eiríkur, ce qu'il démentit.

– Ce n'est pas vous qui avez un cor au pied ? s'enquit-elle.

– Non, assura Konrad, pas plus que je ne m'appelle Eiríkur.

Helga entra dans la salle d'attente. Il lui demanda s'ils pouvaient discuter dans un endroit tranquille. La pédicure voulut savoir ce qui l'amenait. Il évoqua Ingibergur, son ancien camarade d'école, et lui parla de l'accident qui avait eu lieu dans le quartier des Ombres, des années plus tôt. Il n'était pas policier, mais on lui avait confié la tâche d'enquêter sur ce drame qui avait coûté la vie à un jeune homme. Cela piqua la curiosité de Helga qui se souvenait d'Ingibergur. Elle invita Konrad à la suivre dans son petit cabinet.

— Vous ne manquez pas de travail, remarqua-t-il en s'asseyant tandis qu'elle fermait la porte.

— Les gens prennent soin de leurs pieds, répondit-elle en esquissant un sourire. Je ne comprends pas comment... pourquoi vous souhaitez me parler... Qu'est-ce que je pourrais vous dire ?

— J'ignore si vous vous en souvenez, mais un homme a été renversé rue Lindargata il y a environ sept ans. Le chauffeur a pris la fuite. Le blessé est décédé. Il s'appelait Villi et il était ami avec Ingibergur. Ils étaient allés voir un match dans un bar. J'ai interrogé Ingibergur qui m'a dit vous avoir aperçue là-bas le même soir avec deux de vos amies. Il avait beaucoup bu. Il voulait engager la conversation avec vous, mais le courage lui a manqué. Je suppose que vous avez oublié cette soirée, mais je voulais tout de même tenter ma chance.

Helga le regardait d'un air grave et l'écoutait attentivement.

— Et alors ?

— Alors quoi ?

— Je ne vois pas en quoi tout ça me concerne.

— Vous vous souvenez de cette soirée ? s'enquit Konrad.

— Je me souviens d'Ingibergur, répondit Helga. Et ça ne s'est pas passé comme vous le dites. Je suppose que vous m'avez donné sa version. Je n'ai pas oublié.

À l'école, Ingibergur était insupportable. Il passait son temps à nous pincer et à nous tripoter. Ce jour-là, c'était l'anniversaire d'une de mes amies. On est allées manger toutes les trois au restaurant, puis on a fait le tour des bars et on a fini là-bas. Ingibergur était complètement soûl et le temps déchaîné, voilà les deux choses dont je me souviens.

– Qu'est-ce qu'il a fait ?

– Il est venu nous voir. On n'avait pas envie de lui parler et on lui a dit de nous laisser tranquilles. Il s'est mis en colère, il nous a traitées de connasses et de putes. J'ai cru qu'il allait se jeter sur nous, mais il s'est mis à vomir. Tout à coup, de grands jets sont sortis de sa bouche. Il a réussi à en mettre pas mal dans son verre, mais le reste est allé par terre. C'était dégoûtant. Il avait l'air tellement bête qu'il fallait le voir pour le croire. On en reparle régulièrement avec mes amies quand on se retrouve.

– Il ne m'a pas dit tout ça, observa Konrad.

– J'imagine. Je suppose qu'il ne s'en souvient même pas. Il était ivre mort.

– Vous le connaissiez bien ?

– On était dans la même classe en sixième et en cinquième, mais je ne le fréquentais pas, répondit Helga.

– Vous avez remarqué la présence d'autres hommes dans le bar ce soir-là ?

– Non, répondit-elle sans hésiter.

– Vous n'avez rien lu dans les journaux concernant cet accident ? À l'époque, la police cherchait des témoins.

– Non, cette histoire ne me dit rien.

– Il y avait deux hommes qui discutaient au comptoir. Le premier, c'était Villi, l'autre portait un anorak et une casquette de base-ball. J'essaie de le retrouver.

Je ne connais pas son nom et je n'ai aucune idée de son identité.

Une pédicure ouvrit la porte et passa sa tête dans l'embrasure en disant qu'elle avait fini de nettoyer et qu'elle allait rentrer chez elle. Helga lui répondit qu'il lui restait encore quelques petites choses à régler et qu'elle fermerait le cabinet.

– Je ne m'en souviens pas, répondit-elle quand sa collègue eut refermé la porte. Je veux bien poser la question à mes copines, mais vous savez…

– Oui ?

– À mon avis, ça ne servira pas à grand-chose.

33

Le lendemain, Konrad contacta l'ami d'enfance de Villi dont Herdis lui avait parlé. Celui-ci se souvenait avoir vu une gigantesque jeep à côté des réservoirs d'Öskjuhlid. Ils se donnèrent rendez-vous au petit bar qu'il fréquentait dans le quartier d'Armuli.

Plutôt maigrichon, Ingvar avait une barbe de trois jours et portait une casquette de base-ball qui dissimulait sa calvitie avancée. Routier de profession, il était bavard. Il parla longuement de son enfance dans le quartier des Hlidar, de ses jeux avec ses copains sur la colline d'Öskjuhlid, précisa qu'il était supporter de l'équipe de Valur et évoqua toutes sortes de choses qui lui venaient à l'esprit tandis qu'assis à une petite table ronde, ils buvaient leur café. L'endroit était sympathique et tranquille, la foule de la fin d'après-midi ne l'avait pas encore envahi.

Ingvar était doté d'une mémoire incroyable concernant l'histoire de l'association sportive Valur. Il connaissait le nom de chacun des joueurs de hand-ball et de football qui en avait fait partie. Il se souvenait des résultats des matchs jusqu'en 1970 et de la position de Valur dans les classements. Il connaissait toutes les dates de naissance des joueurs, savait par quel club ils étaient passés avant de rejoindre Valur et dans quel club ils étaient partis quand ils l'avaient quitté. Il se souvenait des matchs les plus importants, ayant assisté à la plupart d'entre eux, et se rappelait tout des matchs mineurs, y compris des détails que les joueurs eux-mêmes avaient oubliés. Il se vanta à Konrad d'avoir plusieurs fois surpris les anciens joueurs de Valur par l'étendue de ses connaissances. Il était capable de retracer la généalogie et les liens familiaux entre les joueurs principaux et d'autres sportifs jusqu'au siècle dernier. Passionné de football, Konrad lui posa un certain nombre de questions auxquelles il répondit chaque fois correctement. Ingvar connaissait presque aussi bien le Manchester United que le Valur et avait en tête tous les vieux résultats du championnat d'Angleterre.

Tout cela avait surgi dans la conversation après que Konrad lui avait demandé à quel moment il avait vu la jeep. Ingvar lui avait répondu que c'était une semaine avant que Villi soit chassé d'Öskjuhlid parce que, ce même soir de février, il avait assisté au match entre le Valur et le FH à Hlidarendi avec deux amis. L'équipe de Reykjavík avait battu à plates coutures celle de Hafnarfjördur. Il se rappelait le score final et se souvenait même qu'un des joueurs de Valur fêtait son anniversaire ce jour-là.

– Donc, vous êtes sûr de la date, au jour près ? s'enquit Konrad, fasciné par cette mémoire d'éléphant.

– Oui, au jour près, répondit Ingvar avec fierté.

Heureux de la victoire de leur équipe, lui et ses deux amis avaient refait le match en gravissant Öskjuhlid. Ils avaient admiré la puissance des tirs et l'efficacité des ailiers. Ingvar avait volé des cigarettes à son père et ils voulaient monter les fumer à côté des réservoirs.

– On la trouvait superbe, cette jeep, reprit-il. Elle a poussé de sacrés rugissements en partant. Enfin, on ne s'y est pas intéressés plus que ça. Je m'en suis souvenu en discutant avec Herdis. On parlait du corps découvert sur le glacier et du genre de véhicule qu'il faut pour y monter. Villi m'avait déjà signalé cette voiture. Il se souvenait du match qui avait eu lieu à Höllin. J'ai vérifié, la date correspond à celle de la disparition de Sigurvin. C'était incroyable. Évidemment, les années avaient passé, mais la date correspondait.

– Vous vous rappelez la marque de ce véhicule ?

– Je n'ai pas fait attention.

– Une Ford Explorer ? suggéra Konrad, en pensant à la jeep de Hjaltalin.

– Peut-être plutôt une Wrangler. Enfin, je ne sais pas. Je m'y connais pourtant assez bien, surtout en camions, mais je n'ai pas remarqué ce détail.

– Et il n'y avait pas d'autre véhicule ? Son propriétaire attendait quelqu'un ? Elle était de quelle couleur ?

– Elle était garée au pied des réservoirs. Je dirais qu'elle était grisâtre. On n'a pas regardé à l'intérieur, je suis incapable de dire si le conducteur était seul. En tout cas, on ne savait pas ce qu'il faisait là-bas.

– Cette jeep, elle avait quelque chose de spécial ?

– Ses pneus. C'est ça qui m'a frappé. Je les trouvais énormes. À l'époque, on n'avait pas l'habitude de voir des jeeps de ce genre. Aujourd'hui, elles sont toutes surélevées, elles ont des roues gigantesques et des tas de gadgets.

Ingvar se gratta la tête. S'il avait aussi bonne mémoire pour le reste que pour les victoires de Valur, on pouvait se fier à ce qu'il disait.

– Vous croyez que c'est la même que Villi a vue une semaine plus tard quand il a croisé cet homme ?

– Il disait que c'était possible, répondit Ingvar. Mais il n'en était pas tout à fait sûr. Il ne se souvenait pas de ces énormes pneus. Après tout, ce n'était peut-être pas la même.

Ils continuèrent à parler de la jeep et de ses pneus. Ingvar se rappelait très bien cette soirée. Non seulement parce que Valur avait battu le FH et parce que l'un des joueurs fêtait son anniversaire, mais aussi parce que son père avait découvert qu'il manquait plusieurs cigarettes dans son paquet et qu'il l'avait accusé de les avoir volées. C'était le jour de sa deuxième gifle.

– Quand je suis rentré à la maison, je sentais le tabac à plein nez et il n'a pas tardé à faire le rapprochement. Il comptait toujours ses cigarettes et il m'interdisait de fumer. Mon père était un homme très pointilleux. Il a joué deux ans en première division. Au foot. Il a marqué trois buts. Tous contre l'équipe d'Akranes.

34

Plus tard le même jour, Konrad avait rendez-vous avec le menuisier et sa femme pour les interroger sur la fortune qu'ils avaient trouvée à l'époque où ils avaient décidé d'installer une nouvelle cuisine aménagée. Rangée en liasses dans un sac dissimulé entre le four et le placard situé au-dessus, la somme d'un million en billets de mille couronnes avait été placée dans l'interstice recouvert par une plinthe. C'était un sac de supermarché Hagkaup, ajouta Fridny, manifestement satisfaite de pouvoir enfin soulager sa conscience. Comme deux condamnés à mort, elle et son mari étaient assis dans la pièce aux placards élégants munis de portes en bois ou en verre et équipée d'une cuisinière dernier cri. Ils n'avaient pas regardé à la dépense.

– Ce serait affreux de lire notre nom dans la presse, s'alarma le menuisier, craignant pour sa réputation.

– Vous saviez que Sigurvin habitait cette maison avant vous ?

– Oui, répondit Fridny, honteuse. Mais cet argent aurait aussi pu appartenir à Johann. Personne ne nous a jamais rien réclamé et nous avons tout pris.

Konrad appréciait sa franchise. Il se demandait comment réagissait le commun des mortels dans une telle situation, comment réagissaient ceux qui n'avaient pas d'argent et qui trouvaient chez eux une fortune que personne ne réclamait. Fridny semblait lire dans ses pensées.

– À mon avis, la plupart des gens auraient tout gardé, ils auraient fait comme nous. Vraiment. J'en suis convaincue. On n'est pas pires que les autres, croyez-moi.

– Vous avez interrogé Johann, l'homme qui vous a vendu cette maison après l'avoir achetée à la famille de Sigurvin ?

– Oui, je lui ai posé des questions. Il ne voyait pas de quoi je parlais. Nous n'avons pas dépensé l'argent tout de suite. Nous l'avons gardé un certain temps car nous ne savions pas quoi en faire. La découverte de ce sac était un sacré choc. Qui donc garde dans sa cuisine une somme pareille ?

– Nous avons envisagé d'aller en parler à la police, reprit Egill, mais finalement nous ne l'avons pas fait.

– Puis, tout d'un coup, nous avons acheté ces actions à la banque, compléta Fridny. Mal nous en a pris, on a perdu jusqu'à la dernière couronne.

– Est-ce qu'il va falloir tout rembourser ? s'inquiéta Egill.

– Vous savez à qui appartenait cet argent ? demanda Konrad.

– À ce Sigurvin, n'est-ce pas ? Vous croyez que nous allons devoir dédommager ses héritiers ?

– Rien ne prouve que cet argent était à lui, même si c'est probable. Peut-être qu'il le gardait pour rendre service à quelqu'un. C'est impossible à dire.

– C'est exactement ce que l'autre flic a expliqué à Egill, fit remarquer Fridny avec un soupir de soulagement.

Le menuisier et son épouse revivaient. Très déprimés à son arrivée, ils lui avaient montré la cachette, désormais occupée par un superbe four italien à vapeur dont Egill affirmait qu'il ne servait jamais. Fridny avait protesté en disant qu'il était parfait pour cuire le baron d'agneau à Noël et que la viande en sortait moelleuse et fondante.

Konrad supposait que l'autre flic dont ils parlaient était Marta. Il leur expliqua qu'il avait lui-même enquêté sur la disparition de Sigurvin de longues années durant, mais qu'il était à la retraite et que les investigations qu'il menait actuellement étaient plutôt une sorte de passe-temps, ce qu'ils comprirent très bien.

– Vous avez eu raison de contacter la police maintenant qu'elle a retrouvé le corps. Il vous a fallu du courage pour vous manifester et avouer ce que vous avez fait.

– On pensait qu'il le fallait, répondit Fridny. Tout ça nous mettait très mal à l'aise. Je peux vous dire que, si on trouvait cet argent aujourd'hui, on informerait la police très vite. On le ferait immédiatement.

– On n'est pas des voleurs, assura Egill. N'allez pas croire une chose pareille. Ça s'est juste trouvé comme ça. Qu'est-ce qu'on pouvait faire ?

– Et les billets étaient dans un sac en plastique ?

– Oui, confirma Fridny, un sac de supermarché Hagkaup tout à fait banal.

– Je suppose que vous ne l'avez pas gardé.

– Non, on l'a mis à la poubelle sans en parler à personne, répondit Fridny.

– Qu'est-ce qu'il faisait avec une somme pareille chez lui ? demanda son mari.

– Cet argent de malheur ! s'exclama Fridny, furieuse. Heureusement, il s'est évanoui pendant la crise.

– C'était peut-être le mobile du crime, conjectura Egill. Vous ne croyez pas ?

Konrad haussa les épaules. C'était effectivement ce qu'il soupçonnait, mais il n'avait pas envie d'en parler là, dans la cuisine design équipée d'un four à vapeur italien, chez ces gens qui avaient jeté par les fenêtres l'argent d'autrui.

Il venait de leur dire au revoir et avait à peine eu le temps de s'asseoir au volant de sa voiture quand son portable sonna. Il ne reconnut ni le numéro ni la voix de sa correspondante.

– Vous êtes bien Konrad ?

– Lui-même.

– C'est Helga. J'ai appelé ma copine. Elle se souvient de l'homme dont vous m'avez parlé.

– À qui ai-je l'honneur ?

– À Helga.

– Helga ?

– Vous êtes passé au salon pour m'interroger.

– Vous êtes la pédicure ? s'enquit Konrad, se rappelant enfin qu'il était passé la voir.

– Exactement. Je vous dérange ?

– Pas du tout.

– En tout cas, elle se souvient de cette soirée d'anniversaire au bar, mais elle ne se rappelle pas avoir vu un homme au comptoir.

– Parfait. Je voulais seulement vérifier. Je vous remer…

– Mais il y a autre chose.

– Ah bon ?

– Elle a quitté le bar avant nous et, dans la rue, elle a croisé un homme qui portait une casquette comme celle que vous décrivez. Il était au téléphone et elle se souvient encore de ses paroles. Le ton de sa voix l'a terrifiée.

– Cet homme, elle le connaissait ?

– Non, pas du tout. Et c'était la première fois qu'elle le voyait.

– Qu'est-ce qu'il disait ?

– Elle n'a entendu que deux mots qu'il a grommelés dans le combiné, tellement furieux que ma copine en a eu la chair de poule.

– Et que disait-il ?

– *Le tuer.*

– Pardon ?

– Le tuer. C'est tout ce qu'elle a entendu.

– Le tuer ?

– Oui, cet homme a grommelé ça au téléphone et elle a eu tellement peur qu'elle s'en souvient encore.

35

Trois dames d'âge mûr feuilletaient de vieux magazines de mode et des journaux à scandale en attendant leur tour. La coiffeuse s'occupait de deux clientes à la fois. Assise en face d'un miroir avec des papillotes en aluminium sur la tête, la première parlait d'ondulation tandis que la professionnelle s'occupait du shampoing de son autre cliente. Konrad comprit immédiatement qu'il avait mal choisi son moment. Il s'apprêtait à rebrousser chemin quand la coiffeuse l'apostropha.

– C'est vous, le flic ?

– Non, je ne suis plus flic, mais j'ai travaillé dans la police. Je souhaitais voir… vous êtes Elisa ?

– Oui, la copine de Helga. Donc, vous êtes Konrad ?

Il hocha la tête.

– Elle m'a dit que vous vouliez me parler de l'homme que j'ai vu devant le bar.

– C'est exact.

– Pour une affaire de meurtre ?

– Eh bien… on ignore s'il y a un lien, répondit Konrad.

– Avec ce meurtre ?

Les trois dames échangèrent des regards rapides, comme des phoques aux aguets. La femme aux papillotes dévisagea le reflet de Konrad dans le miroir d'un air inquisiteur tandis que la cliente à qui Elisa faisait un shampoing n'arrivait pas à le voir. Elle ne pouvait pas faire grand-chose d'autre que fixer le plafond, les yeux écarquillés.

– Vous êtes sûre que je ne vous dérange pas ? s'enquit Konrad. Je ferais peut-être mieux de repasser plus tard.

– Allons, ne soyez pas intimidé, j'allais prendre un café, répondit Elisa en désignant d'un signe de la tête le petit réduit où on apercevait une cafetière et un papier d'emballage provenant de la boulangerie voisine. Allez vous asseoir là-bas et servez-vous. J'arrive.

Les clientes adressèrent à Konrad un regard furieux auquel il s'efforça de répondre par un sourire avenant. Il se demandait si elles lui en voulaient de prolonger leur présence de quelques minutes dans le salon ou si elles lui reprochaient d'être sur le point de discuter seul à seul avec Elisa, ce qui les empêcherait d'en savoir plus. Il penchait pour la seconde hypothèse. Ces femmes n'avaient pas l'air pressées, elles avaient sans doute prévu de passer la plus grande partie de la journée au salon de coiffure.

Konrad s'installa sur une des deux chaises de cuisine du petit réduit où se trouvait également une table sur laquelle reposait une cafetière pleine de café chaud. Un calendrier illustré de modèles masculins impeccablement coiffés était fixé au mur. Par la porte ouverte, Konrad entendait Elisa discuter avec une jeune femme, sans doute une collègue. Elle la mettait dans la confidence en ajoutant qu'elle allait prendre une pause. Sur quoi, elle rejoignit l'ancien policier dans le réduit dont elle referma la porte.

– Vous avez toujours autant de clientes ? s'enquit Konrad pour engager la conversation.

– Oui, ces braves dames nous sont très fidèles et elles aiment venir ici, parfois seulement pour discuter. Elles adorent les ragots. Helga m'a dit que vous vouliez en savoir plus sur l'homme dont je lui ai parlé. Est-ce que c'est un... comment dire, un meurtrier ?

– Je l'ignore. Pour l'instant, j'essaie de découvrir ce qui s'est passé et de comprendre les implications des paroles que vous l'avez entendu prononcer. Je suis curieux.

– Vous croyez que c'est important ? répondit Elisa. Je veux dire, c'était il y a des années.

– J'aimerais retrouver cet homme, enfin, si possible.

– Il a commis un crime ?

– Je l'ignore, répéta Konrad. Je travaille pour une femme qui...

– Elle est de la famille de celui qui a été renversé, ce Villi dont Helga m'a parlé ? interrompit Elisa.

– C'est sa sœur, répondit Konrad en se disant que Helga n'était pas la dernière à échafauder des théories.

– Et vous pensez que l'homme que j'ai vu l'a écrasé ?

– Ça ne vous a jamais effleuré l'esprit, étant donné ce que vous avez entendu ?

– Non, jamais. Pas une seconde. D'ailleurs, je ne me rappelle pas vraiment ce qui est arrivé à Villi.

– Une voiture l'a renversé rue Lindargata.

– Je sais. Je me suis souvenu de cet accident quand Helga m'en a parlé, mais à l'époque je n'avais pas fait le rapprochement. Je n'ai pas oublié cette soirée, ni le garçon que Helga connaissait et qui a vomi sa bière dans son verre.

– Vous avez entendu deux mots...

La porte du réduit s'ouvrit. La collègue d'Elisa lui demanda quelle nuance elle avait utilisée pour la dernière coloration de Disa. Elisa lui répondit sans hésiter. L'autre cliente, sans doute cette Disa, était assise devant un miroir et souriait gentiment à Konrad. Il eut l'impression qu'elle lui faisait de l'œil.

— Il va falloir que tu viennes m'aider, ajouta la jeune femme avec un regard sévère. Il y a vraiment trop à faire.

— J'arrive tout de suite, promit Elisa.

La porte se referma.

— Vous avez entendu deux mots, répéta Konrad.

— *Le tuer*, répondit Elisa, subitement agitée, comme si elle ne pouvait pas se permettre de consacrer plus de temps à Konrad. Je l'ai entendu prononcer ces deux mots en passant devant lui : *Le tuer*.

— Et, à votre avis, dans quel contexte il les a dits ?

— J'avais l'impression qu'il trouvait ça inconcevable.

— L'homme que vous avez vu ?

— Oui, celui que j'ai entendu parler au téléphone. Il grommelait. On aurait dit qu'il se disputait avec son correspondant.

— Vous avez une idée du reste de la phrase ?

— Pas vraiment. Peut-être : *Je ne peux quand même pas le tuer*. Ou bien : *Nous n'allons quand même pas le tuer*. En tout cas, il n'avait pas l'air d'accord.

— Mais il disait peut-être le contraire. *Je peux tout bonnement le tuer*. Ou bien : *On n'a qu'à le tuer*.

— Sans doute. Enfin, peu importe. Il était énervé, il était en colère. Il se disputait avec son correspondant.

— Et sa phrase s'achevait sur ces mots ?

— Oui.

— Il vous voyait quand il a dit ça ?

— Non. Je l'avais déjà dépassé quand il a grommelé ces paroles. J'ai jeté en regard en arrière, mais il me tournait le dos. J'ai continué ma route. Je ne suis même pas sûre qu'il m'ait remarquée. Le temps était déchaîné et je n'ai vu que le dos de cet homme. Je n'ai pas vu son visage. Je serais donc incapable de le reconnaître.

36

Environ dix jours après la mort de son père, Konrad avait été convoqué au commissariat. Il avait été reçu par Palmi, le policier chargé de l'enquête. C'était le premier homme de la Criminelle à être passé chez lui le soir du drame. Calme et posé, ce dernier avait fait preuve de compassion et de respect, contrairement à ses deux collègues de la police de rue arrivés avant lui et sur lesquels Konrad s'était rué quand ils lui avaient annoncé sans ménagement que son père avait été tué à côté des abattoirs du Sudurland, rue Skulagata. Ce soir-là, Konrad avait bu et n'était pas de bonne humeur. Les deux agents qui lui avaient annoncé la nouvelle avaient plusieurs fois eu affaire à son père et semblaient totalement indifférents à sa mort.

Il devait aller au commissariat de la rue Posthusstraeti. Le brigadier l'avait reçu en le priant de s'asseoir à l'accueil et d'attendre qu'on l'appelle. Au bout d'un long moment, il avait demandé s'il y en avait encore pour longtemps. Le brigadier lui avait conseillé d'être patient.

Avant de se rendre rue Posthusstraeti, il avait accompagné sa mère à la gare routière de la rue Kalkofnsvegur. Cette dernière était venue à Reykjavík depuis les fjords de l'Est quelques jours avant le drame et demeurait chez sa sœur. Elle avait rencontré un homme charmant dans l'Est et avait confié à son fils qu'il y avait peu de chance qu'elle revienne vivre à Reykjavík. Beta se plaisait dans ce petit port de pêche et s'y était fait des amies. D'ailleurs, elle enjoignait Konrad de les y rejoindre. Il n'était jamais allé là-bas. Il n'avait jamais rendu visite à sa mère. Son père le lui avait interdit quand il était petit et, lorsqu'il avait grandi et gagné en indépendance, il n'en avait plus eu envie. En revanche, sa mère venait régulièrement à Reykjavík, surtout les premières années après le divorce, mais il ne la voyait que brièvement, et parfois en présence de son père.

À la gare routière, les adieux s'étaient éternisés. Konrad l'avait trouvée inquiète. Elle avait réservé sa place dans l'autocar le lendemain du meurtre et avait déjà atteint la bourgade de Blönduos quand le car avait été stoppé. La police l'avait ramenée à Reykjavík pour l'interroger. Au moment de repartir, elle avait dit à son fils que la police avait souhaité vérifier son alibi : elle avait passé toute la soirée chez sa sœur et son beau-frère.

– Je suppose qu'ils t'ont posé le même genre de questions, s'était-elle enquise, seule sur le quai, après que tous les voyageurs avaient embarqué, tandis que le chauffeur patientait tranquillement au volant. Elle avait attendu le tout dernier moment pour lui faire part de ses inquiétudes. Il lui avait déjà dit qu'il avait passé la soirée avec des amis.

– Oui, ils m'ont aussi posé ces questions.

– Et tu étais avec tes amis ?

– Oui.

– C'est vrai ?

– Oui.

– Tu en es sûr ?

– Maman…

– Pardonne-moi, mon petit, je sais bien que tu ne ferais jamais une chose pareille. Mais c'est tellement… tellement difficile, tu vivais avec lui, il était comme il était et voilà qu'il arrive ce malheur. La police risque d'essayer de te faire porter le chapeau.

– Tout ira bien, l'avait rassurée Konrad. Ne t'inquiète pas.

– Mais qu'est-ce qu'ils te veulent maintenant ? Pourquoi t'interroger à nouveau ?

– Je ne sais pas.

Konrad avait été arraché à ses pensées quand le brigadier l'avait appelé. Il l'avait suivi dans une petite pièce à l'arrière du bâtiment où il avait patienté une demi-heure de plus. Enfin, la porte s'était ouverte. Palmi l'avait salué en s'excusant de l'avoir fait attendre. Il avait posé sur la table quelques dossiers qu'il s'était mis à feuilleter.

– Comment allez-vous ? avait demandé le policier tandis qu'il cherchait les documents adéquats.

– Vous avez interrogé ma mère ? avait éludé Konrad.

La question avait déconcerté Palmi.

– Vous êtes fou ou quoi ? avait poursuivi le jeune homme.

– Nous enquêtons, voilà. Et ce n'est pas parce que nous posons des questions que nous soupçonnons tout le monde. J'espère que vous le comprenez.

– Vous feriez mieux de la laisser tranquille.

– Merci du conseil, avait répondu Palmi en ouvrant le dossier. Votre mère a déclaré qu'elle vous a retrouvé en ville le jour du drame.

– Oui.

– Vous avez parlé de quoi ?

– De rien de particulier.

– De votre père ?

– Non, il ne l'intéressait pas.

– On nous a dit que vous participiez aux magouilles de votre père même si votre casier judiciaire est vierge. C'est vrai ?

– Qui vous a raconté ça ?

– Nous avons interrogé une foule de gens et certains nous en ont parlé. Donc, vous n'avez jamais ni acheté ni sorti de la base américaine de Keflavik de l'alcool ou des cigarettes pour son compte ?

– Non.

– Vous n'avez jamais réceptionné des denrées ni acheté des produits de contrebande sur les navires faisant escale dans le port de Reykjavík ?

– Non plus.

– Et vous n'avez pas non plus revendu de l'alcool de contrebande à des gens ou à des restaurants de cette ville ?

– Qui vous a raconté tout ça ?

– Comme je viens de le dire, nos informations proviennent de diverses sources, mais peu importe, répondit Palmi. Vous niez également avoir été avec votre père quand il a menacé un certain Svanbjörn avant de lui casser la figure ?

– Svanbjörn l'avait trahi. Il lui avait volé des sommes énormes ! Vous ne croyez tout de même pas ce qu'il vous dit ? Il peut me remercier d'avoir été là, sinon mon père l'aurait tué. D'ailleurs, c'est peut-être lui l'assassin. Vous lui avez posé la question ?

– Et pourquoi ? À cause de ces différends ?

– Il croyait peut-être que mon père avait mis le feu à son restaurant.

– Qu'est-ce qui vous fait dire ça ?

– Ben, il me semble qu'il a été ravagé par un incendie.

– Et Svanbjörn avait des raisons de croire que c'était votre père qui avait fait le coup ?

– Je n'en sais rien. Peu importe.

– Qu'est-ce que vous savez de cette histoire ?

– Je suis certain que Svanbjörn le croyait coupable, avait repris Konrad qui se souvenait d'un jour où son père était rentré à la maison, triomphant, en disant qu'il avait récupéré son argent. C'était justement ce soir-là qu'un des deux restaurants du débiteur avait été incendié. Son père n'avait pas avoué, mais Konrad en était sûr. Il supposait qu'il considérait avoir récupéré son argent de cette manière.

– Quelle raison avait-il de le soupçonner ?

– Vous ne lui avez pas posé la question ?

– Nous n'y manquerons pas, avait promis Palmi en griffonnant sur son calepin. Mais qu'en est-il de vous ? Qu'est-ce que vous faisiez le jour du meurtre ?

– Moi ? avait répondu Konrad. Rien de précis.

La police lui avait déjà posé plusieurs fois la question. Il avait toujours donné la même réponse.

– Nous avons interrogé les amis qui ont passé la soirée avec vous et leur version correspond à la vôtre dans les grandes lignes. Cela dit, il n'est pas impossible que vous vous soyez absenté un moment sans qu'ils le remarquent. D'ailleurs, c'est peut-être vous qui leur avez demandé de vous fournir cet alibi. Ce ne sont pas les témoins les plus fiables qui soient. L'un d'eux a déjà eu affaire à la police.

– C'est n'importe quoi, avait répondu Konrad.

– Sur quoi portait la dispute avec votre père ?

– Comment ça ?

– Pourquoi vous êtes-vous querellés le jour du meurtre ?

– On ne s'est pas disputés, assura Konrad.

Palmi avait feuilleté ses documents.

– Nous avons interrogé vos voisins. Je suppose que vous êtes au courant. Deux d'entre eux déclarent avoir entendu une altercation dans votre appartement quelques heures avant le meurtre.

– C'est un malentendu.

– Vous en êtes sûr ?

– Oui.

– Mais vous étiez avec lui à la maison à ce moment-là. Vous nous l'avez dit. C'est la dernière fois que vous l'avez vu.

– Oui.

– Et tout allait bien entre vous ?

– Oui.

– Dans ce cas, pourquoi ces éclats de voix dans votre appartement ?

– Je ne sais pas.

– Il ne vous arrivait jamais de vous disputer ?

– Non.

– Vous étiez toujours d'accord ?

– La plupart du temps.

– Ça ne vous gênait pas de lui rendre des services ?

– Je… je ne lui ai jamais, comme vous dites, rendu aucun service.

L'interrogatoire avait continué ainsi deux heures durant jusqu'à ce que Palmi en ait assez. Konrad s'en tenait à sa déposition initiale. Il niait s'être disputé avec son père ou avoir pris part à ses magouilles. Ne parvenant pas à le faire plier, Palmi n'avait aucun élément en main pour le poursuivre. L'alibi de Konrad était valide. Ses amis déclaraient qu'il avait passé toute la soirée avec eux. Rien ne permettait de dire qu'ils mentaient.

– Vous n'êtes pas un mauvais garçon, avait fini par déclarer Palmi. Vous avez été confronté à une situation très difficile et très particulière. Ça n'a pas dû être facile d'être élevé par un homme comme lui…

— Donc, cet interrogatoire est terminé ? s'était enquis Konrad en se levant.

— Je crois que ça vous a beaucoup nui, avait poursuivi Palmi. J'ai rencontré des garçons de votre âge qui ont vécu dans les mêmes conditions et ils ne vont pas bien. Je ne pense pas qu'un tel environnement soit bénéfique et il va vous falloir beaucoup de courage pour vous en sortir.

Konrad s'était précipité hors de la salle d'interrogatoire, il avait traversé le hall et était rentré à toute vitesse chez lui, dans le quartier des Ombres. Ce policier avait touché le point sensible. Les voisins avaient plus d'une fois entendu des éclats de voix chez eux. Il s'était disputé avec son père au sujet de Svanbjörn, il lui avait dit qu'il n'avait pas le droit de s'en prendre comme ça aux gens, de leur casser la figure ou d'incendier leurs biens. Furieux, son père l'avait traité de minable estropié en ajoutant qu'il ne regrettait pas d'avoir donné quelques leçons à sa femme quand ils vivaient ensemble.

Konrad avait menti à la police. Quand il avait rencontré sa mère en ville ce jour-là, ils avaient évidemment parlé de lui. Il avait également menti en niant l'altercation qui avait eu lieu à son retour à la maison.

Il avait fini par prendre la porte, fou de colère, en souhaitant la mort de son géniteur.

37

Konrad s'installa sur une chaise et attendit la fin de la réunion des scouts. Il avait appelé Marta qui lui avait communiqué les détails de l'enquête comme s'il était encore policier à part entière.

D'après Linda et Salomé, ni Hjaltalin ni Sigurvin ne conservaient chez eux d'importantes sommes d'argent. Selon elles, ils n'avaient aucune raison de le faire. Marta les avait interrogées sur la fortune trouvée dans la cuisine de l'ancien domicile de Sigurvin. Elles avaient répondu ne pas être au courant. Elles ignoraient si ces liasses de billets étaient à l'origine de leur différend et ne savaient pas non plus à quoi était destiné cet argent. D'après elles, aucun des deux hommes ne se droguait. Hjaltalin buvait, parfois en grande quantité, ce que faisait également Sigurvin, mais Linda excluait l'idée qu'il ait pu prendre des stupéfiants sans qu'elle s'en rende compte. Elle ne pensait pas non plus qu'il ait employé des ouvriers au noir. La découverte de ce magot déconcertait également la sœur de Sigurvin.

Une nouvelle fois, la police fit courir les noms de Sigurvin et de Hjaltalin parmi ses contacts dans le monde de la drogue, espérant que quelqu'un pourrait établir un lien entre l'un des deux hommes et de vieilles histoires. Même si cette piste avait été amplement explorée en vain depuis trente ans, Marta jugeait bon de faire une nouvelle tentative.

– Bonjour, mon cher Konni, qu'est-ce que tu fais là ?

Peu de gens appelaient Konrad par son petit nom. Il se leva et salua Holmsteinn.

– Eh bien, on m'a dit que tu étais là, répondit-il.

– Je me demande bien comment je supporte toutes ces réunions, observa Holmsteinn, chef du mouvement des scouts en Islande, qui possédait toutes sortes de titres plus ou moins honorifiques auxquels Konrad n'entendait rien. Ce cousin d'Erna, un homme grand de belle prestance, portait bien son âge. Il avait accompli de grandes choses au sein du mouvement et avait toujours veillé à dormir en laissant la fenêtre ouverte, à en croire la plaisanterie qu'il racontait à Konrad chaque fois qu'ils se voyaient. C'était la seule règle des scouts que Konrad connaissait et il lui arrivait souvent de demander au vieil homme s'il ne voulait pas qu'il lui ouvre la fenêtre pendant les réunions de famille.

– C'est ce qui s'appelle renforcer l'arc de la fraternité, reprit Holmsteinn quand ils se furent assis dans son bureau, commentant la réunion qui n'était toujours pas achevée. Cette visite le surprenait. C'était la première fois que Konrad venait le voir là. Il souhaitait lui parler de Sigurvin, qui avait fait autrefois partie du mouvement, ce qui étonna encore plus Holmsteinn.

– En fait, j'enquête sur le décès d'un autre homme, précisa-t-il en regardant les photos des anciens responsables des scouts qui lui souriaient depuis le mur. Une femme m'a contacté. Elle voudrait savoir s'il y a un lien entre ces deux affaires et j'ai accepté de l'aider. La sœur de Sigurvin m'a dit l'autre jour qu'il avait voulu entrer chez les scouts, mais qu'il avait fini par renoncer.

– Sigurvin ?

– Oui.

Le vieil homme se tourna vers l'ordinateur posé sur son bureau.

– Je ne me souviens pas de lui, mais ça ne signifie pas grand-chose. Voyons ce qu'il en est. On a mis tous nos fichiers sur informatique l'an dernier. Je devrais le trouver.

Konrad regarda sa montre. Il avait tout son temps. En outre, il était heureux de rendre visite au vieil homme.

Holmsteinn prit un air grave et lui expliqua combien entrer chez les scouts était une excellente préparation à la vie, comme s'il avait face à lui un jeune candidat. Konrad se contenta de hocher la tête. Jamais il n'avait envisagé de s'inscrire dans ce mouvement.

– Voilà, déclara le vieil homme en s'avançant vers l'écran. À cette époque, j'étais en Norvège où j'ai passé trois années très pénibles. D'ailleurs, tu ne m'y aurais pas rendu visite avec Erna ? Je m'ennuyais tellement là-bas.

– Tu as trouvé le nom de Sigurvin ? s'enquit Konrad.

– Oui, il avait onze ans à son arrivée chez nous. C'est le moment le plus exaltant pour beaucoup de gamins, mais je suppose que ça ne lui a pas plu. Deux ans plus tard, il a disparu des registres.

– Est-ce que sa fiche contient d'autres renseignements ?

– Non, il n'y a que ça.

– Parmi ceux qui se sont inscrits à son époque, il y en a qui ont continué ? Qui sont devenus chefs de troupe ou je ne sais quoi ?

– Oui, oui, nous avons accueilli un grand nombre de recrues et beaucoup étaient des jeunes gens très prometteurs. L'un d'eux a même fait partie de l'équipe de direction. Lukas. Un gamin très bien. Je ne sais pas si tu l'as interrogé. Il a quitté Reykjavík pour s'installer à Selfoss. J'ignore s'il est encore là-bas. Il se souvient peut-être de ce garçon. Je vais t'imprimer la liste de nos membres de l'époque. Je suppose que ça ne pose pas de problème.

– Est-ce que vous emmeniez des gamins si jeunes sur les glaciers ? demanda Konrad. Ça faisait partie du programme ?

– Non, répondit Holmsteinn en tendant le bras vers l'imprimante pour l'allumer. Tu me poses cette question à cause de ce qui est arrivé à Sigurvin ?

Konrad hocha la tête.

– Non, répéta Holmsteinn. Nous n'avons jamais organisé d'excursions sur les glaciers. Ou alors, je ne m'en souviens pas.

– D'accord. C'est tout ce que je voulais savoir.

– Mais dis-moi, comment ça va, mon petit ? s'enquit Holmsteinn.

– Bien, répondit Konrad.

– Tu ne t'ennuies pas trop depuis que tu es à la retraite ?

– Ça m'arrive.

– Mais tu n'es peut-être pas vraiment à la retraite.

– En effet.

– Tu peux toujours venir nous prêter main-forte chez les scouts, conclut Holmsteinn en souriant. Ce n'est pas le travail qui manque.

– Non merci, répondit Konrad, sans façon.

Konrad fut amusé d'apprendre que le météoro-logue avec lequel il avait rendez-vous plus tard dans la journée se prénommait Frosti, c'est-à-dire « Gel » voire « Glaciation ». Son amusement fut toutefois de courte durée quand il découvrit un jeune coq arrogant, un snobinard particulièrement antipathique. Il n'avait jamais croisé le météorologue pendant sa longue carrière à la Criminelle, ce qui était un soulagement. Il ne tarda pas à poser à l'ancien policier une foule de questions intrusives pour découvrir qui l'envoyait et pourquoi il avait besoin de ces renseignements.

– Pour qui je travaille ? rétorqua Konrad. Eh bien, pour mon propre compte, ça ne suffit pas ?

– Qu'allez-vous faire de ces informations ?

– Rien de particulier, j'aimerais avoir des précisions sur les conditions météo de l'époque, je ne savais pas que c'était un secret d'État. Je ferais peut-être mieux de m'adresser à un de vos collègues.

– Les conditions météo de l'époque ? répéta Frosti. Vous n'avez rien trouvé sur Internet ? La météo de chaque mois y est consignée, on peut remonter jusqu'à 1997. Ne me dites pas que vous n'êtes pas informatisé !

– Je m'intéresse à une date antérieure.

– Une date antérieure ?

– Vous voulez que je vous paie pour me rendre ce service ? Ce n'est pas un problème.

– Mais non, soupira Frosti dans son bureau exigu où flottait une odeur de renfermé. Il marmonna que le premier venu ne pouvait tout de même pas pousser la porte de l'établissement pour poser des questions aux gens qui travaillaient là. Qui plus est sans rien payer. De quelle période parlez-vous ? demanda-t-il.

Konrad était à deux doigts de lui dire d'aller au diable, mais il ne pouvait s'empêcher de sourire face à cette mauvaise humeur. Ça ne lui arrivait pas souvent de rencontrer des gens qui se fichaient éperdument de ce que les autres pensaient d'eux et qui agissaient totalement à leur guise.

Il lui donna la date de la disparition de Sigurvin. Frosti tapa celle-ci sur l'ordinateur.

– Je pourrais consulter nos registres, mais je suppose qu'on a déjà entré tout ça dans le système informatique, observa le météorologue. Vous souhaitez connaître la météo de Reykjavík ce jour-là, c'est ça ?

– Oui, répondit Konrad. Pour commencer.

– Ah bon, vous cherchez autre chose ?

– Vous avez trouvé ?

– Météo convenable pour un mois de février, répondit Frosti. Moins trois degrés, vent modéré, pour ainsi dire absent, excellente visibilité, aucune précipitation. Un magnifique temps d'hiver. Ça vous suffit ?

– Vous pourriez regarder la zone du Langjökull ?

– Le Langjökull ?

– Oui, pour cette journée-là et les deux ou trois suivantes.

– Ah, comment s'appellent ces stations météo ? marmonna-t-il à part soi.

Il entra les nouvelles données dans l'ordinateur.

– Je me demande pourquoi ils ont adopté le système métrique pour mesurer la vitesse des vents, s'agaça-t-il. Pourquoi changer ça ?

Konrad ne savait pas quoi dire. À sa connaissance, le système de mesure avait été modifié depuis des années. Il se souvenait que ce changement avait donné lieu à certaines critiques, mais ne se sentait pas capable d'en discuter. Il préféra donc se taire.

– Mauvais temps, annonça Frosti.

– Mauvais temps ?

– Oui.

– Vous ne pourriez pas trouver le bon ? demanda Konrad, risquant un trait d'humour hasardeux.

– Le bon ? Comment ça ? Je viens de vous le donner.

– Le bon temps ?

Frosti regardait Konrad d'un air profondément attristé.

– Il faisait très mauvais sur le glacier, répondit-il en détachant ses mots pour que Konrad comprenne bien. C'était une tempête d'une extrême violence.

38

Konrad se contenta d'un dîner frugal après sa rencontre avec le météorologue. Il ouvrit un chianti de
Toscane, un des vins rouges préférés d'Erna. Il alla
chercher la photo de mariage où ils s'embrassaient, la
posa sur la table de la cuisine et alluma juste à côté une
bougie déjà largement consumée. Puis il prit une gorgée
de vin et mit un CD de variétés islandaises de 1970, dont
les notes discrètes emplirent l'air.

Erna avait d'abord caché ses inquiétudes. Elle voulait obtenir une confirmation sans ambiguïté de ses
craintes avant d'en parler à son mari et à leur fils.
Elle-même médecin, elle avait un tas d'amis exerçant
cette profession, et elle connaissait des cancérologues.
Elle avait d'abord consulté un collègue en qui elle
avait toute confiance, puis était allée voir un autre
médecin qu'elle ne connaissait pas, et avait pour
finir demandé l'avis d'un autre spécialiste. Cela lui
avait suffi.

Konrad n'avait remarqué aucun changement. Il ne
s'était pas alarmé de la voir se reposer dans la journée
ni de sa légère perte de poids. Il n'avait pas vu son air
soucieux quand elle était seule dans la cuisine ou dans
la salle de bain et qu'il la croisait. Pour sa part, elle ne
savait pas vraiment ce qui lui arrivait avant le résultat

de ses premières analyses. Quand le verdict était tombé, elle était rentrée chez elle, avait ouvert une bouteille de vin et attendu Konrad. Côtoyant la mort depuis ses études de médecine, elle savait ce qu'elle allait subir, elle connaissait la manière dont ses proches réagiraient, elle savait que la douleur allait envahir son foyer et la vie de ceux qu'elle aimait. Puis tout cela serait terminé et la vie continuerait sans elle. Elle pensait à son fils, à ses petits-enfants, à son mari, et pleurait son destin en silence.

Ce jour-là, Konrad avait immédiatement compris qu'il y avait quelque chose d'anormal en rentrant à la maison. Assise dans le salon, dans la pénombre, Erna lui avait demandé de ne pas allumer la lumière, mais de venir s'asseoir à côté d'elle. Elle lui avait servi un verre de vin rouge, puis lui avait annoncé la mauvaise nouvelle et communiqué les résultats définitifs de ses examens. Elle pouvait subir une opération pour enlever la plus grosse tumeur, elle pouvait faire des rayons et une chimiothérapie, mais cela ne ferait que retarder l'inéluctable. La maladie s'était déjà propagée. Elle était incontrôlable.

Refusant d'éveiller chez son mari de vains espoirs, elle lui avait présenté la situation telle qu'elle était, sans rien minimiser. Elle n'avait pas essayé de le rassurer ni de le calmer, optant pour le réalisme et une description clinique. Elle aurait voulu pouvoir l'épargner, mais c'était impossible. Il fallait qu'ils se résignent au plus vite. Cela leur permettrait de profiter au mieux des moments qui restaient.

— Ne perdons pas notre temps en broutilles, avait-elle dit. Nous n'en avons pas le droit.

Konrad n'avait pas compris de suite ce que cela impliquait. Il l'avait harcelée de questions sur les éventuels remèdes, sur ce qu'ils pouvaient tenter, sur la possibilité d'aller consulter des médecins en Amérique, sur les dernières recherches. Chacune des réponses d'Erna avait ruiné ses espoirs et, finalement, il s'était retrouvé sans défense face à la vérité. Sa femme n'avait plus que quelques mois à vivre, au mieux, une année.

– Je n'y crois pas, avait-il soupiré. Je refuse d'y croire.

– Mon cher Konrad, avait-elle dit.

– Je ne comprends pas comment tu peux garder ton calme.

– J'ai eu une vie heureuse. Il y a eu toi. Hugo. Les jumeaux. J'ai aimé mon travail. J'ai beaucoup d'amis. J'ai atteint un certain âge. Soit, je ne refuserais pas vingt années de plus avec toi, mais ça n'arrivera pas. Je n'ai aucune raison de me plaindre. Tout est question de point de vue, Konrad. C'est ainsi que j'envisage la suite et je veux que tu l'acceptes.

– Ton point de vue ? Je devrais accepter ça sans broncher ? Tu devrais, toi aussi, l'accepter ? avait-il rétorqué.

– C'est la seule solution.

– Il doit nécessairement y en avoir d'autres, Erna. Je suis presque sûr qu'on peut triompher de cette maladie.

– Non, avait-elle répondu. La seule manière de vaincre la mort est de l'accepter.

Il lui arrivait souvent de penser à cette soirée où Erna lui avait annoncé la terrible nouvelle et au comportement héroïque qu'elle avait adopté en essayant d'apaiser ses inquiétudes, mettant de côté ses propres angoisses. C'était peut-être une chose qu'elle avait apprise comme médecin confronté en permanence à la mort. Sans doute avait-elle également appris en tant que mère à faire passer les besoins des autres avant les siens.

Ensuite, tout était allé très vite. Ils avaient appelé Hugo pour lui exposer la situation. Ce dernier s'était réfugié derrière la posture du médecin, même s'il avait très mal réagi en apprenant que sa mère était condamnée.

Erna avait arrêté de travailler. Konrad avait atteint l'âge de la retraite et ils avaient passé tout leur temps ensemble. Ils avaient beaucoup marché dans la nature, passant la nuit dans des hôtels ou des fermes-auberges confortables. Ils étaient allés voir des lieux qu'ils avaient toujours rêvé de découvrir mais qu'ils n'avaient jamais pris le temps de visiter. Erna avait refusé d'être hospitalisée en soins palliatifs, elle voulait vivre ses derniers instants dans sa maison d'Arbaer. Leur chambre à coucher avait été aménagée. Hugo et Konrad s'étaient relayés auprès d'elle jour et nuit en veillant à lui administrer des doses suffisantes de morphine pour lui éviter des souffrances inutiles.

Après son décès étaient arrivés les jours de deuil, qui s'étaient transformés en semaines puis en mois, au cours desquels Konrad avait pu mesurer l'importance du soutien de son fils. Bien que plongé dans la douleur, Hugo s'était discrètement mais constamment soucié du bien-être de son père.

Konrad vivait désormais seul dans la maison, il avait arrêté de travailler, arrêté d'être un mari, arrêté de s'occuper de sa famille. En résumé, il était au point mort, à l'arrêt, à la retraite. En peu de temps, sa vie avait connu de tels bouleversements qu'il lui semblait parfois ne plus exister. Il déambulait dans cette maison imprégnée de la présence d'Erna. Ces photos, ces peintures, ces livres et ces meubles lui appartenaient, chaque objet était attaché à des souvenirs de leur vie commune. Il ne voulait rien d'autre, mais au fil des mois, voyant que la situation n'évoluait pas, Hugo lui avait suggéré de vendre la maison et de changer d'environnement. Konrad avait catégoriquement refusé et son fils n'en avait plus parlé, comprenant que son père avait besoin de temps.

Sans qu'aucun événement particulier ne l'y pousse en dehors du passage du temps, Konrad s'était mis à rassembler les fragments de son existence pour en reconstituer le puzzle. Certains morceaux s'adaptaient mal à l'ensemble et d'autres, parmi les plus importants, manquaient à l'appel. Ce puzzle était incomplet et de grandes zones demeureraient à jamais vides. Ces fragments laissaient entrevoir la vie qui serait la sienne après la disparition d'Erna. Rien ne viendrait jamais combler le manque et la douleur de l'absence, mais Konrad pouvait réapprendre à vivre. Erna occupait en permanence ses pensées. Il lui arrivait d'être sur le point de l'appeler à son travail et de décrocher le combiné, avant de revenir soudain à la réalité.

Konrad regarda longuement sa photo de mariage. Il se souvenait du baiser sur le parvis de l'église. Il se rappelait chacun de leurs baisers. Il alla chercher dans le placard une autre bouteille de vin rouge. Un shiraz importé d'Australie et baptisé *The Dead Arm*, c'est-à-dire Le Bras mort. Erna avait découvert ce vin dans une revue gastronomique. Ne le trouvant pas au magasin d'alcool, elle en avait commandé une bouteille. Elle n'avait pas résisté à la tentation en apprenant que les ceps de vigne sur lesquels poussaient ces raisins souffraient d'une infirmité qu'ils transformaient en avantage. Une branche de ces vignes mourait et tombait lorsque le cep avait atteint une certaine taille, ce qui fortifiait le pied et donnait aux raisins un arôme particulièrement puissant.

— Je n'ai pas pu m'empêcher de t'acheter ça, lui avait-elle dit en riant.

39

Konrad n'était pas venu rue Lindargata depuis pas mal de temps. Avant, il y passait régulièrement, non seulement parce que c'était le lieu de son enfance, mais aussi parce qu'elle abritait un des magasins d'alcool de l'État dont il était client. À cette époque, ces boutiques fermées le week-end n'avaient pas encore adopté le libre-service, le personnel posait les bouteilles sur un grand comptoir et, tous les vendredis après-midi, c'était la cohue. Les files d'attente disciplinées n'existaient qu'à l'étranger. Un attroupement se formait sur le trottoir, la boutique était bondée et la pression au comptoir insupportable. Les employés prenaient les commandes des clients serrés comme des sardines puis allaient les chercher dans l'arrière-boutique. La bière était alors interdite en Islande, le vin, signe d'élégance, était pour ainsi dire inconnu chez la plupart des gens, et plus l'heure de la fermeture approchait, plus il fallait jouer des coudes. Et faire vite. Deux vodkas, criait un client en tendant ses billets par-dessus le comptoir. Du brennivin islandais ! hurlait un autre. Deux bouteilles de gin ! s'exclamait un troisième en brandissant son argent. Quelle marque ? Peu importe ! Et une de brennivin ! Par comparaison, l'agitation des courtiers à la bourse de Wall Street avait des airs de sieste.

C'est dans le quartier des Ombres que Konrad avait ses premiers souvenirs. Il était né dans une maison aujourd'hui détruite, comme tant d'autres bâtiments anciens. Le périmètre n'avait pas été épargné par la prospérité trompeuse de la bulle économique des années 2000. On avait construit de vertigineux immeubles sur ses souvenirs, des immeubles qui, pendant la crise, étaient longtemps restés vides, ouverts au vent glacial du nord. Pendant les années de prospérité, c'était ici que le prix du mètre carré était le plus élevé à Reykjavík. Aujourd'hui, la folie avait repris, la croissance était revenue.

Konrad s'arrêta à l'endroit où Villi avait été renversé. Il observa les immeubles construits à l'emplacement des anciens abattoirs, au bout de la rue. C'était là son ancien terrain de jeu, qui s'arrêtait à la mer. Les jours de neige, les gamins descendaient en luge la colline d'Arnarholl. L'été, ils passaient par le trou dans la clôture de la Maison de la Radio ou entraient chez Völundur, le grossiste en bois, et gravissaient les tas de planches vertigineux qui se trouvaient dans sa cour. Konrad se disait que les lieux de son enfance valaient bien les vallées des campagnes et leurs vertes collines. Chaque fois qu'il venait à Lindargata, il avait l'impression de rentrer chez lui après un long voyage.

Tout près de l'ancien domicile de Villi, les immeubles montaient vers le ciel comme autant de châteaux de pierre. Le jeune homme n'était plus qu'à quelques mètres de chez lui quand la voiture l'avait renversé. La rue Lindargata était à sens unique. Si le conducteur était l'homme avec lequel il avait discuté au bar, ce dernier l'avait peut-être guetté jusqu'à ce qu'il quitte l'établissement pour rentrer chez lui dans la tempête. Il l'avait sans doute suivi depuis le centre, probablement en remontant la rue Hverfisgata. Villi s'était ensuite engagé dans Lindargata, sans doute en longeant les rues Ingolfsstraeti et Smidjustigur, toujours suivi par le véhicule. Les deux hommes se trouvant alors à l'écart des rues les plus fréquentées, le conducteur avait accéléré à fond et renversé Villi.

Nonobstant la mauvaise visibilité, la taille et la puissance de la jeep, il était difficilement imaginable que le chauffeur ne se soit rendu compte de rien. Il était donc probable qu'il ait agi délibérément. Konrad n'avait toutefois pas complètement abandonné l'autre hypothèse selon laquelle personne n'avait suivi Villi depuis le centre. Un conducteur, sobre ou aviné, avait roulé à trop grande vitesse dans Lindargata, il n'avait pas vu le jeune homme à cause de la tempête, l'avait renversé puis avait pris la fuite.

La police avait interrogé les occupants des maisons voisines sans que ces derniers puissent éclairer les circonstances de l'accident. Le drame avait eu lieu au milieu de la nuit et tous dormaient profondément. Personne n'avait rien vu ni entendu.

Un homme longeait la rue en direction de Konrad qui reconnut immédiatement un de ses anciens camarades de jeu. Il ne l'avait pas rencontré depuis des années. La dernière fois, ils avaient dû se voir dans la cohue du vendredi après-midi au magasin d'alcool. C'était Magnus, jadis surnommé Maggi Pepsi. Il ignorait s'il avait conservé ce sobriquet et n'avait jamais osé lui poser la question les rares fois où ils s'étaient croisés. Il ne connaissait personne d'aussi têtu que lui. Un jour, Maggi Pepsi s'était forcé sous ses yeux à manger un oignon cru volé dans la boutique de Lulli pour gagner un pari de dix aurar. L'ancien policier se rappelait encore les larmes qui coulaient sur ses joues tandis qu'il mâchait l'oignon avec une incroyable détermination.

– Mais c'est Konrad ? dit-il en lui tendant la main. Tu viens revoir les lieux du passé ?

Konrad le salua. Ils avaient à peu près le même âge, à deux ans près. Plutôt discret pendant son enfance, sans doute parce qu'il bégayait, il avait vécu seul avec sa mère dans une jolie maison bien entretenue de Lindargata qu'il occupait encore aujourd'hui. Sa mère était morte depuis longtemps. Maggi était resté célibataire, il n'avait jamais quitté le quartier ni trouvé l'âme sœur avec qui passer sa vie. Il avait pourtant essayé, mais sa mère, très exigeante quant aux jeunes filles, s'était offusquée de toutes ses tentatives pour échapper à son emprise. N'ayant pas eu la force de s'opposer à elle, il était toujours seul.

– Je vois que tu vis encore ici, observa Konrad.

– Oui, et ce n'est pas maintenant que je vais déménager, répondit Maggi. Et toi, tu reviens voir les lieux de notre enfance ?

– En effet, il y a un moment que je ne suis pas passé.

– Je me demande pourquoi je suis encore là, ajouta Maggi en essuyant sa goutte au nez d'un revers de main. Tout a disparu, D... D... Dieu m'est témoin. Il ne reste plus que moi.

– C'est vrai, le quartier a beaucoup changé.

– Il est de... devenu presque inhabitable. Le magasin d'alcool a été remplacé par des résidences d'étudiants bruyants et ces mastodontes d'immeubles descendent pratiquement jusqu'à la mer. Tu te souviens de la vue qu'on avait sur le détroit, les îles et le mont Esja ? On nous a volé tout ça et on l'a remplacé par cette mu... muraille d'immeubles. Quelle idée de boucher la vue des gens comme ça ? De construire en bas de la colline des bâtiments qui font de l'ombre à tout le quartier ?

– C'étaient de bons terrains constructibles à deux pas du centre, répondit Konrad, juste pour dire quelque chose.

– Eh bien, que ces gens-là aillent au diable. Ce n'est qu'un tas de crétins.

– Sans doute, convint Konrad.

– Ils ont tout détruit, les Abattoirs, l'entreprise de Völundur, le bar de Kveldulfsskalinn, la Maison de la Radio, la bou… la boutique de Lullabud et tous les autres magasins. Il ne reste plus que le théâtre et je n'y mets jamais les pieds.

– Mais dis-moi, est-ce que tu te souviendrais d'un accident qui a eu lieu ici il y a quelques années ?

– Un accident ?

– Un passant renversé par une voiture.

– Tu parles de… de Villi ?

– Oui, tu le connaissais ? s'étonna Konrad.

– Pas vraiment, il n'est pas resté ici très longtemps, répondit Maggi. On a discuté une ou deux fois, c'était un garçon très bien si c'est ce que tu veux savoir. Toi et tes collègues, vous n'avez jamais identifié le chauffard, c'est ça ?

Konrad secoua la tête.

– N… non, reprit Maggi. Vigga m'a dit que c'était elle qui l'avait trouvé, tu te souviens de Vigga ?

– Oui, très bien.

Konrad se souvenait de cette vieille femme qui vivait dans une maison presque en ruine, et dont il avait toujours eu peur étant petit. Habillée comme une clocharde, les cheveux gris et hirsutes, elle portait des chandails en guenilles qu'elle enfilait les uns par-dessus les autres et son visage était comme figé dans une grimace hostile.

230

Elle avait sans doute fait quelques séjours à Kleppur, l'horrible asile psychiatrique. Les enfants du quartier veillaient à ne pas lancer de ballon dans son jardin. Elle les grondait quand ils se risquaient à passer devant chez elle et les réprimandait pour des broutilles. Si un gamin d'un autre quartier venait vendre des billets de tombola et avait le malheur de frapper à sa porte, il était susceptible de recevoir une bonne paire de gifles et une bordée d'imprécations. Parfois, elle attrapait les enfants et les emmenait à l'intérieur pour leur donner une leçon. Son comportement ne faisait qu'attiser contre elle la colère des enfants du quartier qui, en grandissant, tentaient de l'effrayer en lui faisant de mauvaises plaisanteries, en cassant ses vitres ou en frappant à sa porte. Un jour, quelqu'un avait même incendié la petite cabane derrière sa maison.

– En fait, je suis allé la voir il n'y a pas si longtemps, poursuivit Konrad qui lui avait rendu visite pour l'interroger sur des événements dans lesquels son père avait été impliqué, et qui dataient de la guerre. Il ne se rappelait pas avoir vu son nom dans les procès-verbaux de l'accident.

– Oui, elle est morte l'été dernier, la pauvre. Elle a passé quelques années en maison de retraite, elle était de plus en plus dérangée.

– Ah bon, elle est morte ? s'étonna Konrad en apprenant la nouvelle.

– Tout a eu lieu dans l'intimité, répondit Maggi. Je leur avais dit, à la maison de retraite, de me contacter quand elle casserait sa pipe vu qu'elle n'avait personne. Je me suis oc... oc... occupé du reste, comme on dit. Elle voulait être incinérée. J'ai déposé l'urne au jardin du souvenir de Fossvogur. Imagine devenir si vieux et t'accrocher comme ça à la vie. Elle avait presque cent ans, la malheureuse.

– Les procès-verbaux de l'accident ne mentionnent pas son nom.

– Les flics n'étaient pas au courant. Elle n'avait rien dit à personne. Elle m'a confié ça il y a deux ans, quand je suis allé lui rendre vi… visite.

– Qu'est-ce qu'elle t'a dit ?

– Ce n'était pas très clair. J'ai parlé de Villi. Il louait un appartement juste à côté de chez elle. Elle semblait se souvenir de lui. Elle m'a dit qu'elle l'avait trouvé sur le trottoir. Enfin, quelque chose comme ça. Je… je… je ne sais pas trop s'il faut le croire.

– Elle ne t'a rien dit d'autre ?

– Non, rien d'autre.

– Seulement qu'elle l'avait trouvé gisant sur le trottoir ?!

– J'ai oublié les mots qu'elle a employés, mais c'était le sens de ses paroles.

– Elle l'a aidé ? Elle lui a parlé ?

– Elle ne m'a rien dit de plus. La pauvre n'avait plus toute sa tête. Elle était ailleurs. Elle se disait assaillie par toutes sortes de cré… de créatures étranges qu'elle voyait autour d'elle.

– Vous parliez de quoi avec Villi ? Tu t'en souviens ? s'enquit Konrad.

– C'était un supporter de Valur, comme moi. On parlait de foot. Rien de bien passionnant. C'est un brave garçon. Il a eu une mort affreuse.

Les deux anciens camarades de jeu se turent quelques instants.

– Tu… tu n'as jamais su ce qui est arrivé à ton père ? demanda Maggi.

Konrad le regarda intensément.

– Non.

– Quelle drôle d'histoire.

– Oui, drôle d'histoire, convint Konrad, en espérant que son camarade change de conversation.

– Tu as appris pour Polli ? Il est m… il est mort, reprit Maggi, suivant le fil de ses pensées. Crise cardiaque. Il était devenu plus gros que le diable lui-même. J'ai travaillé avec lui aux chantiers navals, à Slippurinn, dans le temps.

– Polli ?

– Tu ne te souviens pas de lui ? Il s'était cassé toutes les d… les dents. Il disait qu'il avait trébuché dans un escalier. Vous étiez dans la même classe, non ?

– Oui, une année. Puis il est parti. Il est mort ? Quand ça ?

– Il y a di… disons deux semaines. Vous n'étiez pas très… très amis, je crois ?

– Non.

Konrad se souvenait de ce Polli, un emmerdeur qu'il avait supporté une année durant au collège.

– J'imagine que c'était la plus vieille habitante du quartier, poursuivit-il, revenant sur Vigga.

– Oui, sans… sans doute.

– On n'était pas très amis non plus, elle et moi.

– Je sais, elle n'était pas facile, convint Maggi en reniflant. Tout à coup, Konrad le revit dans une arrière-cour de Lindargata en train de terminer son oignon volé, les joues baignées de larmes.

Il se disait que, sans doute, Maggi n'avait jamais eu la pièce de dix aurar qu'il aurait méritée.

Il posa la question qui lui brûlait les lèvres.

– Dis-moi, tu bois toujours du Pepsi ?

– Du Pepsi ? répondit Maggi. C'est la mei… meilleure des boissons.

40

Dans la soirée, Konrad écouta les chansons des
années 60 qu'Hugo avait mises sur la tablette qu'il lui
avait offerte à Noël. Tandis que la musique emplissait
la maison, il picora dans le frigo et mangea dans la
cuisine. Il y avait un moment qu'il n'était pas revenu
dans son ancien quartier. Il pensait à cette rue, à Maggi,
à ses copains d'enfance, à leurs parents et à la vieille
Vigga. Lindargata n'était jamais bien loin de lui, et
quoi qu'il arrive, cet univers était toujours le sien. Les
cris aux abords des abattoirs, les gens endimanchés
attroupés devant le théâtre national, l'odeur du bois
chez Völundur, l'agitation du centre, les marins du
port, tout cela était encore vivant dans son esprit, c'était
le monde de sa jeunesse et il pouvait s'y réfugier en
pensée à sa guise. Qu'importe le nombre et la hauteur
des immeubles qu'on pouvait y construire, jamais ils
n'engloutiraient totalement son passé.

Et Vigga en faisait partie. Un soir d'hiver, encouragé par ses camarades, Konrad avait voulu lui jouer
un mauvais tour. Il avait gravi l'escalier verglacé de sa
maison, donné deux coups de pied dans la porte puis
était redescendu en un éclair, tombant droit dans les bras
de la vieille femme qui revenait de l'arrière-cour. Elle
était arrivée derrière lui et l'avait empoigné. Il avait eu

tellement peur qu'il avait failli pisser dans sa culotte, ce qui aurait couronné son humiliation. Braquant sur lui une lampe de poche, elle l'avait attrapé par l'épaule.

– Espèce de sale gamin ! avait-elle grommelé.

Tétanisé de peur, il n'avait opposé aucune résistance quand elle l'avait entraîné derrière sa maison. Elle avait ouvert la porte de la cabane, l'y avait jeté puis l'avait enfermé à double tour. Les ténèbres ne faisaient qu'ajouter à la peur de Konrad.

– Voilà, avait grogné Vigga. Je vais te laisser mariner là-dedans toute la nuit !

Puis elle était partie.

L'humiliation de Konrad était totale. Quelques instants plus tard, il avait senti un filet d'urine tiède couler le long de ses cuisses puis dans ses chaussures. Il n'avait que sept ans et tremblait comme une feuille.

Les autres s'étaient hâtés d'aller prévenir sa mère. Cette dernière était venue parler à Vigga, elle avait libéré son fils en lui intimant d'arrêter de faire des misères à cette pauvre femme qui avait perdu son enfant, et pour qui la vie était une agression perpétuelle. « Son enfant ? » s'était étonné Konrad. « Oui, depuis elle est très malheureuse. »

Était-il possible que Vigga ait trouvé Villi dans la rue avant l'arrivée du passant qui avait prévenu la police ? Le jeune homme louait un appartement tout près de chez elle. Il lui était arrivé de discuter avec Magnus, qui habitait de l'autre côté de la rue. Peut-être Vigga était-elle sortie sur le trottoir après l'accident. Peut-être avait-elle assisté à la scène. Peut-être avait-elle vu le conducteur. Elle n'avait pas appelé les secours. Dans le cas contraire, son nom aurait figuré dans les registres de la police. Elle n'avait rien fait pour protéger le corps. Qu'est-ce qui l'avait poussée à sortir de chez elle ?

Villi était-il mort dans ses bras ?

Ou tout cela n'était-il que le fruit de son imagination ? Avait-elle menti à Magnus ? En tout cas, ceux qui avaient enquêté sur l'accident ignoraient qu'elle en avait été témoin. Konrad ne s'en étonnait pas vraiment. Vigga ne se souciait de personne et personne ne se souciait d'elle. La vieille femme était imprévisible. La police l'avait peut-être interrogée comme les autres voisins et elle n'avait simplement rien dit. On pouvait même imaginer que les enquêteurs ne l'aient pas considérée comme un témoin fiable. Ceux qui ne la connaissaient pas n'avaient en général pas envie de s'attarder auprès d'elle.

Konrad appela sa sœur. Beta décrocha après quelques sonneries. Il lui raconta qu'il avait croisé Maggi en ville et que ce dernier lui avait annoncé le décès de Vigga.

– Ah bon, elle est morte, la pauvre femme, soupira-t-elle. Beta avait toujours pris la défense de Vigga, elle ne lui avait jamais fait de mal. Au contraire, elle avait tenté de dissuader les gamins de la harceler parce qu'elle éprouvait de la compassion pour cet être solitaire.

– C'était peut-être la dernière personne à avoir vu Villi en vie. Tu sais, ce jeune homme dont je t'ai parlé l'autre jour.

– Celui qui a été renversé rue Lindargata ?

– Il est possible qu'elle ait assisté à l'accident. En tout cas, elle a dit à Magnus qu'elle l'avait trouvé sur le trottoir. Tu te souviens de Maggi Pepsi.

– Maggi ? Il habite toujours dans le quartier ?

– Oui. Et il avait gardé le contact avec la vieille Vigga. Elle avait plus de quatre-vingt-dix ans.

– Et il pense qu'elle a vu l'accident de ce Villi ?

– C'est ce qu'elle lui a dit.

– Elle a vu celui qui a fait ça ?

236

– Peut-être. Enfin, tu la connaissais. Elle était un peu dans son propre monde.

– Vigga était quelqu'un de bien. Elle a toujours été gentille avec moi, même s'il t'est arrivé de pisser dans ta culotte un jour que tu étais chez elle.

– Je n'étais pas vraiment chez elle, corrigea Konrad. Disons plutôt qu'elle m'avait enfermé dans sa cabane.

– Ce Villi, il avait échafaudé toutes sortes de théories concernant la disparition de Sigurvin, n'est-ce pas ?

– Oui, et il les exposait à qui voulait les entendre. Il considérait avoir été le témoin de quelque chose d'important. Ce n'était pas un bon témoin, mais il était témoin quand même et, s'il discutait de ce qu'il avait vu avec les premiers venus qu'il croisait dans les bars, ce n'est pas impossible qu'il en ait payé les conséquences.

– Tu veux dire que quelqu'un impliqué dans la disparition de Sigurvin l'aurait délibérément renversé ?

– Disons que je réfléchis à cette hypothèse, mais je doute qu'on puisse la prouver, répondit Konrad.

– Il faut être sacrément aux abois pour en arriver à de telles extrémités !

– En effet, je suppose qu'il faut être désespéré.

– J'imagine qu'avoir une disparition sur la conscience n'est pas facile à assumer.

– Non, ça doit être épuisant de garder ce genre de secrets pendant des années, on doit se sentir très mal.

– Tu espères que le coupable finira par se rendre ? Qu'il écoutera sa conscience ? Ça s'est déjà vu !

– Certains n'ont aucun scrupule. D'autres sont rongés de l'intérieur.

– Enfin, tu sais, la mort de Villi n'a pas forcément de rapport avec ce qu'il a vu à Öskjuhlíd, observa Beta. Tu voudrais qu'il en soit ainsi. Tu veux croire qu'il y a un lien. Croire aux coïncidences, au hasard. Croire que des paroles prononcées dans un bar puissent provoquer une mort. Tu es comme ça. Tu penses comme un flic.

– Il faut bien que quelqu'un le fasse.

Les notes de la dernière chanson se turent, laissant place au silence.

– C'est incroyable ce que les gamins pouvaient embêter cette pauvre Vigga, reprit Beta.

– Maman ne nous avait pas dit qu'elle avait perdu un enfant ?

– Si. Elle avait appris ça. Je ne sais pas comment. Elles n'étaient pas amies, pourtant. Maman disait qu'il avait succombé à une maladie infantile. Elle n'en savait pas plus. Elle savait seulement qu'il était mort en bas âge et qu'elle ne s'en était jamais remise.

– Ça se comprend.

– Oui, bien sûr.

41

Ils se souhaitèrent bonne nuit. Konrad remit de la musique. Il était en train d'ouvrir une autre bouteille de vin quand son téléphone sonna. Herdis s'excusa de le déranger à cette heure. Il lui répondit que ce n'était pas grave, il n'était pas si tard.

– Je venais aux nouvelles, annonça-t-elle.

– Je prévoyais justement de vous appeler demain. Votre frère ne vous a jamais parlé d'une vieille femme prénommée Vigga qui était sa voisine, rue Lindargata ?

– Vigga ?

– Une femme seule difficile à approcher, qui vivait quasiment recluse. Je me suis dit qu'il l'avait peut-être évoquée lors d'une conversation.

– La vieille un peu bizarre ?

– Il la connaissait ?

– Très peu. Il m'a parlé un jour d'une de ses voisines en me disant qu'elle était très âgée. Je ne me souviens pas de comment elle s'appelait. Je ne l'ai jamais vue.

– Donc, il leur arrivait de discuter ?

– Je suppose. Quel rapport avec mon frère ?

Konrad lui relata son passage dans le quartier des Ombres. Il lui raconta ce que Maggi lui avait dit à propos de Vigga qui prétendait avoir découvert le corps de Villi après l'accident. Herdis l'écoutait en silence.

Le fait que quelqu'un se soit trouvé aux côtés de son frère au moment où il était mort constituait pour elle un élément nouveau.

– C'est vrai ?

– Il y a des chances, répondit Konrad.

– Pourquoi elle n'est pas allée chercher de l'aide ? Pourquoi elle n'a pas appelé la police ?

– Vigga était très spéciale, répondit Konrad. Rien ne prouve qu'elle ait dit la vérité ni qu'elle ait été témoin de l'accident, ni d'ailleurs qu'elle soit sortie de chez elle pour voir Villi. Mais ce n'est pas impossible. Ce n'est pas exclu.

– Donc, il ne serait pas mort seul ?

– Elle était peut-être à ses côtés, mais on peut aussi imaginer qu'il était déjà mort quand elle est arrivée.

– Je ne sais pas quoi penser… C'est tellement incroyable d'apprendre une chose pareille après tout ce temps.

– Je sais.

– Pourquoi elle n'en a pas parlé immédiatement ?

– Je viens de vous le dire, elle était très spéciale.

Il y eut un silence. Konrad comprenait que Herdis ait besoin d'un peu de temps pour digérer la nouvelle.

– Il y a une chose qui m'obsède, reprit-elle.

– Laquelle ?

– Si c'était réellement un accident, pourquoi le conducteur de la voiture ne s'est pas arrêté pour porter secours à mon frère ? Ça me semble inconcevable !

– Je suis d'accord.

– Il aurait peut-être pu le sauver. Pourquoi il ne s'est pas arrêté ?

– Parce qu'il l'a renversé délibérément, répondit Konrad.

– C'est la seule explication ?

– Peut-être. En tout cas, c'est la seule qui soit logique.

Konrad se servit un autre verre de vin. Il but une gorgée et reprit le fil de ses méditations. La plupart du temps, les autres élèves ne se moquaient pas de son handicap, mais il y avait eu quelques exceptions, surtout au collège. Et aujourd'hui il avait appris la mort de Polli.

Il n'avait jamais parlé à son père de ce garçon ni du harcèlement brutal que ce dernier lui avait fait subir. À l'époque, il n'existait pas d'expression consacrée pour décrire cela. Il avait essayé de l'ignorer, mais ça n'avait rien changé. Polli n'en avait que pour son bras.

Ce sale gamin originaire de Keflavik était arrivé dans la classe de cancres où étudiait Konrad. Il vivait avec ses parents et ses deux sœurs dans un appartement en sous-sol du quartier de Thingholt. Grand, fort et bête, il n'avait pas tardé à s'intéresser à son handicap.

Au début, il avait feint de vouloir devenir son ami. Konrad s'était méfié, comprenant intuitivement qu'il était préférable de ne pas fréquenter ce nouvel élève. Cela n'avait fait qu'amplifier la curiosité de Polli, qui avait toutefois cessé d'être mielleux. Un jour, après l'école, il s'était posté devant Konrad en demandant à examiner son bras malade. Au lieu de lui répondre, Konrad avait continué sa route mais Polli l'avait poussé et fait tomber en lui demandant s'il était aussi estropié de la tête. Confronté à plus fort que lui, Konrad était parti sans demander son reste. Et ce n'était que le début. Après ça, il avait eu peur de Polli qui se moquait de lui, l'affublait de sobriquets désobligeants et l'isolait dans les coins pour le frapper sans qu'il puisse riposter. Parfois, les vêtements de Konrad étaient déchirés, il saignait du nez, il avait des bleus, mais jamais il ne se plaignait ni n'allait dénoncer son tortionnaire. Si quelqu'un lui posait des questions, il trouvait toujours d'autres explications. Cela avait continué tout l'hiver.

Il n'était pas le seul à subir les brimades et les coups de cet enragé qui s'était fait une spécialité de baisser le pantalon des plus petits dans la cour d'école. Juste après les vacances de Noël, pendant un cours de natation, Polli avait arraché à Konrad son maillot de bain avant de le pousser dans la piscine en brandissant sa prise comme un trophée afin que tous soient témoins. Voyant que personne n'approuvait son coup d'éclat, Polli s'était vexé et avait balancé le vêtement dans une poubelle où il était resté jusqu'au moment où un des camarades de Konrad était allé le chercher pour le lui rendre dans le bassin.

Devenu souffre-douleur, il avait continué à supporter les gifles, les coups de pied et les insultes. À la fin d'un cours de gymnastique, il était comme souvent sorti en dernier des douches parce qu'il aimait sentir l'eau ruisseler sur sa peau. Polli s'était posté nu devant lui en lui demandant s'il voulait toucher son pénis. Il n'avait pas répondu et s'était rendu dans les vestiaires, mais son tortionnaire l'avait attrapé et s'était frotté contre lui en le tripotant. Konrad avait tout à coup riposté en le frappant au visage. L'autre ayant lâché prise, il avait réussi à lui échapper. Il s'était dirigé vers le couloir, ses vêtements à la main. Le surveillant était alors apparu à la porte en lui demandant pourquoi il traînait dans les vestiaires alors que tous ses camarades étaient partis et en le priant de se rhabiller. Polli veillait à ne pas faire de bruit dans les douches. Konrad avait prétexté qu'il n'avait pas vu le temps passer et s'était rhabillé à toute vitesse. Il était arrivé dans le couloir sans avoir fini d'enfiler son chandail et avait pris ses jambes à son cou pour rentrer chez lui.

Il avait compris que tout ça ne pouvait plus durer et qu'il était le seul à pouvoir y mettre fin. Quelques jours après sa mésaventure dans les douches, il avait pris dans la caisse à outils de son père une clef anglaise qu'il avait soupesée en se disant qu'elle ferait l'affaire. Puis il était monté vers le sommet de la colline de Skolavörduholt où Polli habitait et avait fait le guet devant chez lui. Son harceleur n'était pas sorti ce soir-là ni le suivant, mais le troisième, alors que Konrad attendait depuis une heure, la porte s'était ouverte. Polli avait gravi les marches et pris la direction de la place de Hlemmur. Il faisait froid, la poudreuse balayait les rues, poussée par le vent, et son bourreau avançait à grands pas dans la nuit hivernale.

Konrad l'avait suivi et, arrivé à l'endroit le plus sombre du trajet, il avait crié son nom. Polli s'était retourné, surpris de découvrir le minable estropié qui le fixait du regard. Il n'avait pas eu le temps de lui demander ce qu'il venait faire dans les parages. Sans rien dire et sans hésiter, Konrad s'était approché. Tenant la clef anglaise dans sa main valide, il l'avait violemment frappé au visage. Le coup lui avait ouvert la joue. Polli hurlait de douleur. Il n'avait eu aucun moyen de se défendre face à cette attaque éclair. Konrad lui avait asséné un deuxième coup de clef dans le genou. Polli s'était affaissé. L'instant d'après, il avait reçu un troisième coup sur l'arcade sourcilière qui l'avait fait tomber à la renverse en se cognant la tête sur une dalle de pierre. Konrad en avait profité pour lui donner un quatrième coup, le plus puissant. La clef anglaise avait atterri sur les lèvres entrouvertes de Polli et lui avait cassé six dents.

Il gémissait de douleur, gisant dans la rue, presque inconscient. Konrad lui avait donné un coup de pied avant de redescendre tranquillement vers le quartier des Ombres. Il avait essuyé le sang sur la clef et l'avait rangée dans la caisse à outils après l'avoir soigneusement séchée. Son père lui avait enseigné deux règles à appliquer pour avoir le dessus face à plus fort que soi. Il fallait d'abord s'arranger pour surprendre l'adversaire, de manière à le déstabiliser au moment de l'attaque. Ensuite, il ne fallait pas hésiter et frapper de manière à le mettre hors d'état de nuire.

Quand on lui demanda ce qui lui était arrivé, Polli répondit qu'il avait fait une chute. Après cette leçon, il n'importuna plus aucun élève et quitta l'école dès le printemps.

42

Konrad se réveilla avec un mal de tête. Il avait vidé la première bouteille, bien entamé la seconde, fumé un certain nombre de cigarillos, bercé par la musique, et s'était endormi dans le salon. Réveillé au milieu de la nuit, il était allé se coucher mais, incapable de trouver le sommeil, il avait fini par avaler un somnifère.

Peu après midi, il prit sa voiture pour aller à Selfoss où il avait rendez-vous avec le fameux Lukas dont Holmsteinn, le vieux chef scout, lui avait dit qu'il avait été louveteau en même temps que le disparu. Konrad n'avait pas été très précis au téléphone, il s'était contenté de mentionner le prénom de Sigurvin en parlant des anciens scouts de façon plutôt évasive. Comme tout le monde, Lukas était au courant de cette affaire, la requête de son correspondant l'avait étonné. Il lui avait donné rendez-vous dans un bar. Une bonne odeur de café et de pain chaud accueillit Konrad. Il chercha Lukas du regard. Il n'y avait pas grand monde à cette heure de la journée. Un homme se leva et vint le saluer.

Ils prirent leurs tasses et s'installèrent à une table. Comme le reste de l'Islande, Selfoss et les environs avaient beaucoup souffert de la crise. Ici, les gens avaient connu le chômage et des temps difficiles avant le développement du tourisme. Lukas était resté sans travail pendant deux ans. Criblé de dettes, il avait perdu sa maison et louait un petit appartement qui appartenait à un cousin de sa femme. Mais il avait enfin redressé la barre. Il avait passé un diplôme de guide et, depuis quelque temps, il emmenait les touristes visiter en car les principaux sites de la province du Sudurland. Il ne manquait pas d'occupation.

Lukas prit une gorgée de café. Konrad lui proposa un gâteau ou des toasts. Il le remercia, il n'avait pas faim. Les traits plutôt grossiers, le visage large, les cheveux blond filasse en bataille, sa tenue vestimentaire – une épaisse parka et des chaussures de randonnée – correspondait à l'image que Konrad se faisait d'un guide. Né à Reykjavík, il y avait passé son enfance et était allé aux séances de cinéma organisées par le KFUM[*], ce qui l'avait conduit droit chez les scouts.

Lukas gardait de bons souvenirs de cette époque et était heureux de pouvoir en parler. Son âme était restée à Reykjavík où il envisageait toujours de retourner s'installer malgré les prix délirants de l'immobilier. Il devait souvent se rendre à la capitale pour le travail, ce qui l'agaçait, surtout en hiver, quand les tempêtes faisaient rage et qu'il risquait d'être bloqué sur la lande de Hellisheidi.

– Je ne compte plus les fois où ça m'est arrivé, expliqua-t-il, le sourire aux lèvres.

Les deux hommes burent tranquillement leur café en parlant des difficultés de circulation sur la lande, des prix exorbitants du mètre carré à Reykjavík, de leur enfance dans cette ville et des changements radicaux qu'elle avait connus. Puis Konrad orienta la conversation sur les scouts.

---

[*] L'équivalent islandais du YMCA, Young Men's Christian Association, association chrétienne.

– On n'avait pas tous les moyens de s'offrir l'uniforme complet, reprit Lukas. Les guêtres vertes en laine qui vous grattaient les mollets, la casquette et tout le reste. On défilait le premier jour de l'été, en général il faisait un froid de canard. Et aussi le 17 juin, pour la fête nationale, le plus souvent sous une pluie battante. Mais c'était génial. On faisait de grandes randonnées où on dormait sous la tente. Les responsables étaient de braves gens. Je n'ai que des bons souvenirs de cette époque.

– J'ai discuté avec Holmsteinn, votre ancien chef…

– Ah oui, le vieux Holmsteinn.

– Il m'a dit que vous faisiez partie du même groupe que Sigurvin et qu'il n'était pas resté très longtemps.

Lukas le dévisagea.

– Excusez-moi, mais vous n'étiez pas flic ?

Konrad hocha la tête.

– Votre visage me dit quelque chose. Je me souviens vous avoir vu aux informations chaque fois qu'on reparlait de cette histoire. Vous êtes encore sur cette enquête ?

– Non, j'examine d'autres pistes qui ont peut-être un lien avec cette affaire, répondit Konrad sans s'étendre.

Lukas ne lui demanda pas de précisions.

– Je me souviens un peu de Sigurvin, peut-être surtout à cause de ce qui lui est arrivé ensuite. Comme vous dites, il n'est pas resté longtemps chez les scouts, on était dans le même groupe et c'était un brave garçon. Peut-être un peu réservé, j'ai vite senti qu'il s'ennuyait et que tout ça n'était pas pour lui. Pourtant, il était bien intégré dans le groupe qu'on formait avec Gundi, Siggi, Eyjolfur… enfin, il est parti et…

– Et vous ne l'avez jamais revu ?

– Jamais. Puis, j'ai vu cet avis de recherche avec sa photo dans le journal. Tout ça, c'est arrivé à cause de ces histoires avec son copain… c'était lui le coupable, c'est ça ? L'argent rend bête. On est bien placés pour le savoir. Tout le pays a pu s'en rendre compte.

– Vous êtes resté ? Je veux dire, chez les scouts.

– Oui, on a été un certain nombre à continuer, puis beaucoup se sont engagés dans les brigades de sauveteurs. Moi, je n'y suis pas resté très longtemps. J'avais plusieurs copains dans les brigades de Reykjavík, mais j'ai vite trouvé un boulot sur un navire de commerce et j'ai dû abandonner. Puis on m'a proposé un travail à terre et j'ai déménagé ici, j'ai siégé un moment à la direction des scouts et je suis toujours disponible en cas de besoin. Ils savent qu'ils peuvent m'appeler en cas d'urgence, s'il leur manque quelqu'un.

– Parmi tous ces garçons, est-ce que certains étaient amateurs de 4x4 ?

– De 4x4 ? Non, ça ne me dit rien.

– Il n'y en avait aucun parmi eux qui avait une grosse jeep ?

– Ces garçons ne possédaient rien.

– Je veux dire plus tard, lorsque Sigurvin a disparu. Voire jusqu'en 2009.

– Ce n'est pas impossible, mais je suis incapable de vous répondre. Pourquoi 2009 ?

– Un événement s'est produit cette année-là, et il y a peut-être un lien avec cette affaire, répondit Konrad. Les brigades de sauveteurs ont de gros 4x4 équipés de radios.

– Évidemment.

– Et de grandes antennes ?

– Ils ont besoin d'un équipement conséquent quand ils vont chercher quelqu'un qui s'est perdu sur les hautes terres.

– Ou sur les glaciers ?

– Tout à fait.

Les clients étaient maintenant plus nombreux dans le bar. Les deux hommes terminèrent leur café. Le téléphone de Lukas sonna. Son groupe de touristes l'attendait, le devoir l'appelait. Ils se quittèrent devant l'établissement, Konrad descendit jusqu'à la rivière Ölfusa, à quelques encablures de là. Ce cours d'eau exerçait sur lui une étrange fascination. Il se souvenait avoir appris en géographie qu'il prenait sa source au pied du Langjökull. Il passa un moment à observer ses eaux bouillonnantes en méditant sur le secret que les hautes terres avaient conservé toutes ces années. Il revoyait le sourire figé de Sigurvin quand on avait enfin ramené son corps du glacier. On aurait dit qu'il lui riait au nez.

43

Sur le trajet du retour, Konrad appela Marta en lui demandant le nom du collègue qui avait enquêté sur la mort de Villi. Agacée, elle l'interrogea sur ce qui motivait cette requête. Il répondit qu'il avait besoin de quelques renseignements.

– Quelques renseignements ? rétorqua Marta.

– Eh bien, certains détails.

– Lesquels ?

– L'identité de ceux qui ont été interrogés et ce que ça a donné.

– Ça n'a rien donné.

– Je sais. Mais j'aimerais quand même parler à ce collègue. Je ne vois pas en quoi ça pose problème.

– C'est ton grand ami Leo.

– Leo ?! Pas étonnant que l'enquête n'ait pas abouti.

– Ah, ne commence pas ! Je te demanderai d'être correct avec lui. Le pauvre, il sort de désintox !

– Ne t'inquiète pas. Je veux juste lui parler. Au fait, il en est à combien de cures ? Comment se fait-il que la société prenne constamment en charge les types de son espèce ?

– Ta bonté d'âme te perdra ! ironisa Marta. Ne t'avise pas de lui parler de son alcoolisme.

– Je ne te promets rien.

– Ça ne m'étonne pas, souligna Marta avant de lui raccrocher au nez.

Plus tard dans la journée, Konrad vit Leo franchir à grandes enjambées le portail de l'arrière-cour du commissariat de Hverfisgata. Il l'appela, mais, voyant que c'était son ancien collègue, Leo passa son chemin et s'engagea dans la rue Skulagata. Konrad le poursuivit au pas de course et le rattrapa au niveau de la Maison des francs-maçons. Il savait que Leo appartenait à cette confrérie et supposait qu'il allait à une réunion.

– Leo, arrête ton cirque ! Il faut que je te parle, cria-t-il.

Au lieu de lui répondre, Leo continua sa route. Konrad lui agrippa le bras.

– J'ai besoin de te poser des questions, s'agaça-t-il. Arrête de faire l'idiot !

Leo fit volte-face.

– Qu'est-ce que tu me veux ?! Tes copains clochards t'ont encore raconté des conneries ?

– Un homme a été renversé rue Lindargata il y a quelques années. Le conducteur a pris la fuite. On m'a dit que c'est toi qui as enquêté sur l'affaire. L'homme n'a pas survécu, il s'appelait Vilmar.

– Je te croyais à la retraite, rétorqua Leo en dégageant son bras d'un coup sec.

– Oui, mais…

– Je n'ai rien à te dire ! Laisse-moi tranquille !

Il commença à monter les marches de la Maison des francs-maçons. Konrad lui barra la route.

– Est-ce que tu as interrogé Vigga, cette vieille femme qui habitait rue Lindargata ?

Leo s'immobilisa et se raidit, l'air hostile.

– Est-ce que tu lui as parlé ?

Leo fit le geste de le pousser sans même lui accorder un regard, mais Konrad était solidement campé sur ses jambes. Il s'était attendu à ce que son ancien collègue fasse des difficultés, mais il ne céda pas. Ils étaient amis, avant. Aujourd'hui, ils ne l'étaient plus.

– Je ne me souviens d'aucune vieille à Lindargata ! grogna-t-il. Laisse-moi tranquille !

– C'était un témoin, répondit Konrad. Comment se fait-il que tu ne l'aies pas interrogée ?

– Je ne connais pas cette bonne femme, ce supposé témoin, répéta Leo. Et je ne sais pas de quoi tu parles.

– Elle a trouvé cet homme sur le trottoir. Comment as-tu pu passer à côté de ça ?

– Je ne sais rien de tout ça.

– Non. D'ailleurs, ça ne m'étonne pas. Tu n'avais pas envie de « régler » cette affaire.

– Tu mens. Et ce n'est pas la première fois.

– Et le conducteur. Comment ça se fait que vous ne l'avez pas retrouvé ?

– C'est quoi, toutes ces questions ? Je n'ai pas à me justifier…

– Quelles pistes avez-vous explorées ? En vous basant sur quoi ? Vous avez interrogé qui ?

– Comment ça ? Enfin, tu connais tout ça. Ce sont des questions idiotes.

– Qui avez-vous interrogé ?

– Tous ceux qui étaient susceptibles d'avoir vu quelque chose, répondit Leo. Et ne me prends pas de haut. Tu n'en as vraiment pas les moyens.

– Peut-être, mais ce qui s'est passé à Lindargata n'était apparemment pas si compliqué.

– Nous… je ne sais même pas pourquoi je te dis ça… nous avons interrogé tous ceux qui ont été régulièrement arrêtés pour conduite en état d'ivresse. On a reçu quelques signalements concernant des voitures aperçues dans les parages cette nuit-là, mais on n'avait pas grand-chose sur quoi travailler. Le temps était déchaîné, on n'y voyait rien et les rues étaient presque désertes. Nous avons interrogé quelques automobilistes, ça n'a rien donné. Leurs voitures étaient en bon état et ils n'étaient pas venus dans le quartier ce soir-là.

– Vous n'avez pas envisagé l'hypothèse d'un acte délibéré ?

– Rien ne l'indiquait. Absolument rien. D'ailleurs, pourquoi quelqu'un aurait voulu le tuer ?

– Théoriquement, tu es mieux placé que moi pour le savoir, répondit Konrad. Ce n'est pas moi qui ai flingué cette enquête ! Et ce n'est pas moi non plus qui ai forcé cet homme à mentir sur Hjaltalin ! Franchement, qu'est-ce qui t'a pris ?

– Tu veux que je te le dise ? Tu veux vraiment le savoir ? vociféra Leo. J'ai fait ça parce que tu étais en train de tout faire capoter. Cet homme avait menacé Sigurvin. Il était le dernier à l'avoir vu en vie. Sigurvin a disparu juste après leur altercation sur le parking. C'était aussi simple que deux et deux font quatre. Il fallait absolument faire avancer les choses. Entre tes mains, l'enquête était au point mort. On avait besoin d'une arrestation. De quelque chose qui prouverait qu'on n'était pas qu'une bande d'incapables.

– Et alors ? Puisque deux et deux font quatre, on a le droit de jeter le premier venu en prison ?

– Hjaltalin était bien l'assassin. Tu pataugeais. Il n'y a jamais eu aucun autre suspect. Il va bien falloir que tu acceptes l'évidence. Quant à Linda, elle était sa complice. Il n'était pas avec elle, comme elle le dit maintenant. Elle ment. Ils voulaient tous les deux se débarrasser de Sigurvin. Lui, parce qu'il voulait se venger. Elle, parce qu'elle avait beaucoup à y gagner. Ils ont réussi à garder le secret pendant toutes ces années et ont dû arrêter de se voir après le meurtre. Ils n'avaient pas pris en compte le fait qu'on est une communauté toute petite. Mais, en dehors de ça, tout a parfaitement fonctionné. À la place de Marta, j'aurais déjà coffré cette Linda.

Konrad bouillonnait.

– Tu étais manipulé par Hjaltalin. On le savait tous, reprit Leo. Je ne sais pas comment il a fait, mais il t'avait sous sa coupe, ta faculté de jugement en était altérée. Tu le croyais innocent. Cet homme et cette Linda t'ont roulé dans la farine. Ils t'ont pris pour un crétin, Konrad !

– Tu racontes n'importe quoi ! s'emporta Konrad.

– C'est ça ! La ferme ! rétorqua Leo en poussant la porte imposante du bâtiment de la société secrète.

– Mais dis-moi, tu buvais à cette époque ? Ça t'a peut-être empêché de faire ton travail ? reprit Konrad. Je suis capable de le comprendre.

– Ta gueule ! hurla Leo, écarlate.

– Allez, va t'amuser avec tes amis francs-maçons, conclut Konrad en lâchant la porte.

44

Se rendre en voiture au cap de Seltjarnarnes pour observer l'éclipse de Lune avait été la dernière chose qu'ils avaient faite ensemble. L'année avait été ponctuée par plusieurs phénomènes naturels exceptionnels. La petite éruption qui avait débuté à Fimmvörduhals n'avait été que le début d'une plus grande, celle d'Eyjafjalljökull, qui avait bloqué le trafic aérien dans toute l'Europe. Elle avait été à l'origine d'inondations et avait généré un épais nuage de cendre qui avait recouvert une partie de l'Islande. L'année s'était achevée par une éclipse de Lune le matin du solstice d'hiver. Bien qu'alitée de manière presque permanente, Erna avait exigé d'aller la voir et, comme toujours, Konrad avait cédé.

Elle était très affaiblie. Il l'avait aidée à marcher jusqu'à la voiture qu'il avait allumée une dizaine de minutes avant de partir en mettant le chauffage au maximum pour contrer le froid glacial. Le vent soufflait du nord depuis des jours, une épaisse couche de verglas recouvrait les rues. Le sol gelé craquait sous leurs pieds. L'air était limpide. Ils voyaient parfaitement la Lune, bien haute à l'ouest, en descendant la colline d'Artunsbrekka. L'ombre de la Terre commençait à cacher l'astre et, quand ils étaient arrivés dans la nuit noire du cap, la Lune s'était parée d'une étrange teinte rougeâtre.

Il avait laissé le moteur de la jeep allumé pour profiter du chauffage, mais avait éteint les phares. Ils n'étaient pas seuls sur le cap. D'autres avaient fui la pollution lumineuse de la ville pour voir l'éclipse. Quelqu'un avait emporté un petit télescope. Bravant le froid, certains se tenaient debout sur la dune. Le vent sifflait contre la jeep. Au bout d'un moment, les yeux de Konrad et d'Erna s'étaient habitués à l'obscurité et, peu à peu, les étoiles leur étaient apparues, le ciel était un scintillement venu du passé.

— J'ai envie de sortir, avait-elle dit.

— Erna... avait protesté Konrad.

— Il faut que je sorte.

— Erna, il fait trop froid. Je n'aurais pas dû t'emmener ici.

— Quelques instants. S'il te plaît. Rien que quelques instants. C'est ridicule de regarder une éclipse de Lune derrière les vitres d'une voiture.

Konrad avait hésité puis cédé. Il était descendu, emmitouflé dans son épaisse doudoune et son bonnet. Erna était elle aussi chaudement vêtue, elle portait un bonnet à oreillettes, une écharpe en laine et des gants. Konrad avait contourné la jeep pour lui ouvrir la portière. Il l'avait aidée à descendre en se servant de son bras valide et avait marché avec elle jusqu'au sommet de la dune où il l'avait fait s'asseoir en essayant de la protéger des bourrasques glaciales. Au fond de la nuit, ils entendaient le bruit du ressac. Erna avait longuement observé la Lune qui s'était changée en une rose rouge sombre dans le ciel nocturne. C'était la première fois qu'il la voyait pleurer depuis qu'elle lui avait annoncé sa maladie.

Il l'avait prise dans ses bras et avait porté son corps épuisé jusqu'à la voiture dont le moteur tournait toujours.

Il régnait dans l'habitacle une chaleur délicieuse. Il avait déposé Erna en douceur sur le siège du passager.

– Merci, Konrad, merci pour tout, avait-elle dit d'une voix à peine audible.

Ils étaient restés assis un moment à écouter le vent siffler. D'autres gens affluaient vers le cap pour observer la course immémoriale des planètes. L'ombre qui couvrait la Lune perdait sa teinte rougeâtre et devenait plus sombre au fur et à mesure qu'elle avançait. L'image circulaire de la Terre n'avait pas tardé à recouvrir entièrement l'astre de la nuit, ne laissant apparaître qu'un fin liseré de lumière. Puis la Lune était réapparue.

Quand ils avaient quitté la maison, Erna lui avait dit qu'il n'y avait pas eu d'éclipse lunaire durant le solstice d'hiver depuis le XVIIe siècle et que la prochaine ne se produirait pas avant cent ans. Elle était heureuse de pouvoir passer avec lui ce moment qui était en même temps une journée et l'éternité.

Konrad avait quitté le parking. Erna dormait profondément sous l'effet de la morphine. Il avait roulé tranquillement. Quand il s'était garé devant leur maison d'Arbaer, il avait voulu l'emmener à l'intérieur : elle était morte. Il était resté un long moment assis dans la voiture avant de détacher la ceinture de sa femme puis l'avait portée dans la maison, l'avait allongée et lui avait dit ce dont il avait oublié de lui parler dans la voiture. La Lune était décrite ainsi dans un poème : elle était la boucle de la nuit. L'antique amie des amants.

C'était le jour le plus court de l'année, mais Konrad n'en avait jamais connu d'aussi long.

Il ne durait que quatre heures et douze minutes.

Pourtant, il était l'éternité.

45

Palina travaillait autrefois comme taxi. La police
l'avait arrêtée pour conduite en état d'ivresse rue Frak-
kastigur le soir de la mort de Villi. Deux ans plus tard,
on lui avait retiré sa licence : elle avait heurté un piéton
et l'avait abandonné à son sort dans la rue alors qu'il
était blessé. La police était venue chez elle peu après et
elle avait tout avoué. Son taux d'alcoolémie dépassait
largement la limite autorisée. Elle avait fait une cure
et, aujourd'hui, elle ne buvait plus une goutte.

Elle venait d'expliquer tout ça à Konrad, manifestement fière de n'avoir eu besoin que de ce seul coup
de pied aux fesses pour s'arracher à la dépendance,
et presque toute seule. Elle n'avait assisté qu'à une
ou deux réunions des alcooliques anonymes et n'avait
pratiquement jamais vu son conseiller. Bien sûr, il lui
arrivait d'avoir envie d'un verre de temps à autre, c'était
humain, mais elle ne voulait pour rien au monde sombrer
à nouveau dans cette dépendance.

Même si elle était bavarde, elle n'avait pas précisé
à Konrad la raison pour laquelle elle avait perdu le
contrôle de sa consommation. D'ailleurs, ça ne le regardait pas. On pouvait imaginer que le temps et l'habitude
avaient joué contre elle, le glissement s'était opéré sans
qu'elle s'en rendre compte. En revanche, elle lui parla

de la manière dont on buvait dans sa jeunesse, cette époque où l'on consommait principalement des alcools forts et où les gens déambulaient en ville le week-end, complètement ivres.

– Ce n'était pas très malin de boire comme ça, reprit Palina, pensive.

– Et ça ne l'est toujours pas, observa Konrad.

– J'ai toujours cru que je contrôlais ma consommation, j'en étais convaincue, mais la première chose qu'on apprend quand on s'en sort, c'est que l'alcoolisme n'est justement jamais contrôlable et qu'on n'a aucun pouvoir dessus. J'étais taxi ! Vous vous rendez compte !? Et, parfois, complètement soûle ! Et, selon moi, ce n'était pas un problème. Ce qu'on peut être idiot !

Palina était la troisième personne que Konrad interrogeait après que Marta l'avait appelé pour lui communiquer les informations qu'il lui avait demandées sur l'enquête de Leo. Elle avait constitué la liste de ceux qui avaient été aperçus dans le quartier des Ombres le soir de l'accident. Konrad lui avait promis la plus totale discrétion en la remerciant chaleureusement. Il n'avait pas tenu son ancienne collègue au courant de ses dernières investigations. Sachant qu'elle avait assez à faire, il préférait ne pas la déranger à tout bout de champ, mais avait promis de la prévenir s'il découvrait des éléments déterminants.

Il était d'abord allé voir un homme qui, après avoir volé la voiture de son propre fils le soir du drame, avait failli avoir un accident rue Hverfisgata. Le couple à bord de l'autre véhicule avait dû monter sur le trottoir pour l'éviter. Malgré la très mauvaise visibilité, ils avaient réussi à relever le numéro de sa plaque et avaient appelé la police. Au lieu de s'arrêter, le chauffard, du nom d'Omar, avait continué sa route. La police l'avait retrouvé à la gare routière un peu plus tard dans la nuit. Il ne se souvenait pas être passé par la rue Lindargata.

Il demanda à Konrad pourquoi il revenait l'interroger après toutes ces années. L'ancien policier essaya de le lui expliquer, mais Omar ne l'écouta pas. Agacé, il lui répondit que c'était n'importe quoi avant de lui claquer la porte au nez. Konrad avait l'impression qu'il sentait l'alcool.

Moins bavard que Palina, le deuxième homme qu'il était allé voir l'avait accueilli avec défiance, il avait passé son temps à lui demander ce qui l'amenait. Konrad lui avait répondu honnêtement : il cherchait le conducteur responsable d'un accident mortel qui avait eu lieu rue Lindargata sept ans plus tôt. Il travaillait pour la sœur de la victime. Le conducteur du véhicule était toujours introuvable. Konrad espérait découvrir de nouveaux indices en interrogeant une seconde fois ceux qui avaient été auditionnés par la police à l'époque.

— Donc, vous n'êtes pas flic ? lui avait demandé Tomas, qui habitait rue Ingolfsstraeti. Un voisin l'avait vu monter dans sa jeep au milieu de la nuit et prendre la direction du quartier des Ombres, l'air plutôt pressé. Quand Leo l'avait interrogé, Tomas avait répondu qu'il était allé rendre visite à une amie dans les quartiers est. Cette femme avait confirmé ses dires. Sa jeep ne portait aucune trace de choc.

— Non, disons que j'enquête à… titre personnel. Cela dit, j'ai longtemps été policier.

— Par conséquent, rien ne m'oblige à vous parler.

— Sauf si vous le souhaitez.

— Dans ce cas, au revoir, avait conclu Tomas.

— Vous aviez une jeep…

— J'ai dit au revoir, avait répété Tomas, en faisant le geste de refermer sa porte.

– Vous avez quelque chose à cacher ? s'était enquis Konrad, surpris par la réaction de l'homme, qui lui parlait dans l'embrasure de la porte donnant sur la cage d'escalier de cet immeuble miteux. Il avait à peine eu le temps de lui expliquer la raison de sa visite.

Son troisième interlocuteur lui avait réservé un accueil similaire même s'il avait été nettement plus courtois. Bernhard vivait dans une maison jumelée. Il était également chez lui quand l'ancien policier avait sonné à sa porte. Dès qu'il avait compris qu'il cherchait à en savoir plus sur l'accident de la rue Lindargata, il l'avait informé qu'il avait fait une déposition à l'époque et lui avait dit au revoir d'un ton poli, mais ferme. Konrad comprenait sa réaction. Si un inconnu était venu frapper chez lui pour aborder un sujet aussi sérieux, il l'aurait sans doute éconduit. Bernhard avait été aperçu en voiture rue Skulagata alors qu'il se dirigeait à vive allure vers l'est de la ville. Un témoin s'était manifesté en disant qu'il faisait de l'auto-stop pour rentrer chez lui dans la tempête, mais que cet homme ne s'était pas arrêté. Il n'avait pas vu le conducteur et ignorait s'il était accompagné, mais se rappelait une partie du numéro de sa plaque qui contenait trois 7. Bernhard avait déclaré à la police que son épouse était aussi à bord du véhicule et qu'ils n'avaient pas eu d'accident.

La réaction de Palina avait été très différente. Elle l'avait accueilli en lui souhaitant la bienvenue, avait parfaitement compris ce qu'il cherchait et lui avait fourni des réponses détaillées. Jamais elle n'avait fréquenté ces bars où les gens allaient voir des matchs de foot, jamais elle n'avait possédé de jeep, jamais elle n'avait écrasé personne rue Lindargata, jamais elle n'avait fait partie des scouts ou des brigades de sauveteurs. Extrêmement curieuse, elle lui avait posé une foule de questions. Il s'était abstenu de lui faire part de sa surprise, mais n'avait pas tardé à obtenir une explication d'une simplicité désarmante.

– Vous savez, je passe mon temps à lire des romans policiers, précisa-t-elle, mais j'ai rarement l'occasion de discuter avec un flic de la Criminelle en chair et en os.

– Ah, je vois, répondit Konrad.

– Par conséquent… c'est très intéressant… de vous rencontrer. Au fait, ce n'est pas vous qui avez enquêté autrefois sur… la disparition de ce Sigurvin ?

Ils étaient seuls à la cafétéria de l'entreprise de transports dans laquelle elle travaillait comme secrétaire. Elle ne conduisait plus de camions. Elle lui avait proposé un café qu'il avait accepté même s'il n'avait pas touché aux gâteaux secs fourrés qu'elle avait posés sur la table. Ils n'avaient guère de temps devant eux. Palina avait à faire et un chauffeur qui devait partir vers Höfn i Hornafirdi l'attendait à l'accueil.

– En effet, répondit Konrad.

– C'est peut-être aussi pour ça que vous êtes ici.

– Non, c'est autre chose qui m'amène, assura-t-il, sans que ce soit réellement un mensonge.

– C'est une drôle d'histoire, reprit Palina. Et cet homme que vous cherchez, il roulait en ville au même moment que moi ?

– C'est possible.

– Je ne me souviens pas vraiment de cet accident à Lindargata, poursuivit-elle, pensive. Ils ont pourtant dû en parler aux informations et dans les journaux. Enfin, à cette époque, je buvais. Je buvais comme un trou.

– Ce soir-là, est-ce que vous auriez remarqué des automobilistes qui se comportaient bizarrement, qui conduisaient n'importe comment ?

– Non, ça ne me dit rien. Mais je ne me rappelle pas grand-chose de cette période.

Konrad lui sourit.

– Enfin, c'est comme ça, soupira Palina. Sur ce, elle lui raconta l'intrigue du polar qu'elle venait de terminer, une sombre affaire de meurtre dans la campagne suédoise. Passionnée par son récit, elle ne remarqua pas à quel point tout cela laissait l'ancien policier de marbre.

Plongé dans ses pensées, il n'avait pas éteint la lumière de la cuisine, du salon ni de la chambre en allant se coucher. Il avait l'impression qu'un détail lui échappait, il ignorait lequel, mais cela l'avait tracassé toute la soirée. Il avait passé en revue dans sa tête les visites qu'il avait rendues à ces gens qui l'avaient accueilli plus ou moins poliment. Son esprit s'était arrêté sur son troisième interlocuteur, celui qui habitait la maison jumelée et qui l'avait gentiment éconduit. Le nom de cet homme lui semblait familier. Il était cependant incapable de dire pourquoi.

Il s'appelait Bernhard.

Bernhard.

Il était certain d'avoir vu ou entendu ce prénom récemment, mais n'arrivait pas à se rappeler dans quel contexte.

Il renonça finalement à se creuser la tête et, comme souvent avant d'aller se coucher, il pensa à Erna qui lui manquait terriblement. Il se souvint d'une magnifique soirée d'été avec elle. Il lui sembla presque sentir sa présence dans la chambre lorsqu'il sombra soudain dans le sommeil.

– Qui c'est ? Qui est cet homme ? murmurait une voix à son oreille.

– J'ai oublié, répondait-il. Je n'arrive pas à m'en souvenir.

Allongée à ses côtés, elle portait la robe légère qu'elle avait achetée juste après leur rencontre. Le doux parfum d'Erna caressait ses narines. Une odeur de fleurs et de soleil, l'odeur du sable doux de la baie de Nautholsvik. Il tournait la tête et la regardait, elle était jeune et belle, comme toujours dans ses rêves.

– Je suis sûr que j'ai déjà vu ce nom, disait-il. Je le sais. Mais je n'arrive pas à me souvenir... et je ne prends jamais de notes.

Elle souriait, il s'approchait, il avait envie de caresser ses lèvres, il avait envie de la sentir se blottir contre lui, de la toucher une fois encore.

– Pardonne-moi, murmurait-il. Pardonne-moi...

Il ouvrit les yeux, retrouvant brusquement la morne réalité. Allongé dans le lit froid, la main tendue sur la couette, il comprit qu'il avait tenté de saisir un rêve qui lui échappait à jamais.

46

Le lendemain, il garda les jumeaux. Il passa une partie de ce samedi à regarder un match du championnat de foot en Angleterre. En fin d'après-midi, il les emmena manger des hamburgers dans un restaurant avant de les reconduire chez leurs parents. Hugo voulait absolument l'inviter à dîner, mais il répondit qu'il devait rentrer. Un peu plus tard, sa sœur Beta lui rendit visite, elle semblait plutôt abattue.

– Qu'est-ce qui t'arrive ? s'enquit Konrad.

– Rien.

– Allons, je t'écoute.

– J'ai rêvé de papa, déclara Beta.

– Ah bon ?

– Et je n'aime pas ça, ce n'est jamais bon signe.

– Jamais ?

– C'était un rêve désagréable. Tu y étais. Tu étais avec lui. Dis-moi, tu ne te mets pas en danger ?

– Beta, ne t'inquiète pas. Je te jure que non.

– Papa était derrière le théâtre national, à l'endroit où on a découvert le corps de cette gamine pendant la guerre.

– Ah bon ?

– Il y avait quelqu'un d'autre, quelqu'un qui se cachait derrière lui. C'était…

– Quoi ?

– Il était entouré de mauvaises ondes, reprit Beta. J'avais l'impression qu'il était en sang. Je ne le voyais pas vraiment, mais je suis sûre que c'était toi. Tu es sûr de ne courir aucun danger ?

– Absolument. Beta, tu n'as aucune raison de t'inquiéter, répéta Konrad. Vraiment aucune.

– Tu ne t'apprêtes pas à faire une bêtise ?

– Une bêtise ?

– Oui.

– Beta…

– Tu te cachais, tu étais dans l'ombre.

Konrad secoua la tête. Beta le fixait.

– Tu es sûr ?

– Évidemment, je suis sûr. Quelle bêtise veux-tu que je fasse ?

– Tu ne t'en rends pas compte, mais tu tiens beaucoup de notre père, répondit Beta en se levant.

– Tu ne m'apprends rien, tu n'as pas besoin de me le dire, Beta.

Il se réveilla et alluma la lumière pour aller aux toilettes comme il le faisait chaque nuit depuis des années. Il s'était recouché et allait se rendormir quand il eut la mauvaise idée de penser à ce que Beta lui avait raconté. Il avait fait de son mieux pour le cacher, mais le rêve de sa sœur l'avait remué. Il lui avait fallu un certain temps pour se calmer après son départ et voilà qu'à nouveau il avait une insomnie.

Agité et tendu, il se tournait dans son lit et faisait tout pour retrouver son calme. En vain. La méthode à laquelle il recourait le plus souvent était de penser à Erna, mais elle ne fonctionna pas cette fois-ci. C'est en luttant pour retrouver le sommeil qu'il se rappela tout à coup dans quel contexte il avait vu le nom de Bernhard.

Il se leva, alla chercher la liste que Holmsteinn lui avait remise, avec les noms des garçons qui étaient chez les scouts à la même période que Sigurvin.

Il avait enfin trouvé ce qu'il cherchait.

Bernhard Skuli Gudmundsson.

Ensuite, il lui fut impossible de se rendormir.

47

À l'époque où Konrad avait fait sa première planque, la Criminelle était encore sous l'autorité du procureur de Reykjavík. Lui et son collègue Rikhardur avaient pour mission de retrouver un fuyard suspecté de contrebande d'alcool avec les matelots d'un cargo. Quand ce dernier était rentré chez lui à la faveur de la nuit, complètement ivre, ils avaient eu extrêmement de mal à l'appréhender. Depuis, Konrad avait souvent participé à ce type d'opérations où, assis dans une voiture banalisée, les flics essayaient de capturer des hors-la-loi. Ces planques étaient parfois interminables et diablement ennuyeuses, mais les frissons qu'elles procuraient étaient dignes d'un film de série B.

Il se retrouvait de nouveau dans cette situation. De mauvaise humeur et somnolant, il surveillait la maison depuis un moment, mais n'avait repéré aucun mouvement et envisageait de s'approcher. Il s'était garé à distance parmi les autres véhicules stationnés dans la rue, tentant de ne pas attirer l'attention. Il ne savait pas grand-chose de l'homme qui vivait ici. Ce Bernhard qui, d'après les informations du Registre de la population, était le seul occupant de la maison. L'annuaire sur Internet précisait qu'il était mécanicien.

Konrad avait conscience qu'il n'avait pas grand-chose en main. Même si cet homme était bien le Bernhard qui était chez les scouts en même temps que Sigurvin, le fait qu'on l'ait aperçu en voiture avec sa femme rue Skulagata le soir de la mort de Villi ne prouvait rien.

Le temps passait. La rue était calme. N'étant pas parvenu à se rendormir, Konrad était arrivé aux aurores. À ce moment-là, aucun véhicule n'était garé devant la maison. C'était dimanche. Il supposait qu'il arrivait à Bernhard de travailler de nuit. Il avait emporté un thermos de café et s'était préparé deux sandwichs avant de se mettre en route. Quand il était venu voir cet homme, deux jours plus tôt, dans l'après-midi, ce dernier rentrait sans doute du travail. Mais peut-être n'avait-il pas d'emploi. Il était peut-être sorti faire la fête et n'avait pas passé la nuit chez lui. Il n'était pas non plus impossible qu'il soit parti en week-end.

Les minutes s'égrainaient avec lenteur. On entendait au loin les cloches de l'église, ce qui lui rappelait qu'il n'allait jamais à l'office.

Cédant à son besoin de se dégourdir les jambes, il descendit de voiture même si cela enfreignait les règles élémentaires d'une planque. Il s'approcha du domicile de Bernhard, qui se trouvait à l'extrémité de l'alignement des maisons jumelles. La façade donnait directement sur le trottoir. Le jardin soigneusement clôturé et situé à l'arrière n'était pas visible depuis la rue.

Il retourna à sa voiture, s'installa au volant et s'occupa en tentant de se remémorer les paroles de vieilles chansons. La première ne lui posait pas de problème… *La voiture n'a plus que trois roues, mais elle roule encore… l'épaisse brume du désert la poursuit, noire comme la nuit, l'averse de grêle fait tousser le moteur…* le texte de la deuxième venait lui aussi facilement… *Bjössi, Bjössi, Bjössi, l'homme à femmes…* Il avait cependant du mal à se souvenir des vers de *Tes yeux sont si bleus…* il n'arrivait pas à se rappeler si la chanson disait *profonds et clairs* ou *aimants et clairs*. Tout à coup, il sombra dans le sommeil.

Au réveil, il constata qu'un véhicule était garé devant la maison. Quelques instants plus tard, Bernhard sortit, il monta en voiture et roula vers Konrad qui se cacha en se couchant sur le siège passager. Bernhard ne semblait pas l'avoir remarqué. Konrad démarra, fit demi-tour et le suivit.

L'homme se dirigeait vers l'est de la ville, il atteignit rapidement la colline d'Artunsbrekka et obliqua vers la zone artisanale en contrebas, près de la mer. Il longea les enfilades de concessionnaires et de garages automobiles et s'arrêta devant un atelier. Konrad se gara à distance et le regarda y entrer. Il était trop loin pour lire le petit écriteau au-dessus de la porte. Sur le parking étaient garées de vieilles guimbardes tout juste bonnes à fournir des pièces détachées.

Bernhard resta un bon moment à l'intérieur et ressortit en tenant à la main un objet que Konrad n'arrivait pas à distinguer puis remonta en voiture et s'en alla. L'ancien policier décida de mettre fin à sa filature momentanément.

Il s'avança vers cet atelier tout à fait banal, si ce n'est qu'il y régnait le plus grand désordre. Il comprit pourquoi en lisant l'écriteau : c'était une casse. *Pièces détachées toutes marques*, précisait l'affiche collée sur la porte. Un tas informe de vieux pneus s'appuyait contre la palissade qui séparait le parking de l'entreprise voisine. Quelques enjoliveurs rouillés jonchaient le sol, surmontés par le siège avant d'une voiture. Deux portières étaient appuyées contre un mur. Konrad essaya de regarder par les deux vitres de la porte complètement rouillée du bureau de la casse. Elles étaient opacifiées par la crasse.

Il fit un tour d'horizon. Ses yeux s'arrêtèrent sur l'épaisse toile délavée qui avait autrefois été verte et recouvrait une forme imposante dans un coin de l'atelier. Il s'approcha, essaya de la soulever et constata qu'elle était solidement arrimée. Il balaya les lieux du regard. Il n'avait vu personne ici en dehors de lui et de Bernhard en ce dimanche matin. Il entreprit de détacher la toile, ce qui n'était pas une mince affaire. Les nœuds étaient tellement serrés qu'il était pratiquement impossible de les défaire. Apparemment, ils n'étaient pas récents. Il parvint enfin à les faire céder.

Il retira doucement la toile, dévoilant une vieille jeep Wagoneer ou, plus précisément, ce qu'il en restait. La carcasse était posée sur des cales, on avait enlevé les pneus, les enjoliveurs, les deux pare-chocs de l'avant et un de ceux de l'arrière. Dans l'habitacle, il ne restait plus que le volant. Les sièges, le tableau de bord et la boîte de vitesses avaient disparu.

Konrad fit le tour du véhicule. Il était incapable de se prononcer sur l'année de fabrication, mais avait l'impression qu'il avait moins de trente ans. L'avant était en assez bon état par rapport au reste. Le capot était encore en place, mais les amortisseurs et les phares avaient été retirés. On voyait l'espace qui avait autrefois abrité le moteur et le réservoir à liquide de refroidissement. Konrad s'allongea, il passa son doigt derrière l'emplacement des amortisseurs et crut apercevoir la trace d'un dispositif destiné à fixer un treuil.

Il se releva. L'atelier était toujours désert. Craignant que Bernhard ne revienne, il se hâta. Il prit la toile pour la rabattre sur l'épave. Son regard s'arrêta sur le capot.

Il caressa la surface cabossée et rouillée et fixa longuement la couleur délavée, presque totalement effacée.

N'osant pas s'attarder plus longuement, il recouvrit l'épave en s'arrangeant pour ne pas laisser trop de traces de son passage. Cela demanda un peu de temps, mais finalement il rejoignit sa voiture et quitta les lieux.

Sur le chemin du retour, il se repassa en mémoire sa visite chez cet homme. Il avait sonné et attendu un peu avant l'arrivée du maître des lieux. Plutôt grand, Bernhard avait le même âge que Hjaltalin et Sigurvin, ses cheveux commençaient à se clairsemer et ses tempes grisonnaient. Les traits marqués, le nez droit et fort, les lèvres épaisses, il était d'un abord assez froid avec les inconnus à en juger par l'accueil qu'il avait réservé à l'ancien policier. Et, surtout, il ne savait rien de rien.

– Bernhard ? s'était enquis Konrad.

– Qui êtes-vous ?

– Je souhaitais voir Bernhard, il habite bien ici ?

– C'est moi, avait-il répondu, agacé.

– Ce qui m'amène est assez particulier. Je m'intéresse à un accident qui s'est produit rue Lindargata il y a...

– Un accident ? Je ne suis au courant d'aucun accident.

– Je ne suis pas surpris. Ça date de plusieurs années, on pense qu'il impliquait une jeep et...

– Qu'est-ce que j'ai à voir là-dedans ? avait protesté Bernhard.

– Je travaille pour la sœur de la victime et on m'a dit que la police vous avait interrogé à l'époque. Vous être passé tout près du lieu du drame au moment en question.

– Oui, on m'a interrogé, mais je n'avais pas eu d'accident.

Konrad lui demanda s'il confirmait que sa femme était bien à bord du véhicule qu'il conduisait.

— Elle était avec moi, en effet, avait répondu Bernhard. J'ai déjà raconté tout ça à la police il y a des années.

— Elle est ici ?

— Nous sommes divorcés.

— Bon, je suis…

— Malheureusement je ne peux pas vous aider, avait repris Bernhard en s'apprêtant à refermer sa porte.

— Vous avez toujours la jeep que vous possédiez à l'époque ? s'était enquis Konrad.

— Non, je vous prie de m'excuser, mais je n'ai pas le temps. Je ne sais rien de cette histoire, avait conclu Bernhard.

Konrad réfléchissait à l'épave cachée sous la toile. Il ignorait tout de cette jeep, mais se disait qu'il n'y avait pas meilleur endroit qu'une casse pour se débarrasser d'un véhicule encombrant.

48

La journée du dimanche s'écoula, tranquille. Le soir, il alla dîner chez son fils. Hugo remarqua son air absent et lui demanda si c'était l'enquête sur Sigurvin qui le mettait dans cet état. Konrad éluda la question. Il ne voulait pas s'attarder et souhaitait se coucher tôt.

Une nuit longue et agitée l'attendait. Incapable de trouver le sommeil, il essayait d'emboîter les pièces éparses du puzzle comme il l'avait fait si souvent. Épuisé par cette enquête complexe qui l'envahissait depuis si longtemps, il tentait de faire de nouveaux rapprochements, de trouver de nouvelles failles, de déceler des éléments qui lui avaient échappé, qu'il avait négligés ou auxquels il avait accordé trop d'importance. Il essayait d'envisager le fil des événements en adoptant le point de vue de tous les protagonistes. Il s'efforçait de comprendre le rôle que chacun d'entre eux avait joué et le bénéfice qu'ils avaient tiré de la disparition de Sigurvin. Il tentait de découvrir les liens qu'ils entretenaient les uns avec les autres, le point où se rejoignaient leurs parcours.

Il retourna cette histoire dans tous les sens jusqu'à ce que le sommeil le gagne enfin. Il s'endormit et se réveilla quelques heures plus tard.

Le jour venu, il se rendit dans la zone artisanale qui se trouvait tout près de chez lui, de l'autre côté du boulevard Vesturlandsvegur, et se gara devant la casse. La grosse toile qui recouvrait l'épave n'avait pas bougé. Apparemment, il l'avait remise correctement et Bernhard ne s'était aperçu de rien. La grande porte étant fermée, il poussa l'autre, plus petite, qui se trouvait juste à côté, et découvrit un petit comptoir qui empêchait les clients d'entrer dans l'atelier. Il attendit quelques instants en observant l'entrepôt où régnait le même désordre qu'aux abords de l'entreprise. Des étagères longeaient les murs, chargées de pièces détachées de toutes sortes. Des tuyaux d'échappement étaient suspendus au plafond. Les fenêtres au fond de l'atelier étaient rendues opaques par la crasse qui s'y était accumulée.

– Ohé ! cria Konrad.

N'obtenant aucune réponse, il patienta quelques instants puis contourna le comptoir et découvrit un petit coin café. Il y entra, mais n'y trouva personne. Au fond se trouvait un petit bureau où on apercevait un ordinateur dont l'écran affichait la photo d'une île des mers du Sud.

Il avança et appela Bernhard.

– Oui, un instant !

Le propriétaire de la casse apparut bientôt, une pièce à la main, son casque antibruit autour du cou, et le reconnut immédiatement.

– Qu'est-ce que vous faites ici ?

– Je souhaitais vous parler de cet accident. Je voulais…

– Je ne vois pas ce que je pourrais vous dire, je ne sais rien de cette histoire, je vous le répète. Et je vous prie de me laisser tranquille, répondit Bernhard, tournant les talons pour retourner dans l'entrepôt.

– Ce ne serait pas votre ancienne jeep, là, sous cette grosse toile ?

Le mécanicien fit volte-face.

– Partez. Je n'ai rien à vous dire !

– Vous n'étiez pas chez les scouts à la même époque qu'un certain Sigurvin ? Ça ne vous dit rien ?

– Sortez !

Bernhard s'avança vers Konrad, menaçant, comme dans l'intention de le jeter dehors s'il ne partait pas de son plein gré.

– Vous avez sans doute entendu parler de lui, poursuivit Konrad, imperturbable et immobile. Tout le monde est au courant de cette histoire. Le corps de Sigurvin a été retrouvé récemment sur le Langjökull.

Bernhard hésita. Konrad avait d'abord mentionné cet accident rue Lindargata, et voilà maintenant qu'il lui parlait du corps retrouvé sur le glacier.

– Désolé, je ne comprends pas, rétorqua-t-il.

– Vous ne vous rappelez pas avoir connu Sigurvin chez les scouts ?

– Vous êtes qui ?!

– Je travaille pour la sœur de l'homme renversé par une voiture il y a quelques années rue Lindargata. Je suis persuadé que ces deux affaires sont liées. Elle aussi, d'ailleurs.

– Donc, vous n'êtes pas flic ? vérifia Bernhard.

– J'ai enquêté sur la disparition de Sigurvin, mais en effet je ne suis plus policier. Je suis à la retraite.

Bernhard le fixait, impassible. Konrad ébaucha un sourire.

– C'est une chose qui arrive aux meilleurs d'entre nous, ajouta-t-il.

– Je n'ai rien à vous dire, répondit Bernhard, imperméable à son humour. Je vois pas du tout où vous voulez en venir et je ne sais rien.

– Un témoin a vu un homme discuter dans un bar avec Villi le soir de sa mort. La victime de l'accident s'appelait Vilmar, Villi pour les intimes. Vous ne vous rappelez pas l'avoir rencontré ? Son nom ne vous dit rien ?

Bernhard secoua la tête.

– Vous n'avez pas discuté au comptoir avec lui ?

Bernhard se taisait.

– Et vous ne l'avez pas non plus suivi jusqu'à la rue Lindargata ?

Bernhard avait fait le tour du comptoir, il continuait à s'avancer vers Konrad et le poussait vers l'extérieur.

– Je ne vois pas en quoi mes faits et gestes vous concernent ! tonna-t-il en lui ouvrant la porte. Sortez ! Vous me prenez pour quelqu'un d'autre ! Revoyez votre copie ! Si vous continuez à me harceler comme ça, je préviendrai la police. Je ne veux plus vous voir ici !

Konrad était maintenant sur le parking. Il s'était plus ou moins attendu à cette réaction. Bernhard était campé dans l'embrasure. Konrad désigna le tas informe sous la grosse toile.

– Elle était grise ou métallisée avant, je me trompe ? demanda-t-il.

Bernhard avait déjà refermé la porte, il était reparti dans son atelier.

– Vous ne vous êtes toujours pas débarrassé de l'épave ? murmura Konrad avant de retourner à sa voiture.

Rien ne l'avait choqué dans le comportement de cet homme au cours de leur brève conversation si on excluait la crasse dans laquelle il travaillait et un étrange anachronisme dans son apparence physique. Ce détail lui avait échappé à leur première entrevue. Bien que les années disco soient oubliées depuis longtemps, Bernhard était resté fidèle à la coupe mulet.

49

Le casier judiciaire de Bernhard était vierge. Il n'avait jamais contrevenu à la loi. Divorcé et sans enfant, il s'était marié vers quarante ans, mais cette union n'avait pas duré. Le couple avait acquis la maison que Bernhard avait conservée après le divorce et qu'il occupait encore aujourd'hui. Il avait acheté sa casse plusieurs années avant de se marier et, à en juger par le montant qu'il déclarait au fisc, les affaires n'étaient pas florissantes.

Konrad réfléchissait aux possibilités qui s'offraient à lui. Il était conscient qu'il avait besoin d'en savoir plus sur cet homme avant d'en parler à Marta ou de retourner le voir, au risque qu'il le mette à nouveau à la porte. Il ne craignait pas que Bernhard l'apprenne s'il allait poser ici et là quelques questions à son sujet. Si cet homme n'avait pas la conscience tranquille, il risquait de paniquer et de commettre des erreurs qui finiraient par le démasquer.

Il décida d'aller voir son ex-femme, Johanna, dont il découvrit après quelques recherches qu'elle vivait dans un logement social du quartier d'Efra-Breidholt, au sommet de la colline du même nom. Il y monta en voiture et se gara au pied d'un immeuble vétuste. Le bleu de la façade était complètement délavé, on voyait des traces de rouille sous les garde-corps des balcons, les cadres des fenêtres étaient vermoulus.

La porte de la cage d'escalier était ouverte. Konrad sonna à une des portes du premier étage. Comme il n'entendait aucun bruit dans l'appartement, il appuya à nouveau sur la sonnette. Apparemment, elle ne fonctionnait pas. Il frappa. Au bout d'un long moment, il frappa à nouveau. Enfin, il entendit du bruit dans l'appartement. Un toussotement, puis la porte s'ouvrit.

Une femme énorme et négligée apparut sur le seuil. La soixantaine, les cheveux en bataille, elle fixait l'inconnu d'un air ahuri, comme si elle ne s'attendait plus à recevoir aucune visite jusqu'à la fin de ses jours.

– Bonjour, dit Konrad.

– Vous êtes qui ? répliqua-t-elle d'un ton brutal.

– Konrad. Je réunis des informations sur Bernhard, votre ex-mari.

– Bernhard ? Vous réunissez... quoi ?

– Des informations.

– Des... informations ? Comment ça ? Quel genre d'informations ?

Konrad avait l'impression qu'il l'avait réveillée.

– Vous étiez mariés, n'est-ce pas ?

– Qui êtes-vous ? répéta Johanna, la voix légèrement pâteuse.

– Je voudrais vous poser quelques questions sur Bernhard, si ça ne vous dérange pas.

Il plaignait cette femme dépenaillée, il aurait voulu l'aider, mais ne voyait pas comment.

– Cela concerne un accident qui a eu lieu rue Lindargata il y a plusieurs années. Un homme a été écrasé par une voiture.

– Ah bon ? répondit Johanna. Quel accident ?

– Un jeune homme a été renversé et il est mort. Je travaille pour sa sœur. Est-ce qu'on pourrait avoir une petite conversation ?

– Bernhard sait que vous êtes ici ?

– Bernhard ? Non.

Johanna continuait à le dévisager.

– Vous êtes allé le voir ?

– Il refuse de me parler, répondit Konrad.

Johanna hésita quelques instants.

– Suivez-moi ! dit-elle.

Elle retourna dans l'appartement en laissant la porte ouverte. Konrad entra et la referma.

– Excusez le désordre.

Johanna essaya de remettre quelques objets en place en allant vers le salon, mais ce n'était vraiment que pour la forme. Konrad avait rarement vu un intérieur aussi sale malgré sa longue carrière dans la police où il avait pourtant été témoin de toutes sortes de choses. Ce n'était qu'un entassement de vêtements et de bibelots, de cartons et de journaux, de meubles et de couverts, d'assiettes et de casseroles sales, de verres et de bouteilles d'alcool vides. L'odeur acide le prenait à la gorge. Il observa les lieux en pensant à Bernhard. Si ces gens avaient divorcé parce qu'ils se reprochaient un manque d'hygiène, les torts étaient amplement partagés !

Réticent à se frayer un chemin à travers cet amoncellement et à déranger Johanna plus que nécessaire, il se posta à la porte du salon.

– Je ne trouve jamais le temps de mettre de l'ordre ici, expliqua-t-elle.

– C'est le genre de chose qu'on néglige souvent, répondit Konrad.

– Laissez-moi vous dire que nous ne sommes pas très amis, Bernhard et moi, soupira-t-elle. Je ne sais pas comment je l'ai supporté toutes ces années. Je ne me suis pas gênée pour le lui dire. Souvent. Il ne m'écoutait pas. Il n'écoutait jamais rien. Il était dépressif. Enfin, je suppose. Parfois, il ne disait pas un mot des jours durant si je faisais quelque chose qui lui déplaisait. Il boudait et ne m'adressait pas la parole pendant des jours et même parfois des semaines. Qui supporterait ça longtemps ? Personne. Personne ne peut supporter des choses pareilles.

– Il buvait ?

– Oui, il y avait aussi ça. Mais il a fait une cure et je crois qu'il ne touche plus à l'alcool depuis.

– Il passait beaucoup de temps dans les bars ?

– Pas spécialement, il y allait surtout pour voir les matchs de foot. Il était trop radin pour s'abonner aux chaînes sportives, pourtant il adorait le foot. Mais il ne voulait pas payer pour ça. Donc… il allait souvent regarder les matchs dans les bars. Ça lui servait aussi d'excuse pour boire. J'ai cru que vous travailliez pour les services sociaux. Ce n'est pas eux qui vous envoient, n'est-ce pas ?

– Non, je viens seulement vous poser des questions sur cet accident.

– Ah oui, cet accident, c'est vrai.

– J'ai cru comprendre que vous étiez avec lui.

Konrad observait, pensif, la poubelle qu'était l'appartement de cette femme.

– Vous voulez que je contacte les services sociaux pour vous aider ? proposa-t-il. Il avait l'impression que Johanna était plus ou moins perdue. Vous avez peut-être besoin de soutien ?

– Mais non, je me débrouille très bien. Il faut juste que je fasse un peu de ménage.

– Vous étiez surprise que Bernhard fasse une cure ?

– Étant donné ce qu'il buvait, ça ne m'a pas étonnée. Par contre, ça l'a pris tout à coup.

– Vous voulez dire cette idée ?

– Oui, c'était une décision subite.

– Bernhard affirme ne rien savoir de cet accident et il ne s'est pas manifesté quand la police a lancé un appel à témoins. En revanche, quelqu'un l'a vu en voiture dans le quartier. Il dit que vous étiez avec lui.

– Oui, confirma Johanna.

– Et vous n'avez pas eu d'accident ?

– Non.

– Est-ce qu'il vit seul depuis votre divorce ?

– Oui.

– Vous le voyez ?

– Non. Nous n'avons aucun contact. Je ne l'ai pratiquement pas revu… depuis que… enfin, on n'était pas faits l'un pour l'autre. Et nous n'avons pas eu d'enfants.

– Est-ce qu'il vous a parlé de son passage chez les scouts ?

– Les scouts ? Non. Par contre, ça arrivait qu'on l'appelle.

– Qu'on l'appelle ? Qui donc ?

– Les brigades de sauveteurs…

– Il en faisait partie ?

– Oui, mais il a arrêté.

– Et Sigurvin ? Est-ce que Bernhard aurait mentionné son nom dans vos conversations ?

– Sigurvin ?

– Son nom a récemment fait les gros titres. C'est l'homme dont on a retrouvé le corps sur le Langjökull.

Johanna était aussi abasourdie que si Konrad lui avait donné une gifle.

– Ah, cet homme-là ? Bernhard le connaissait ?!

– Ils étaient ensemble chez les scouts, mais seulement très peu de temps, répondit Konrad.

– Ah bon ? Je ne le savais pas.

– Bernhard ne vous en a jamais parlé ?

– Non. Ça m'étonne. Je n'étais pas au courant.

– Est-ce qu'il était à l'aise quand vous viviez avec lui ?

– À l'aise ?

– Je veux dire financièrement.

– Il était radin comme tout. C'était pénible. Cela dit, il n'a jamais eu beaucoup d'argent. Il possédait déjà cette casse et les affaires n'ont jamais bien marché. Il réparait aussi des voitures. Au noir, naturellement. Ça rapportait bien. En tout cas, plus que la vente de pièces détachées.

Johanna avait passé son temps les yeux baissés. Elle relevait maintenant la tête et regardait Konrad d'un air inquisiteur.

– Il est impliqué ? demanda-t-elle.

– Impliqué, comment ça ?

– Dans cette histoire avec Sigurvin.

Konrad secoua la tête.

– Je n'en sais rien.

– Pourquoi vous me demandez s'il avait de l'argent ? Où est-ce que, d'après vous, il était censé en trouver ?

– C'est juste une question, la rassura Konrad.

– Excusez ce désordre, répéta Johanna après un silence. Il faudrait que je fasse un peu de rangement. C'est juste que… je n'ai jamais le temps.

– Je pourrais peut-être revenir plus tard, suggéra Konrad, supposant qu'elle avait besoin de digérer cette visite inattendue. Peut-être certaines choses lui reviendraient-elles en mémoire. Bernhard avait beaucoup d'amis ? ajouta-t-il en se préparant à partir.

– Non, on ne peut pas dire qu'il ait eu ce qu'on appelle des amis. Quelques-unes de ses connaissances sont venues à notre mariage. On s'est simplement mariés à la mairie. Et il n'a pas beaucoup de famille. Il ne voyait personne, sauf le jour où il est allé à la réunion annuelle de son ancienne école. Là, il a rencontré ses camarades d'autrefois. Moi, j'avais quelques amis, mais il n'avait pas envie de les connaître.

Konrad recula vers la porte. Johanna comprit qu'il allait partir.

– Vous ne me posez pas de questions sur les infidélités ? s'étonna-t-elle.

– Les infidélités ?

– Eh bien, les siennes !

– Bernhard vous trompait ?

– C'est ce que j'ai toujours soupçonné, répondit Johanna.

– Ah bon ?

– Je lui ai posé la question. Plusieurs fois. Il a toujours nié.

– Qu'est-ce qui vous fait croire qu'il était infidèle ?

– Une femme sait ce genre de chose. Notre intuition ne nous trompe pas.

– Il laissait entendre qu'il vous trompait ?

– Non. Il ne disait jamais rien. Il était très dépressif, je ne comprenais pas pourquoi. Toujours tellement grave et ennuyeux.

– Mais vous lui avez posé la question ?

– Oui, je viens de vous le dire. Il me disait de me taire. J'ai fini par jeter l'éponge. Je l'ai quitté. Cet homme ne valait rien. Rien du tout.

– Et vous ignorez qui il voyait ?

– Il y avait toujours des donzelles qui l'appelaient. Il disait que c'était pour acheter des pièces détachées.

Je crois que ça a commencé après ces retrouvailles à l'école.

— Vous savez qui étaient ces femmes ?

— Non. Évidemment, il ne me les présentait pas ! Vous ne me croyez pas ?

— Si, assura Konrad. Ça n'a rien d'exceptionnel.

— D'exceptionnel ? Comment ça ?

— Des tas de gens trompent leurs conjoints.

— Oui... enfin, un jour... une de ces salopes l'a appelé sur son portable. J'ai répondu, elle a raccroché en entendant ma voix. J'ai cherché le numéro sur Internet. Je lui ai demandé qui était cette traînée. Il m'a répondu qu'elle l'avait appelé parce qu'elle cherchait des pièces détachées.

— Vous vous souvenez de son nom ?

— De son nom ?

— Cette femme qui a contacté Bernhard.

— J'ai oublié. Pourtant, il est resté gravé dans ma mémoire pendant pas mal de temps... C'était... ah... elle portait un prénom biblique. Oui, un prénom biblique.

50

La nuit commençait à tomber. Konrad se gara à distance de la casse. Les clients étaient peu nombreux. Au cours des deux heures qu'il passa à surveiller les lieux jusqu'à la fermeture, il ne vit que trois personnes y entrer et seulement une en ressortir avec la pièce qu'elle recherchait. On économisait beaucoup d'argent en achetant dans les casses. Konrad avait pu le constater par lui-même le jour où un capteur totalement inutile dont sa jeep était équipée avait rendu l'âme. La réparation chez le concessionnaire lui aurait coûté des dizaines de milliers de couronnes. Jamais il n'aurait changé ce capteur si le tableau de bord n'avait pas affiché un voyant qui refusait de s'éteindre. Après avoir appelé plusieurs casses, il avait fini par trouver la pièce adéquate qui ne lui avait coûté que quelques milliers de couronnes. Bernhard assurait donc un service essentiel même si cette activité n'était pas très lucrative.

Il était sorti une fois pour fumer une cigarette et boire un café dans un gobelet en plastique. Konrad l'avait observé de loin. Bernhard portait une combinaison qui n'était manifestement jamais passée à la machine. À l'approche de la fermeture, les lumières de l'atelier s'éteignirent, il sortit une nouvelle fois et ferma soigneusement la porte. Un thermos de café et une boîte-repas à la main, il alla droit à sa voiture et démarra.

Il rentra directement chez lui sans remarquer qu'il était suivi. Konrad se gara à nouveau à distance respectable et resta assis dans sa voiture. Il ne savait pas précisément ce qu'il attendait, mais se demandait si Bernhard avait écourté sa journée de travail : il était à peine dix-huit heures. Il s'était peut-être dit qu'il ne ferait aucune vente supplémentaire aujourd'hui. Konrad écouta la radio nationale, mais ne tarda pas à renoncer à se concentrer sur l'émission culturelle affreusement ennuyeuse qu'elle diffusait et chercha une station qui passait de la musique islandaise. Il surveilla encore un long moment le domicile puis décida que ça suffisait pour l'instant.

En rentrant chez lui, il passa devant l'école que, d'après Johanna, Bernhard avait fréquentée. Un tas de voitures étaient garées dans les rues environnantes et des gens entraient par la porte principale du bâtiment illuminé. Konrad supposa qu'ils venaient à une réunion de parents d'élèves et décida de profiter de l'occasion pour y faire un tour.

Il avait passé l'après-midi à réfléchir aux paroles de Johanna sur cette femme au prénom biblique qui avait tenté de contacter Bernhard. Johanna était persuadée que son ex-mari l'avait vue en secret et qu'elle était sa maîtresse.

La réunion allait commencer quand il pénétra dans le hall. On avait installé des chaises devant une petite estrade où un homme en costume, sans doute le proviseur, se débattait avec un micro. Il le tapota, vérifia les branchements et le tapota à nouveau tandis que les parents, majoritairement des femmes, discutaient, assis sur leurs chaises.

Konrad explora les couloirs. L'établissement avait été agrandi à plusieurs reprises et de longues galeries reliaient les nouveaux bâtiments à l'ancien. Les travaux des élèves qui ornaient les murs des salles de classe ouvertes attestaient de capacités artistiques plus ou moins prononcées. Naturellement doué dans ce domaine, le fils de Konrad avait essayé d'apprendre à son père à dessiner, mais sans grand succès. Cela dit, il était à peu près capable d'esquisser des voitures. Erna avait soigneusement conservé tous ces croquis.

Les murs du bâtiment le plus ancien étaient ornés de photos encadrées avec élégance. Prises pendant la dernière année de scolarité des élèves et alignées sur deux ou trois rangées, certaines dataient de plusieurs dizaines d'années et remontaient à la fondation de l'école. Elles témoignaient de l'évolution des tenues vestimentaires et des coiffures, de la coupe classique aux cheveux longs des Beatles, jusqu'à la mode informe d'aujourd'hui. Sur certaines, on voyait des jeunes filles très maquillées aux cheveux relevés en un chignon crêpé.

Il fallut un certain temps à Konrad pour comprendre le classement de tous ces clichés. Finalement, il trouva les quatre photos noir et blanc de la dernière année de scolarité de Bernhard, qu'il reconnut sans difficulté. Les gamins souriaient au photographe sans imaginer que l'instant serait conservé aussi longtemps que l'école existerait ni qu'ils pourraient ainsi revenir se plonger à leur guise dans leur enfance.

Bernhard n'avait pas beaucoup changé depuis cette époque. Il se trouvait au centre de la rangée du haut, grand et dégingandé, les cheveux mi-longs, la raie au milieu. Vêtu d'un pull à carreaux, il souriait comme ses camarades, sans doute à une plaisanterie du photographe.

Johanna avait dit à Konrad qu'il était allé à une fête de son ancienne classe. Il avait donc revu tous ces gens des années plus tard.

Le téléphone de Konrad sonna alors qu'il regardait les photos, seul dans le couloir. C'était Marta.

– Il y a longtemps que je n'ai pas de nouvelles, fit-elle remarquer. Qu'est-ce que tu fiches ?

– Pas grand-chose. Et toi ?

– Pareil. Mais je n'arrête pas de penser à ces clefs de voiture.

– Ces clefs de voiture ?

– Celles de la jeep de Sigurvin. Je me demande pourquoi il ne les avait pas sur lui. Il doit bien y avoir une raison. À moins qu'elles ne soient juste tombées de sa poche.

– À ton avis, quelle est la bonne explication ?

– Son meurtrier avait l'intention de déplacer la jeep et de l'emmener, elle aussi, sur le glacier.

– C'est possible.

– Tu vois une autre explication ? demanda Marta.

– Effectivement, il n'est pas impossible que l'assassin ait voulu faire croire que Sigurvin était parti sur le glacier et qu'il y soit mort. Il n'était pas habillé pour affronter le froid, mais peu importe.

– Il y a dans tout ça quelque chose de pas clair, reprit Marta. La jeep est abandonnée à un endroit et le corps à un autre. Comme tu dis, c'est du travail bâclé.

– C'est peut-être la météo qui en a décidé ainsi, répondit Konrad. Une violente tempête a soufflé sur le glacier juste après. Peut-être que son ou ses meurtriers n'ont pas pu mettre à exécution l'ensemble de leur plan.

Konrad continuait à fixer la photo de classe. Un autre visage suscita brusquement son intérêt, celui d'une jolie jeune fille assise par terre au premier rang. Elle était la seule à ne pas sourire et à regarder le photographe d'un air grave. Même s'il n'était pas totalement sûr de son identité, Konrad sursauta.

Marta continuait à parler à l'autre bout de la ligne, mais il ne l'entendait plus. Il repensait à ce que Johanna lui avait dit sur cette femme qui avait un jour appelé Bernhard en disant qu'elle cherchait une pièce détachée, cette femme au prénom biblique que Johanna avait oublié, perdue dans les vapeurs d'alcool, et dont elle était persuadée qu'elle était la maîtresse de son mari.

– … oui, c'est bien ça, du travail bâclé, tu ne trouves pas ? demanda Marta.

Konrad ne quittait pas la photo des yeux.

– C'est vrai, convint-il la tête ailleurs, du travail d'amateur.

51

Il prit congé de Marta plutôt sèchement et quitta l'école en vitesse. Incapable d'attendre le lendemain matin, il monta droit au quartier d'Efra-Breidholt pour se rendre chez Johanna et tenter de confirmer ses soupçons avant de décider de la prochaine manœuvre. En ce milieu de soirée, la circulation était moins dense. Son impatience le poussa toutefois à slalomer entre les voitures. Il alla même jusqu'à griller un feu rouge.

Sur le trajet, il passa en revue ce qu'il savait de Sigurvin et surtout ce qu'il ignorait encore malgré des années d'enquête, malgré un travail acharné, malgré les innombrables interrogatoires de gens issus de tous les milieux qui avaient connu Sigurvin et Hjaltalin de près ou de loin. La découverte du corps sur le glacier avait permis de réduire le champ des recherches, mais Konrad était convaincu que si Villi, qu'il n'avait jamais rencontré, n'avait pas connu ce destin tragique, l'enquête ne l'aurait jamais conduit sur la piste qu'il explorait en ce moment.

Il réfléchissait à la casse crasseuse et au mariage raté de Bernhard, il pensait aux scouts, à la gamine sur la photo de classe, aux brigades de sauveteurs, à Sigurvin et à l'importante somme d'argent découverte dans sa cuisine. Il méditait sur l'incroyable entêtement de Hjaltalin, sur la nature des histoires dans lesquelles Sigurvin avait trempé et les raisons pour lesquelles tout cela s'était si mal terminé.

Il mesurait à quel point cette affaire avait marqué son existence, à quel point elle avait façonné sa personnalité sans qu'il en ait pleinement conscience, il pensait aux conséquences que cette enquête ratée avait eue sur sa carrière et à la mise à pied qu'elle avait entraînée. C'était une des rares fois où il avait perdu son sang-froid.

Il secoua la tête en se maudissant et klaxonna la voiture devant lui qui tardait à démarrer alors que le feu était passé au vert. Il avait toujours regretté ce qui était arrivé. Son collègue Rikhardur lui avait demandé s'il avait perdu la tête. C'était en effet sans doute le cas. Il était sorti dans la cour à l'arrière du commissariat pour aller chercher un cric dans sa jeep avant de revenir et de se précipiter dans la cellule du prisonnier pour le frapper. Ses collègues l'en avaient empêché en le plaquant au sol jusqu'à ce qu'il se calme. Puis on l'avait renvoyé chez lui.

Konrad n'avait aucune excuse même si le détenu lui avait asséné un coup de tête qui lui avait cassé le nez et mis le visage en sang. Même s'il l'avait traité de tout en menaçant sa famille. Même s'il s'était moqué de son enquête sur la disparition de Sigurvin et s'il lui avait dit qu'il était le pire incapable de toute cette maudite police.

Même si ce détenu s'appelait Hjaltalin.

Konrad était censé supporter tout ça, mais il avait craqué.

Complètement craqué.

Hjaltalin avait été arrêté pour conduite en état d'ivresse un soir, peu avant Noël. Il avait donné beaucoup de fil à retordre à la police qui l'avait placé en cellule de dégrisement et lui avait fait subir une prise de sang révélant un fort taux d'alcoolémie. Konrad avait appris le lendemain matin en arrivant au travail que Hjaltalin avait passé la nuit en cellule. Il ne l'avait pas vu depuis longtemps et avait eu la mauvaise idée de lui rendre visite. Il avait immédiatement compris que la nuit n'avait pas suffi à faire dessoûler le détenu qui, encore furieux de la manière dont la police l'avait traité, l'avait insulté en l'accusant d'avoir détruit sa vie.

– Je vais te buter, toi et ta maudite famille, pauvre crétin estropié ! avait hurlé Hjaltalin au plus fort de leur altercation.

– Ta gueule ! s'était écrié Konrad.

Les deux hommes étaient face à face dans l'étroite cellule. La tension accumulée depuis des années entre eux explosait.

– Je les tuerai, connard ! Je buterai ta bonne femme et ton gamin !

– Si tu…

Konrad n'avait pas eu le temps d'achever sa phrase, pris au dépourvu par la rapidité de l'attaque. Hjaltalin lui avait asséné un violent coup de boule. La douleur était insupportable, Konrad avait hurlé, ses yeux s'étaient emplis de larmes et il avait senti un voile de sang lui couvrir le visage. Hjaltalin l'avait balancé contre un mur et serré à la gorge en menaçant de le tuer, puis il l'avait jeté à terre et lui avait donné des coups de pied jusqu'à ce qu'un gardien intervienne.

Konrad avait vu rouge. Il se rappelait à peine le moment où il était sorti chercher le cric dans sa jeep, revenant l'instant d'après pour s'en prendre à Hjaltalin, assis dans le couloir des cellules, les mains menottées dans le dos. Il avait fait tournoyer le cric qui s'était abattu sur le mur juste à côté du prisonnier. Des morceaux de ciment étaient tombés par terre. Il n'avait pas eu le temps de donner un second coup avant d'être plaqué au sol par ses collègues.

Hjaltalin n'avait pas porté plainte et Konrad ne l'avait pas non plus accusé d'outrage à agent ni de menaces contre sa famille. Il avait passé la majeure partie de son congé sabbatique en Suède avec Erna. Elle avait envie depuis quelque temps de retourner à Stockholm où elle avait terminé sa spécialisation. Elle avait trouvé un travail à l'hôpital Karolinska, ils avaient quitté l'Islande fin février et n'étaient revenus qu'à l'automne. Un an plus tard, Erna était morte et Konrad avait pris sa retraite.

Il se gara devant l'immeuble d'Efra-Breidholt et soupira profondément en repensant à la façon dont il s'en était pris à Hjaltalin. Le bâtiment était plus fantomatique encore au crépuscule. Il y avait de la lumière aux fenêtres de Johanna, il espérait qu'elle était chez elle. Il gravit les marches quatre à quatre et frappa, essoufflé. Il n'y avait aucun bruit dans l'appartement. Il frappa à nouveau, plus fort, plaqua son oreille à la porte, attendit, impatient, s'apprêtait à frapper une troisième fois quand Johanna lui ouvrit enfin, plus défaite et sale encore qu'à sa première visite.

– Qu'est-ce que c'est que ce boucan ? s'enquit-elle en plissant les yeux comme si elle venait de se réveiller.

– Je voulais vous poser d'autres questions sur Bernhard et…

– Vous êtes qui ? Qu'est-ce que ça veut dire de tambouriner comme ça chez les gens ?

– Je m'appelle Konrad. Je suis passé tout à l'heure. Je vous prie de m'excuser mais…

– Vous êtes revenu ? Qu'est-ce que vous voulez encore ?

– Je me suis dit que je pourrais peut-être vous aider à vous souvenir du nom de cette femme qui a appelé Bernhard un jour en prétextant qu'elle avait besoin d'une pièce détachée.

Johanna le dévisagea comme si elle ne comprenait pas où il voulait en venir.

– Vous m'avez dit qu'il voyait d'autres femmes.

– Vous ne préférez pas entrer ? Je ne peux pas discuter de ces choses-là dans la cage d'escalier. Konrad, dites-vous ?

Johanna semblait reprendre ses esprits.

– Tout à fait.

Pour la seconde fois de la journée, il suivit l'ex-femme de Bernhard dans son appartement dégoûtant et referma la porte. Johanna n'avait pas fait de rangement depuis sa première visite. Elle s'affala lourdement dans le même fauteuil.

– Le nom de cette femme ? dit-elle.

– Il ne vous revient pas ?

– J'ai essayé de m'en souvenir après votre départ.

– Vous disiez que c'était un prénom biblique.

– Oui.

– Alors, ça vous revient ?

Johanna fronça les sourcils. Konrad attendait la réponse. Il préférait l'entendre de sa bouche. Il avait beau piétiner, impatient, ça ne venait pas.

– Ce n'était pas Salomé ? suggéra-t-il.

Le visage de Johanna s'illumina.

– Ah oui, je crois que c'est bien ça, répondit-elle. Il me semble qu'elle s'appelait Salomé. Bernhard disait qu'il ne la connaissait pas et qu'elle voulait juste lui acheter des pièces détachées.

– Vous êtes sûre ?

– Oui, c'était bien Salomé. Ça y est, ça me revient.

Johanna regardait Konrad avec des yeux de chien battu. Il comprit qu'elle réfléchissait.

– Vous vouliez me poser une question ? demanda-t-il.

– Vous m'avez dit tout à l'heure que…

Elle laissa sa phrase en suspens.

– Que… ?

– Que Bernhard connaissait Sigurvin.

– Oui, ils se sont connus quand ils étaient gamins.

– Vous croyez qu'il lui a fait du mal ?

– Je l'ignore, mais ce n'est pas impossible, répondit Konrad.

– Il l'a tué ?

– Je ne sais pas.

– Et ce garçon de la rue Lindargata ?

– C'est ce que j'essaie de découvrir. Vous étiez avec lui dans la voiture. Vous êtes mieux placée que moi pour le savoir.

– Évidemment, convint Johanna, évidemment, sauf que…

– Que quoi ?

– Après tout, je ne dois rien à cet homme.

– Vous voulez dire à Bernhard ?

– Vous trouvez que je lui dois quelque chose ?

– Je ne sais…

– Ce n'est qu'un sale menteur.

– Comment ça ?

– Il m'a traitée comme une serpillière et il faudrait en plus que… que je mente pour lui.

– Que vous mentiez ? À quel sujet ?

Johanna se redressa dans son fauteuil.

– Il m'a appelée un jour en me demandant de dire que j'étais en voiture avec lui je ne sais quelle nuit. Voilà ! Je n'en avais jamais parlé à personne.

Konrad n'était pas certain d'avoir bien compris.

– Il vous a… ?

– Oui, mais je n'étais pas avec lui.

– Il voulait que vous mentiez ?

– Exactement. La police était venue l'interroger au sujet d'un accident. Il m'a dit qu'il avait bu, qu'il avait pris sa voiture et qu'il n'avait pas envie d'avoir des problèmes. Il m'a donc demandé, au cas où la police me poserait des questions, de confirmer que j'étais bien avec lui et qu'il n'avait pas bu une goutte. De dire qu'il était passé me prendre à mon travail ou dans une fête, je ne me souviens plus vraiment, que nous n'avions pas eu d'accident et que nous n'avions rien remarqué de suspect. Je ne comprenais même pas de quoi il parlait.

– C'était la nuit où le jeune homme a été renversé rue Lindargata ?

– Il me semble. En tout cas, c'était à cette époque. Je n'arrête pas d'y penser depuis que vous êtes venu tout à l'heure. C'est la seule et unique fois où il m'a demandé ce genre de chose.

– Et vous avez confirmé à la police que vous étiez avec lui ?

– À la police ? Non. Je ne lui ai rien dit.

– Pourquoi ?

– Personne n'est jamais venu me poser la moindre question. Je n'ai donc pas eu besoin de dire quoi que ce soit à quiconque.

– Comment ça ?

– La police ne m'a jamais interrogée, insista Johanna.

– Personne ne vous a demandé confirmation ? s'étonna Konrad, revoyant Leo qui marchait à pas pressés vers le bâtiment des francs-maçons.

– Personne.

– Donc, Bernhard était seul cette nuit-là ?

Johanna hocha la tête.

– Je ne vois pas pourquoi je mentirais pour lui. Ça ne me gêne pas que vous soyez au courant. Je m'en fiche complètement. Je ne suis même pas sûre que ce mensonge soit en rapport avec la mort de ce garçon.

– Sa requête ne vous a pas semblé surprenante ?

– Je ne lui ai pas posé de questions. Il m'a seulement dit qu'il avait pris la voiture et qu'il était soûl. Je n'ai pas établi de lien avec ce qui est arrivé à ce garçon. À l'époque, je n'écoutais pas les informations. Vous pensez que Bernhard l'a renversé ? Et qu'il a tué Sigurvin ? Je n'arrive pas à le croire. Je n'arrive pas à imaginer qu'il ait pu faire une chose pareille. Bernhard n'est pas ce genre d'homme. Il était… je ne l'aurais jamais cru capable de ça.

Konrad ne savait pas quoi répondre.

– Vous avez remarqué des changements dans son attitude ? demanda-t-il.

– Des changements ?

– Est-ce qu'il était irritable ? Dépressif ? Nerveux ? Est-ce qu'il buvait plus ?

– Non, à part qu'il est allé en désintox et que ça l'a pris comme ça. Je m'en souviens très bien.

Konrad en savait assez. Il remercia Johanna et médita sur toutes les femmes qu'il avait croisées et qui avaient menti pour leurs maris ou leurs compagnons, ces femmes aidantes, conciliantes, innocentes.

– Oui, elle s'appelait Salomé, conclut Johanna en lui serrant la main. Je savais que c'était un prénom biblique. Ce n'est pas elle qui… je suis pourtant allée au catéchisme, je devrais savoir ça. Ce n'est pas elle qui a demandé la tête de Jean-Baptiste sur un plateau d'argent ? La petite danseuse ? Elle s'appelait Salomé, n'est-ce pas ?

Konrad franchit la porte. Ce n'était sans doute pas un simple hasard. Le nom de Salomé n'était pas courant en Islande. C'était la petite amie de Hjaltalin. Et la camarade de classe de Bernhard.

– Oui, c'est bien elle, répondit Konrad. La petite danseuse qui nous a apporté la tête de Hjaltalin sur un plateau d'argent, murmura-t-il en refermant la porte.

52

Il retourna chez Bernhard. Sa voiture n'était plus garée devant son domicile. Il surveilla un moment la maison et, voyant que tout était calme, décida de redescendre à la casse. Une lumière faiblarde brillait à l'intérieur, le véhicule de Bernhard était devant. Konrad éteignit son moteur. Seuls les autobus qui passaient à intervalle régulier dans la rue derrière venaient troubler le silence.

Il essayait de comprendre les liens dont il venait de découvrir l'existence, et revenait buter sur Salomé, l'ancienne petite amie de Hjaltalin. De quelle manière était-elle impliquée ? Quel rôle avait-elle réellement joué dans cette histoire ?

Salomé était propriétaire d'une boutique de vêtements. Comment l'avait-elle achetée ? Toutes sortes de gens s'étaient enrichis au moment du grand « effondrement économique » de 2008. Il n'était pas impossible qu'elle en fasse partie, qu'elle ait acquis ce magasin à la sueur de son front et grâce à son sens des affaires. Elle avait été élevée par une mère célibataire, avait arrêté ses études après le collège, mais avait travaillé ici et là, principalement comme vendeuse. C'est d'ailleurs en travaillant dans l'une des boutiques de vêtements dont Hjaltalin était propriétaire qu'elle l'avait rencontré. Leur liaison durait depuis quelque temps déjà quand Sigurvin avait disparu. Salomé avait été un témoin capital dans l'enquête sur Hjaltalin. Après avoir déclaré dans un premier temps qu'elle avait passé la soirée avec lui, elle avait affirmé qu'il l'avait quittée pour aller voir un « ami » le soir de la disparition et n'était jamais revenue sur cette version. Hjaltalin avait juré qu'elle mentait, mais la police avait continué à considérer le témoignage de Salomé comme digne de foi et le suspect avait fini par avouer qu'il avait effectivement rencontré Sigurvin ce soir-là.

Bernhard et Salomé avaient fréquenté la même école, sans doute pendant toute leur enfance. Quelle était la nature de leurs relations ? Bernhard connaissait également Sigurvin qu'il avait rencontré chez les scouts. Était-il impliqué dans sa disparition ? C'était l'homme qui avait renversé Villi rue Lindargata ?

Konrad attendait patiemment au volant de sa voiture. Il n'y avait aucun bruit en dehors des rugissements des autobus qui remontaient la rue toutes les vingt minutes avant de disparaître dans les ténèbres.

À minuit passé, la porte de la casse s'ouvrit. La silhouette de Bernhard apparut dans l'embrasure. Il scruta la nuit et alluma une cigarette. Son portable sonna. Il le sortit de sa poche et répondit. La conversation dura quelques minutes. Bernhard secoua la tête puis raccrocha et termina sa cigarette, dont il jeta le mégot. Il scruta à nouveau la nuit, rentra et referma la porte. Quelques instants plus tard, Konrad vit la lumière s'éteindre à l'intérieur du bâtiment. Il supposa que Bernhard allait aussitôt rentrer chez lui.

Il attendit un moment. Une voiture arriva, passa lentement devant la casse, fit demi-tour, puis repassa. Konrad n'arrivait pas à distinguer le conducteur dans la nuit, la rue était mal éclairée. Le véhicule s'arrêta devant le hangar. Ses phares s'éteignirent. Quelques instants s'écoulèrent.

La portière s'ouvrit, le conducteur sortit et s'approcha de la casse.

C'était Salomé.

Elle inspecta les alentours avec attention comme si elle craignait d'être surveillée, mais ne repéra pas la voiture de Konrad. Puis elle pressa le pas et courut jusqu'à la porte. Elle entra et referma.

Une demi-heure plus tard, Konrad se demandait encore ce qu'il devait faire quand la porte s'ouvrit à nouveau et Salomé sortit. Elle referma et regagna sa voiture, le pas résolu. Konrad songea à sortir pour l'arrêter, mais il renonça. Un autobus arriva dans la rue en contrebas. Salomé s'installa au volant, les phares s'allumèrent et, l'instant d'après, elle avait disparu.

Que venait-elle faire ici à une heure si tardive ? Qu'est-ce qu'ils manigançaient tous les deux ? Konrad n'y comprenait rien. Il n'y avait plus de lumière à l'intérieur du bâtiment, mais Bernhard ne sortait pas.

Le regard rivé sur la porte, il s'attendait à le voir apparaître d'un instant à l'autre. Voyant qu'il n'arrivait pas, il descendit de voiture et s'approcha doucement. Le parking était désert, les environs et l'atelier de Bernhard plongés dans la nuit. L'entrée du bâtiment n'était pas éclairée et le lampadaire à proximité était cassé.

Konrad continua d'avancer. Il hésita quelques instants avant de saisir la poignée de la porte. Elle n'était pas fermée. La nuit et les peurs qu'elle abrite l'envahissaient. Ainsi que les histoires tapies dans les ténèbres.

Il ouvrit et entra.

– Bernhard ?! cria-t-il.

Il crut entendre comme un froissement.

– Bernhard !

L'homme ne répondait pas.

– Je sais que vous êtes encore là !

Comme il ne trouvait aucun interrupteur, il contourna doucement le comptoir en essayant de se rappeler la configuration des lieux. Il se souvenait des étagères encombrées de pièces détachées, des fixations et des chaînes pendues au plafond, des pots d'échappement, des pare-chocs.

– Bernhard ! cria-t-il une fois encore sans obtenir de réponse. À nouveau, il lui sembla entendre du bruit.

– Je sais que vous êtes là, je vous entends.

Aucune réponse.

Arrivé derrière le comptoir, il s'arrêta. Il hésitait à aller plus loin dans l'atelier.

– Bernhard !

Aucune réponse.

– Je sais que vous connaissez Salomé. Je sais qu'elle est venue vous voir tout à l'heure. Pourquoi refusez-vous de me parler ?

Il avança un peu plus loin dans l'atelier, vers les fenêtres où il avait vu cette lumière faiblarde qui s'était ensuite éteinte.

– Qu'est-ce qu'elle venait faire ici ? Pourquoi Sigurvin est mort ?

Konrad avait atteint les fenêtres. Le bruit s'amplifiait. De chaque côté, les étagères sombres couvertes de pièces. Une odeur de fer, d'huile et de caoutchouc lui emplissait les narines. Il avançait lentement en regardant régulièrement la porte. Il se sentait vulnérable, seul dans la nuit.

Le dernier autobus passa bruyamment sur la rue. Ses phares éclairèrent un instant l'atelier à travers les vitres crasseuses puis il s'éloigna. Konrad fixait l'angle du hangar, pétrifié.

Ce fut à nouveau le noir.

Il ignorait depuis combien de temps il était là quand il entendit à nouveau le bruit. Il ne venait pas de Bernhard, mais d'un sac en plastique qui s'était coincé dans une rainure des fenêtres, et qui battait au vent.

Ce bruit était le dernier que Bernhard avait entendu. Son corps se balançait au bout d'une chaîne fixée au plafond. Il était monté sur une étagère pleine de pièces qu'il avait récupérées sur de vieilles voitures, s'était enroulé la chaîne autour du cou puis s'était jeté dans le vide.

Konrad frissonna d'effroi. Les doigts glacés du vent jouaient avec le sac plaqué à la fenêtre, les froissements résonnaient dans l'atelier comme un requiem pour les souillés et les damnés.

53

Les premiers flocons de l'automne tombaient tandis qu'il roulait vers chez Salomé. Célibataire sans enfant, elle vivait très confortablement dans une grande villa de la banlieue chic de Gardabaer. Il ne vit que la gigantesque cuisine où elle consentit à le recevoir malgré les réticences qu'elle avait exprimées sur le pas de sa porte. Konrad avait exigé d'avoir une discussion avec elle en dépit de l'heure tardive. Cela ne pouvait pas attendre. Il disait vrai. Marta l'avait autorisé à interroger Salomé avant d'enclencher la procédure, elle lui devait bien ça, avait-elle fini par reconnaître face à son insistance. Cela dit, elle lui laissait très peu de temps.

Il l'avait appelée de la casse. Quelques instants plus tard, la police était arrivée. Un journaliste avait eu vent du tragique événement, les flashs des appareils photo illuminaient la nuit.

Konrad avait exposé à Marta ce qu'il savait des liens entre Bernhard, Salomé, Sigurvin et Hjaltalin. Tous s'étaient connus à l'école ou chez les scouts. C'était la sœur de Villi qui l'avait mis sur cette piste. La mort du jeune homme l'avait conduit jusqu'à Bernhard, puis de Bernhard à Salomé.

– Je te donne dix minutes, pas une seconde de plus, avait tranché Marta.

Il se trouvait maintenant face à Salomé, des années après que la police avait été informée de la disparition de Sigurvin par cette froide journée de février. Était-ce cette femme qu'il avait passé la moitié de sa carrière à chercher ? La propriétaire d'une boutique de mode ? Il ne savait pas vraiment comment réagir. Devait-il se reprocher d'avoir tant tardé à résoudre cette enquête complexe ? N'était-il pas, au contraire, censé ressentir l'ivresse de la victoire ? La jubilation n'était pas au rendez-vous. Au lieu d'éprouver joie et soulagement, il se sentait envahi par la lassitude alliée à une profonde tristesse.

Il était plus de deux heures du matin. Salomé était encore habillée. Elle prétendait être allée faire un tour. Visiblement bouleversée, elle était très surprise de recevoir sa visite à une heure pareille. Konrad répondit qu'il revenait de la casse et constata à quel point Salomé avait du mal à dissimuler son émotion.

– Je vous ai vue devant l'atelier, précisa-t-il.

– Le pauvre garçon… est-ce qu'il… il va bien ? Vous lui avez parlé ?

– J'ai cru comprendre que vous étiez amants, répondit Konrad en regardant la cuisinière à six brûleurs, le grand frigo américain et le double four sertis dans un écrin de marbre et de chêne clair.

– Amants ?

– Son ex-femme le soupçonnait d'infidélité. Elle prétend que vous êtes une briseuse de ménage. Qu'est-ce que vous manigancez avec lui ?

– On s'est rencontrés à l'école. Il n'était pas… nous n'avons jamais eu de liaison. C'est un malentendu.

– Quels étaient ses liens avec Sigurvin ?

– Je n'ai appris que tout à l'heure qu'ils se connaissaient, répondit Salomé, nerveuse.

– Vous imaginez que je vais vous croire ? rétorqua Konrad. Qu'est-ce que vous maniganciez avec Hjaltalin et Bernhard ? Comment se fait-il que Sigurvin soit mort ?

– Hjaltalin ? Il n'avait rien à voir là-dedans. Moi non plus, d'ailleurs. Je ne comprends pas que vous puissiez imaginer une chose aussi ridicule. Franchement, quelle idée !

– Dans ce cas, pourquoi aller voir Bernhard au milieu de la nuit ?

– Parce qu'il m'a téléphoné en me disant qu'il était à son atelier et qu'il voulait me parler. Il m'a suppliée de venir. Il n'était pas dans son état normal. Il disait que tout était fini, que vous étiez venu le voir. Je ne comprenais même pas de quoi il parlait. Tout ce que je sais, c'est qu'il avait peur, qu'il était en état de choc et qu'il m'a appelée à l'aide.

– Pourquoi ? Pourquoi vous ?

– On était voisins quand on était petits, répondit Salomé. On vivait dans le même immeuble. Son père était... disons que c'était un homme à problèmes, Bernhard et sa sœur passaient pas mal de temps chez nous. Il avait une sœur. Elle est morte. On était inscrits dans la même école puis on s'est perdus de vue quand ma mère a quitté le quartier. Je n'ai pas revu Bernhard pendant des années. Les anciens élèves de notre classe ont organisé des retrouvailles autour de l'an 2000 et il a gardé le contact avec moi depuis cette date. À une époque, il buvait beaucoup, mais il est allé en désintox. Puis il s'est remis à boire, ce qui le rendait insupportable...

– Vous savez pourquoi ?

– Non, jusqu'ici je l'ignorais. Je savais seulement qu'il était dépressif et qu'il n'allait pas bien. J'ai appris la raison cette nuit... j'ai appris pourquoi il allait si mal.

Pourquoi il avait besoin de garder le contact avec moi. Pourquoi… c'est affreux. Il m'a tout avoué. Je lui ai conseillé d'aller voir la police et je crois qu'il ira dès demain matin. Je lui ai même proposé de l'accompagner. De l'aider. Il était tellement mal. Il vous a dit pour… pour Sigurvin ?

— Je n'ai pas eu la possibilité de lui parler, répondit Konrad.

— Il était parti ?

— Si on peut dire. Il a décidé de mettre fin à ses jours après votre départ.

Salomé le dévisagea.

— Qu'est-ce que…

— Bernhard est mort.

— Comment… ? Qu'est-ce que vous dites ?!

— Il s'est pendu dans sa casse.

Salomé ne comprenait pas. Il aurait évidemment pu lui annoncer la nouvelle avec un peu plus de tact. Elle agrippa le plan de travail et s'assit sur une chaise en levant vers lui un regard interrogateur, incrédule et terrifié.

— Je voulais l'interroger, reprit Konrad, mais je suis arrivé trop tard. Je suis désolé de vous apprendre cette nouvelle.

— Mais… il voulait aller voir la police, protesta Salomé. Il voulait tout raconter. Dire toute la vérité. Il me l'avait promis. Il se sentait libéré. Libéré de pouvoir enfin soulager sa conscience. Il a vécu avec ce poids toutes ces années et il voulait dire la vérité.

— Pourquoi tenait-il à garder le contact avec vous ? Il y avait une raison particulière en dehors du fait que vous étiez copains d'enfance ?

— Il voulait se tenir au courant de l'évolution des choses, répondit Salomé. Il me l'a avoué. Il savait

309

évidemment que j'avais eu une liaison avec Hjaltalin et que je m'étais retrouvée mêlée à cette affaire, et il voulait savoir ce qui se tramait. Si la police continuait à enquêter et à me contacter. Il me posait parfois des questions. Il me demandait des nouvelles de Hjaltalin, me demandait si j'avais gardé contact avec lui ou avec la sœur de Sigurvin. Enfin, tout ça. Je sais maintenant qu'il ne s'agissait pas de simple curiosité. Le pauvre garçon, il était tellement malheureux. Je me souviens qu'il me disait parfois qu'il se demandait ce qui était arrivé. Il disait que c'était du gâchis, que c'était terrible de finir sa vie comme ça. En fait, il a passé son temps à lancer des appels au secours.

– Il a avoué être impliqué dans la mort de Sigurvin ?

Salomé hocha la tête.

– Oui, il a avoué.

– Il était seul ?

– Non, ils étaient deux.

– Qui était l'autre ?

– Il n'a pas voulu me le dire.

– Et ils ont emmené Sigurvin sur le glacier ?

– Oui.

– Et ce jeune homme qui s'appelait Vilmar, il vous en a parlé ?

– Non, répondit Salomé. Mais il m'a parlé d'une autre chose, très vague. Il m'a dit qu'il avait dû vivre avec ce poids et qu'il lui était même arrivé de devoir recourir à certaines extrémités, mais il n'a pas été plus précis.

Salomé secoua la tête.

– J'aurais dû comprendre ce qu'il s'apprêtait à faire. Il était désespéré quand il m'a appelée, mais j'avais l'impression qu'il allait un peu mieux après s'être confié et, surtout, il avait l'air résolu à venir vous voir. Il me l'a redit quand je suis partie. J'avais l'impression de lui avoir remonté le moral. Puis… puis il a fait ça.

– Je crois avoir retrouvé l'épave de la jeep qui a renversé Villi. Elle est sur le parking de la casse, soigneusement cachée et pourtant à la vue de tous. Il ne reste que la carcasse, mais c'est bien elle et je me demande pourquoi Bernhard ne s'en est jamais débarrassé.

Salomé lui opposait un regard vide.

– J'ignore tout de cette histoire. Il ne m'a parlé que de Sigurvin, assura-t-elle.

– Pourquoi le glacier ? demanda Konrad. Pourquoi emmener le corps sur le Langjökull ? Il n'a pas pu trouver un endroit plus simple et plus proche ?

Salomé ignorait manifestement la réponse.

On sonna avec insistance à la porte.

– Les voilà, conclut Konrad, comprenant que Marta et ses collègues étaient arrivés.

54

Konrad redescendit à la casse. Bien qu'extrêmement tendu, il ne voulait pas rentrer chez lui se coucher. Le corps de Bernhard avait été enlevé et la Scientifique avait terminé son travail. Le bâtiment était surveillé par deux policiers en faction dans leur voiture. Konrad connaissait bien le plus âgé. Ils échangèrent quelques mots et son ancien collègue le laissa entrer dans l'atelier après qu'il lui eut expliqué qu'il assistait Marta dans cette enquête.

– Je te croyais à la retraite depuis longtemps, s'étonna le collègue.

– Il n'y a pas moyen d'avoir la paix, répondit Konrad.

Les lumières étant allumées, il y voyait nettement plus clair que tout à l'heure. Il contourna le comptoir et entra dans le petit coin café meublé d'une table sur laquelle reposait une cafetière sale. Il n'y avait qu'une unique chaise, Bernhard étant seul à travailler ici. Il jeta un œil dans le bureau, plus exigu encore, et meublé d'une table et d'une chaise dans le même style. On y voyait un écran, une souris et un clavier qui avaient autrefois été blancs. La tour de l'ordinateur était posée à même le lino crasseux et usé qui recouvrait le sol des deux pièces.

Konrad s'installa au bureau et feuilleta les documents qui y étaient entassés : factures, numéros de téléphone de clients, références de pièces détachées, relevés bancaires. Un grand nombre de ces papiers portaient les traces de doigts de Bernhard qui semblait avoir négligé sa comptabilité où régnait apparemment le plus grand chaos.

Il observa les classeurs sur la bibliothèque, le calendrier datant de plusieurs années, le lino sale et la poussière qui recouvrait les lieux. Tout cela montrait bien que Bernhard ne roulait pas sur l'or, mais attestait également d'une sorte de négligence et d'impuissance, comme s'il considérait qu'il était inutile de mettre de l'ordre ou de faire du ménage pour se créer un environnement de travail agréable. Il y avait sans doute longtemps qu'il délaissait son entreprise. Peut-être depuis l'époque où sa vie avait pris une direction inattendue, avant de s'achever ici même, au bout d'une chaîne.

Les deux tiroirs du bureau n'étaient pas fermés à clef et contenaient d'autres paperasses sans intérêt ainsi qu'un vieux botin. Une chemise remplie de factures. D'autres relevés bancaires. Il n'y avait aucun objet personnel ayant appartenu à Bernhard.

Konrad alluma l'écran et appuya sur une touche du clavier. La tour se mit à ronronner et une photo s'afficha. Ce n'était pas celle qu'il avait vue la première fois qu'il était venu ici. Il la regarda longuement en se disant que Bernhard avait dû consacrer ses derniers instants à le mettre là.

Cette vieille photo en couleur et au grain grossier, étirée pour s'adapter à la taille de l'écran, était assez nette. On y voyait trois garçons du même âge posant près d'un vieux tracteur. L'un d'eux était assis au volant, l'autre sur un pneu arrière et le troisième se tenait debout juste à côté. Ce cliché semblait avoir été pris à la campagne. Le ciel était bleu et clair, les gamins semblaient joyeux et pleins de vie. Ils portaient l'uniforme des scouts : chemises, chaussettes vertes montantes et culottes courtes, et souriaient au photographe.

Bernhard avait écrit chacun de leurs noms.

C'était lui qui était au volant.

Sigurvin était debout.

Konrad connaissait très peu le troisième, assis sur le pneu arrière. Il ne l'avait vu qu'une fois et l'avait apprécié.

Il fixait le visage de Bernhard, conscient que ce n'était pas un hasard s'il avait choisi cette photo comme fond d'écran juste avant de mettre fin à ses jours.

Il n'avait pas fermé l'œil de la nuit. Épuisé, il s'installa au volant de sa voiture et quitta la ville. Il avait l'impression d'être un peu en dehors de la réalité après ces journées interminables. Il n'avait même pas essayé de trouver le sommeil. Il avait passé la plus grande partie de la nuit au commissariat avec Marta, à discuter de la suite des événements. Ils avaient prévenu la police de la bourgade de Selfoss.

Konrad avait présenté ses excuses à Salomé. Il était désolé d'être venu chez elle au milieu de la nuit et de l'avoir accusée ainsi. Elle s'était montrée compréhensive bien qu'il ne le mérite pas vraiment. Elle avait fait pour Marta une déposition qui correspondait mot pour mot à ce qu'elle avait déclaré à Konrad plus tôt dans la nuit.

Bernhard et elle s'étaient connus tout petits. Des années plus tard, leurs chemins s'étaient à nouveau croisés et, depuis, il avait pris l'habitude de la voir régulièrement.

– J'ai repensé à ce moment où nous nous sommes revus pendant la réunion de notre ancienne classe, avait dit Salomé.

– Il vivait encore avec sa femme ?

– Oui, il était marié. Nous n'avons jamais été amants. Nos relations n'avaient rien à voir avec ce genre de chose. Je vous l'ai déjà dit, il avait besoin de se confier. Il était malheureux. Parfois, j'avais même l'impression qu'il sombrait dans une sorte de paranoïa. Il n'avait confiance en personne et imaginait qu'on disait du mal de lui. Évidemment, j'ignorais ce qui le déprimait à ce point. Bernhard était un homme très secret. Il se mettait en colère et s'en allait si on lui posait trop de questions. Il était très nerveux avant d'aller en désintox. Je l'ai vu une fois à cette époque. Il s'est effondré. Il a fondu en larmes, mais n'a pas voulu me dire pourquoi. Après sa cure au centre de Vogur, il allait mieux et m'appelait moins souvent. Puis il m'a recontactée quand on a découvert le corps sur le glacier. Il avait envie d'en parler, il m'a demandé si la police était revenue m'interroger et si elle était sur une piste, si l'enquête était en voie de résolution.

Salomé avait fait une pause.

— Pourquoi est-ce que vous le surveilliez ? Qu'est-ce qui vous faisait croire qu'on manigançait quelque chose ? s'était-elle étonnée.

— J'ai découvert que vous vous connaissiez et ça m'a semblé suspect.

— Ce Villi dont vous parlez, c'était qui ? Bernhard lui a fait du mal ?

— Probablement, répondit Konrad, mais nous n'avons aucune certitude.

— Et vous pensiez que lui et moi, nous avions tué Sigurvin ?

— J'ai brûlé les étapes, avait reconnu Konrad. Cette enquête m'a embrouillé l'esprit, elle a anéanti ma faculté de jugement, j'espère que tout ça est bientôt terminé, que cette maudite affaire ne sera bientôt plus qu'un souvenir.

Konrad ne se pressait pas. Il roulait face au soleil qui se levait sur le massif de Blafjöll. Les jours raccourcissaient de plus en plus vite, l'hiver approchait. Bientôt, ils ne dureraient plus que quatre petites heures qui feraient de leur mieux pour illuminer un ciel empli de ténèbres.

L'homme n'était pas chez lui. À son arrivée, comme convenu avec Marta, Konrad s'était présenté au commissariat de la circonscription et une voiture de police l'avait accompagné. La maison se trouvait dans une rue pavillonnaire bordée par la rivière Ölfusa, juste en amont de l'ancien pont. Voyant que personne ne venait lui ouvrir, Konrad descendit vers la rive où il aperçut une silhouette de dos qu'il reconnut, assise sur la corniche rocheuse. Il fit signe aux policiers qu'il voulait y aller seul. Ces derniers lui répondirent d'un hochement de tête.

Les environs étaient tapissés de bouleaux et de mousses qui descendaient jusqu'à la corniche. On apercevait à proximité la façade grise d'un vieux baraquement militaire datant de la Seconde Guerre mondiale, à demi enfoui dans les herbes. Au milieu de la rivière, un énorme rocher luttait contre les courants bouillonnants. De l'herbe poussait au sommet et, à l'extrémité, un sapin solitaire semblait attendre l'instant où il serait projeté dans ce maelström.

L'homme assis sur la corniche se retourna en entendant Konrad arriver.

– Ah, vous voilà, dit-il comme s'il l'attendait depuis un certain temps.

– Bonjour Lukas, quel endroit magnifique, commenta Konrad en approchant doucement.

– C'est un sacré luxe d'avoir un tel paysage à sa porte, convint Lukas.

Malgré le froid piquant, il était légèrement vêtu. Il ne s'était pas rasé depuis plusieurs jours et avait de profonds cernes sous les yeux. La rivière bouillonnait sous ses pieds.

– Ça ne vous gêne pas si je m'assois à côté de vous ? demanda Konrad.

– Je vous en prie. Je peux passer des heures ici à regarder cette rivière.

– Ça ne m'étonne pas.

– J'ai découvert ce bel endroit en déménageant ici, à Selfoss. J'y viens parfois pour admirer la vue. Évidemment, il faut être prudent et conscient des dangers. Je dois vous avouer que cette rivière m'a toujours terrifié. Elle est fascinante, elle vous attire, mais il faut la traiter avec respect.

– Les courants sont extrêmement violents.

– Pour être honnête, je vous attendais.

– Depuis un certain temps, je suppose, répondit Konrad.

– Évidemment. En fait, depuis des dizaines d'années. Je vois que cette fois-ci vous n'êtes pas venu seul, remarqua Lukas en jetant un œil par-dessus son épaule en direction des policiers qui se tenaient à distance.

– Non, je suis accompagné.

Konrad observait la rivière chargée d'alluvions gla-ciaires qui bouillonnait en contrebas de la rive rocheuse depuis des dizaines de milliers d'années, bien longtemps avant que l'homme pose le pied en Islande. Ses gron-dements étaient assourdissants. C'était la rivière la plus considérable du pays et Konrad comprenait parfaitement le pouvoir de fascination dont parlait Lukas.

– Pourquoi est-ce que Sigurvin…

– À cause de sa connerie, répondit Lukas comme s'il n'avait pas envie d'entendre la fin de la phrase. De son manque d'expérience. De sa maladresse. Mais surtout de sa connerie, de sa maudite connerie.

– Bernhard est mort, annonça Konrad.

– Mort ?! s'écria Lukas en le dévisageant. Comment… ?

– Il s'est pendu dans son atelier.

– Non… Pauvre Benni, soupira Lukas. Il n'a pas… ça n'en finit pas. Ça ne s'arrêtera jamais.

– Il n'en pouvait plus.

– Quel désastre !

Les deux hommes se turent quelques instants.

– Il a dit quelque chose… ? s'enquit Lukas.

– Il m'a conduit jusqu'à vous.

Il y eut un autre silence.

– Ça… ça ne vous dérange pas si nous restons ici un moment ? demanda Lukas.

– Nous avons un peu de temps devant nous. Vous voulez me raconter ce qui s'est passé ? M'expliquer pourquoi ?

Il ne répondit pas.

– Lukas ?

– Oui, excusez-moi, je… je ne sais pas vraiment par où commencer.

– Commencez par me parler de Villi, suggéra Konrad.

– Villi ?

– Le jeune homme du bar. C'est bien Bernhard qui l'a renversé, n'est-ce pas ?

– Il s'appelait Villi ?

– Pour les intimes. En réalité, il s'appelait Vilmar.
Il avait une sœur. Elle veut savoir ce qui s'est passé et
comprendre pourquoi il est mort.

– Bernhard l'a croisé un soir où il allait voir un
match de foot dans ce bar. Il a paniqué. Il ne s'était
jamais remis de ce que nous avions fait. Il disait que
ce garçon l'avait reconnu. Il m'a appelé en pleine nuit
en me disant qu'il l'avait menacé de prévenir la police.
Je lui ai demandé de se calmer. Bernhard était terrifié.
Il prétendait avoir donné son nom à ce type. Il buvait
beaucoup à l'époque. Il n'arrivait plus à maîtriser sa
consommation d'alcool, il était très nerveux et complètement paranoïaque.

– À cause de ce que vous aviez fait à Sigurvin ?

– Oui. Il n'arrivait pas à le digérer. Plus le temps
passait, plus il avait du mal.

– Et il s'est souvenu de l'enfant à côté des réservoirs.

– Oui. Bernhard n'arrêtait pas de penser à ce gamin
à qui il avait parlé sur la colline d'Öskjuhlid. Il pensait
constamment à lui. Il en parlait. Il en avait peur. Il avait
peur qu'on le démasque.

– Est-ce qu'il a suivi Villi en sortant du bar ?
demanda Konrad.

Au lieu de lui répondre, Lukas changea de conversation.

– Vous dites qu'il vous a conduit jusqu'à moi, il a
fait comment ?

– Il avait gardé une vieille photo de vous deux et de
Sigurvin. Il s'est également confié à Salomé, son amie
d'enfance, et lui a raconté ce qu'il avait fait.

– La copine de Hjaltalin ? J'étais sûr qu'il la connaissait. En réalité, je suis… Il a voulu me rendre service.
Je suis soulagé que ce soit enfin terminé. Vous n'imaginez pas à quel point il a été difficile de vivre avec

ça. Ce jeu de cache-cache. Cette angoisse. Cette peur. Ces cauchemars. C'est… personne ne peut imaginer à quel point…

Lukas n'acheva pas sa phrase. Konrad avait du mal à éprouver de la compassion pour lui.

— Est-ce que Bernhard a suivi Vilmar en jeep ?

— Oui.

— Et il l'a renversé ?

— Oui.

Sur l'autre rive, un jeune couple marchait en poussant un landau. Ils s'arrêtèrent quelques instants, la mère se pencha sur le bébé pour vérifier que tout allait bien, puis ils reprirent leur promenade sans se préoccuper des deux hommes assis sur la corniche de l'autre côté.

— Il a tenu parole.

— Comment ça ? demanda Lukas.

— Il a fini par tuer ce garçon comme il avait menacé de le faire des années plus tôt, précisa Konrad.

Lukas garda le silence.

— Puis il a arrêté de boire ? Il est allé en désintox ?

— Oui, répondit Lukas.

— Et il a gardé l'épave de la jeep sous une bâche tout près de sa casse ?

— Non. Il y a longtemps qu'elle n'existe plus. Il s'en est débarrassé petit à petit et l'a vendue en pièces détachées jusqu'à ce qu'il ne reste plus que la carcasse. D'ailleurs, je crois qu'il l'a aussi vendue.

Ils se turent quelques instants.

— Pourquoi Sigurvin est-il mort ? demanda Konrad.

Lukas inspira profondément.

— On n'était que des imbéciles. Je veux dire, Bernhard et moi. On ne comprenait rien. On ne savait rien. C'est Bernhard qui a eu cette idée de mettre à profit notre présence dans les brigades de sauveteurs pour gagner beaucoup d'argent. De la mettre à profit pour introduire de la drogue en Islande. C'était notre projet et il a complètement déraillé.

Ils se regardaient dans les yeux : deux inconnus que le destin avait mis en présence et conduits sur l'arête d'une falaise. Konrad comprit que Lukas était en souffrance depuis longtemps.

– Vous savez sans doute d'où provient la plus grande partie de cette eau, observa-t-il en regardant vers l'amont et vers les hautes terres, et en méditant sur l'ironie du sort. Vous connaissez aussi le glacier qui l'alimente.

– Bien sûr, répondit Lukas. Je sais qu'elle vient du Langjökull.

– Cette rivière était pour vous comme un reproche permanent.

– Oui.

– Et vous entendiez ses cris et ses grondements dans la nuit.

57

Lukas observait la courbe en aval et l'endroit où la rivière s'engouffrait dans un profond ravin de l'autre côté du pont.

– Vous n'allez pas faire une bêtise comme Bernhard, n'est-ce pas ?

Lukas regarda Konrad et secoua la tête.

– Ne vous inquiétez pas. Cette rivière m'a toujours terrifié.

– Vous dites que votre projet a déraillé.

– Tout ça ne serait jamais arrivé si on n'avait pas croisé Sigurvin un jour en allant au cinéma. Je ne me rappelle plus le titre du film qu'on est allés voir, mais c'était un navet. On n'avait jamais revu Sigurvin depuis qu'il avait quitté les scouts. La discussion s'est engagée et je ne sais plus vraiment pourquoi, on a parlé d'alcool de contrebande, sans doute parce que j'avais travaillé sur des cargos. Je lui avais dit que je pouvais lui avoir de la vodka. J'avais des bouteilles d'un gallon qu'un de mes copains passait en douce, et je lui en ai apporté une ou deux le lendemain soir. Comme il était satisfait, il m'arrivait de lui vendre quelques-unes de ces bouteilles d'un gallon quand j'en avais. Chaque fois, on discutait et on a peu à peu lié connaissance…

– Je ne me rappelle pas avoir trouvé ce genre de bouteilles à son domicile, répondit Konrad, en permanence à la recherche des détails qui lui auraient échappé au cours de sa première enquête. Il n'y avait rien chez lui qui suggérait qu'il achetait des produits de contrebande. Absolument rien.

– Non. Il était très prudent. Je crois qu'il transvasait ces bouteilles d'un gallon dans des bouteilles d'un litre. Il me semble qu'il m'avait dit ça.

– Et la drogue ?

– Personne ne savait qu'on connaissait Sigurvin, reprit Lukas, manifestement prêt à tout avouer. C'était le seul de nos copains qui avait un peu d'argent. Je lui ai dit que Bernhard voulait se servir de notre présence dans les brigades de sauveteurs pour passer de la drogue. Il a réfléchi puis accepté. Il aimait l'argent. On n'a jamais assez de biffetons, il disait. On lui a promis que, s'il investissait, ça lui rapporterait vingt fois sa mise et on ne mentait pas. Personne ne saurait jamais qu'il avait investi dans cette combine et, si quelqu'un venait à le découvrir, il pourrait toujours nier. On lui avait promis de ne laisser aucune piste permettant de remonter jusqu'à lui. La brigade de sauveteurs avait besoin de quelqu'un pour aller à Amsterdam. Je me suis porté volontaire avec Bernhard. J'avais déjà passé de très petites quantités, surtout de la cocaïne, très à la mode en Islande à l'époque. On l'a cachée dans deux motoneiges d'occasion qui avaient été commandées par la brigade et devaient partir d'Allemagne en container. Tout s'est très bien passé jusqu'au moment où Sigurvin a paniqué. Il a d'abord dit qu'il ne pouvait pas nous faire confiance. Qu'on l'avait escroqué et qu'il n'arriverait jamais à se convaincre du contraire. On ne l'avait pas volé, on lui a juré que ce n'était pas vrai, mais il ne nous a pas crus. Je pense qu'il voulait juste se retirer de l'affaire. On lui avait donné sa part, on lui a même donné plus d'argent étant donné la manière dont il se comportait. Ça devenait tellement ridicule qu'on a fini par lui demander de nous en rendre une partie. Il n'a pas voulu en entendre parler.

– Nous avons découvert récemment qu'il conservait une importante somme chez lui. Vous êtes allé le voir pour régler ces querelles ?

– Il a rencontré Bernhard sur Öskjuhlid.

– Une seule fois ? demanda Konrad en repensant à ce qu'Ingvar lui avait dit de l'énorme jeep à côté des réservoirs.

– Non, deux fois. Bernhard était mécanicien. Il a utilisé une partie de l'argent qu'on avait gagné pour acheter sa casse. Il avait l'intention de la revendre rapidement pour monter un garage et il avait d'autres rêves, encore plus grandioses. Ce premier gros coup nous avait rapporté beaucoup. Mon frère avait des contacts dans le milieu de la drogue et il nous a aidés à la revendre. Il pensait que seul Bernhard était de mèche avec moi. Je ne lui ai jamais parlé de Sigurvin. En tout cas, les choses s'étaient tellement envenimées qu'on ne pouvait plus discuter avec Sigurvin sans nous engueuler. Bernhard voulait essayer de tout arranger. Il lui a donné rendez-vous sur la colline et a réussi à le convaincre de venir avec lui à la casse où je l'attendais. On voulait trouver un terrain d'entente. Évidemment, on s'est aussitôt disputés. Très violemment. Il a menacé d'appeler la police et de nous dénoncer. Il disait qu'on ne pourrait jamais prouver qu'il était de mèche avec nous. Et il avait raison. On avait bien pris soin de ne jamais mentionner son nom.

– Lequel de vous deux l'a frappé à la tête ?

Lukas ne répondit pas immédiatement.

– Ce serait facile d'accuser Bernhard étant donné la situation.

– Certes, convint Konrad. Si cela peut vous aider.

– Je me suis souvent demandé ce que je dirais à la police si elle nous arrêtait. Je me disais que j'aurais peut-être une condamnation plus légère en lui faisant porter le chapeau. Le plus simple aujourd'hui serait de dire que c'était lui, mais j'en ai assez de tous ces mensonges. C'est moi qui l'ai frappé. Deux fois.

– Avec quoi ?

– Un truc que j'ai trouvé sur une étagère de la casse.

– Quel truc ?

– Un cric. Sigurvin s'en allait. J'ai pété les plombs. Je… j'avais bu, j'avais aussi pris de la drogue et j'étais furieux.

– Il est mort sur le coup ?

– Oui. Je ne voulais pas faire ça. Je ne voulais pas le tuer, je voulais seulement l'arrêter. C'est à vous de voir si vous me croyez. Mais je ne voulais pas que ça aille aussi loin.

– Soit, mais vous l'avez quand même frappé deux fois, observa Konrad. Et très fort. Votre intention était donc assez claire.

– Oui, convint Lukas. Je… je suis allé trop loin. C'était… Je…

– Et le cric, il est où ?

– Je… Bernhard s'en est occupé. Enfin, je suppose. Je ne lui ai jamais posé la question.

– Vous avez continué à passer de la drogue après ça ?

– Non, jamais.

– Et Hjaltalin ? Ce qu'il a enduré ne vous dérangeait pas ?

– Si, ça nous dérangeait. Mais qu'est-ce qu'on y pouvait ? On n'était pas suspects, on se cachait. On ne s'est pas rendus à la police. Le temps passait et l'enquête ne s'orientait pas vers nous. Vous exploriez d'autres pistes et Hjaltalin n'a jamais été condamné. Cette histoire était close, jusqu'à ce qu'on découvre le corps sur le glacier.

– Pourquoi l'avoir emmené là-bas ?

– C'était l'idée de Bernhard. Il voulait cacher le cadavre et il était allé sur ce glacier une semaine plus tôt. C'est le seul endroit qui lui est venu à l'esprit. Et même si on s'y est pris comme des manches, on a réussi. Toutes ces années. On savait qu'il fallait monter assez haut si on ne voulait pas qu'on le retrouve. C'était deux jours plus tard. On a été pris dans une tempête monstrueuse et on a dû descendre pour se mettre à l'abri et, ensuite, on n'a pas réussi à retrouver l'endroit où on l'avait caché. La nuit est tombée, puis cette tempête a continué… on avait prévu de le jeter dans une crevasse, la chute aurait alors expliqué ses blessures à la tête au cas où quelqu'un l'aurait retrouvé…

– Vous aviez pris ses clefs de voiture ?

– On voulait faire croire qu'il s'était perdu sur le glacier. Quand on s'est enfin souvenus de sa jeep et qu'on a voulu l'emmener là-bas, vous l'aviez déjà trouvée. Sigurvin avait donc complètement disparu. Si on avait réussi à emmener cette voiture sur le glacier, cela aurait permis d'expliquer un peu mieux sa disparition. On savait que le glacier serait passé au peigne fin si on y découvrait le véhicule, mais on pensait qu'il était impossible que le corps soit retrouvé. On voulait placer la jeep de manière à ce que ça n'arrive pas. C'était l'idée de Bernhard de faire croire que Sigurvin était mort en tombant dans une crevasse. Il avait souvent participé à des recherches par tous les temps et il disait que c'était la meilleure solution.

Lukas haussa les épaules, découragé. La rivière coulait à leurs pieds. Konrad avait l'impression de percevoir la puissance du glacier derrière ses grondements. Les policiers approchaient.

– Puis on a commencé à parler de réchauffement climatique et à dire que les glaces reculaient partout dans le monde. De plus en plus de gens allaient sur le Langjökull et on savait que le corps de Sigurvin finirait tôt ou tard par être retrouvé. On y est allés pour essayer de le trouver les premiers, mais on n'a pas réussi. On était sûrs qu'il serait découvert un jour. On le savait dès le début et c'était un sentiment terrifiant. Une attente insupportable.

– Et les clefs de sa jeep, qu'est-ce que vous en avez fait ?

– Je les ai jetées. Je suis allé sur les tas d'ordures du cap de Gufunes et je les ai lancées aussi loin que possible dedans.

– Des sauveteurs en train de rechercher un homme qu'ils avaient eux-mêmes caché, observa Konrad. Non pas pour le sauver, mais pour le cacher encore mieux. C'est assez nauséabond. Vous ne trouvez pas ?

– Ça revient constamment dans mes cauchemars, avoua Lukas. Et c'était pareil pour Bernhard…

– Ce n'est pas une…

– Je sais qu'on est impardonnables, reprit Lukas en le regardant avec intensité. Lui et moi, on a vécu des moments difficiles et ça ne va pas s'arranger. Je crois que Bernhard l'avait compris.

– Comme je vous plains, ironisa Konrad, fatigué de refréner sa colère.

– Pardon ?

Konrad avait compris que Lukas regrettait son geste autant qu'il essayait de se justifier, mais il n'éprouvait aucune compassion. Il ne ressentait que de la colère. Parce qu'il pensait à ceux qui étaient morts par sa faute. À ceux qui avaient souffert par sa faute. Parce que ces deux hommes ne s'étaient jamais livrés pour dire la vérité et qu'au lieu de ça, ils s'étaient terrés dans leur tanière. Mais surtout parce qu'il pensait à Hjaltalin qui avait clamé son innocence dans le désert. Plus il écoutait Lukas, plus sa colère grandissait. Il baissait les yeux sur la rivière et se disait qu'intérieurement il bouillonnait autant qu'elle. Jamais il n'avait été aussi furieux depuis ce jour lointain où il s'était disputé pour la dernière fois avec son père. L'hostilité qu'il éprouvait pour Lukas ne tarda pas à lui souffler à l'oreille qu'il était très facile de le pousser dans l'eau.

– Vous n'en aviez rien à foutre de Hjaltalin, n'est-ce pas ? demanda-t-il en se levant pour mettre fin à leur conversation. Vous ne regrettez donc pas tout ce que vous lui avez fait ? Sigurvin était mort et vous ne pouviez pas lui faire plus de mal, mais Hjaltalin a vécu un véritable enfer par votre faute ! Vous imaginez ce que ce pauvre homme a dû supporter ?! Vous vous rendez compte de ce que vous lui avez fait ?! Vous avez détruit sa vie ! Vous avez complètement bousillé sa vie !!

– Oui, évidemment, c'est vrai... on était... Évidemment, on s'inquiétait...

Lukas entreprit de se lever. Il n'eut pas le temps d'achever sa phrase et poussa un gémissement. Son pied avait dérapé ou sa main avait glissé sur une pierre, Konrad n'avait pas vu distinctement ce qui s'était passé. C'était arrivé en un éclair. Les yeux de Lukas s'étaient remplis de terreur quand il avait commencé à glisser de la corniche. Konrad lui avait tendu la main pour le secourir. Lukas l'avait saisie, mais menaçait de l'entraîner dans sa chute. Ses yeux cherchaient désespérément un objet

330

auquel s'agripper, mais il avait compris en attrapant cette main que ça ne suffirait pas.

Konrad le vit dans son regard. Il vit dans ses yeux écarquillés que Lukas avait senti que son bras ne lui serait d'aucun secours. Qu'il ne parvenait pas à s'y agripper assez fermement. Puis il poussa un hurlement d'effroi.

Il tomba dans la rivière. Le courant l'emporta immédiatement en le faisant tournoyer en tous sens. Il disparaissait, remontait à la surface, puis disparaissait à nouveau. Lukas ne voyait rien dans l'eau boueuse, le froid du glacier le paralysait, il hurla de désespoir, ses poumons s'emplirent d'eau. Il réapparut à la surface au pied de l'énorme rocher surmonté du sapin.

Il disparut à nouveau, les courants le projetaient sur la roche, il agitait les bras. Il réussit à s'agripper à une pierre sous l'eau, mais ne tarda pas à lâcher prise. Il cherchait à tâtons un endroit où s'accrocher, ayant perdu tout sens de l'orientation et de la gravité dans ce courant qui le malmenait. Il réapparut encore et réussit à agripper une autre pierre quelques instants, mais la lâcha presque aussitôt. Ses doigts étaient à vif. Une nouvelle fois, il parvint à s'agripper à un rocher et à s'immobiliser. Le courant l'avait plaqué sur la paroi du gros rocher. En voyant le sapin en surplomb, il comprit qu'il était arrivé au milieu de la rivière.

Celle-ci menaçait de l'emporter en permanence, il se cramponna désespérément au rocher qu'il réussit à longer pour échapper à sa puissance titanesque. Il resta là, les doigts engourdis et en sang, la tête à l'air libre constamment aspergée de gerbes d'eau, espérant qu'on pourrait le sauver. Il n'osait pas bouger de peur de lâcher prise et d'être à nouveau happé dans le maelström, il se blottissait contre le rocher et essayait de se faire tout petit.

Konrad observait son combat depuis la corniche, persuadé qu'il n'y avait qu'une seule issue possible. Il supposait que le froid lui avait paralysé les doigts. Il le regarda jusqu'au moment où il lâcha prise. La rivière l'emporta à nouveau, puis il disparut sous l'eau et ne remonta pas.

58

Les recherches de grande envergure entreprises sur les rives de l'Ölfusa et aux abords de son embouchure durèrent plusieurs jours. Le corps de Lukas ne fut jamais retrouvé. On supposa qu'il avait été emporté vers le large.

Konrad rendit visite à la sœur de Sigurvin. Elle ne connaissait pas les deux hommes qui avaient tué son frère. Marta lui avait expliqué qu'il s'était disputé avec eux pour des histoires de drogue et que les choses avaient dégénéré. Elle ignorait qu'il s'adonnait à ce genre de trafic et regrettait qu'il se soit engagé dans cette voie aux conséquences désastreuses. Konrad passa un long moment avec elle. Il comprit qu'elle était soulagée d'obtenir enfin des réponses aux questions qu'elle se posait depuis des années, même si ces réponses étaient terribles. Alors qu'il était sur le point de partir, elle le serra dans ses bras en le remerciant pour sa persévérance.

La presse se déchaîna après la résolution de cette affaire qui datait de trente ans et avait défrayé la chronique. Quand les choses se furent un peu apaisées, Herdis rendit à nouveau visite à Konrad, avec la même discrétion que le premier soir où elle était venue lui parler de son frère Villi. Ils s'installèrent dans le salon.

Il lui offrit un petit remontant, pensant qu'elle en avait bien besoin, mais elle le remercia poliment : elle n'avait pas envie de boire.

– J'essaie de diminuer ma consommation, ajouta-t-elle d'un ton triste.

– C'est une bonne chose, répondit Konrad qui ne se servit pas le verre de vin rouge dont il avait envie.

– Je ne sais pas. L'avenir le dira.

Il lui parla de Hjaltalin, cet innocent qui avait passé sa vie entière à souffrir, accusé d'un meurtre qu'il n'avait pas commis. Le fait que cet homme n'ait pas immédiatement avoué toute la vérité l'avait gravement desservi. Il était persuadé que, s'il racontait tout à la police, il creuserait sa propre tombe où il entraînerait la femme qu'il avait toujours voulu protéger.

– Et Villi ? demanda Herdis.

– Il a joué un rôle important dans la résolution de cette enquête.

– Mais ça lui a coûté la vie.

– En effet, convint Konrad.

– Ce Bernhard, il...

Herdis ne trouvait pas les mots.

– Il allait très mal à cause de ce qu'il avait fait à Villi, répondit Konrad. Encore une vie gâchée. Il n'était responsable de la mort de Sigurvin que de manière indirecte. Pour lui, la seule solution était de tuer votre frère. Le secret qu'il portait le rendait nerveux et paranoïaque, il a fini par le conduire à la mort.

– Désolée, mais je n'arrive pas à le plaindre.

– Je sais que c'est une piètre consolation, mais si Villi n'avait pas été là, cette enquête n'aurait jamais abouti.

– Ça ne m'aide pas vraiment.

– Cela viendra peut-être avec le temps.

Herdis secoua la tête.

– Tout ça est un tel gâchis. Un affreux gâchis.

– J'aurais sans doute mieux fait de ne pas m'asseoir à côté de lui, reprit Konrad, pensif. J'aurais dû l'emmener immédiatement loin de cette corniche, mais je ne voulais pas le brusquer. Je craignais que…

Il s'interrompit.

– Je ne sais pas, poursuivit-il. Lukas disait qu'il connaissait bien l'endroit, cette rivière et ces rochers, il m'avait promis de ne pas faire de bêtise et avait ajouté que l'Ölfusa le terrifiait. C'est un accident. Les policiers qui m'accompagnaient disent eux aussi qu'ils l'ont vu se lever et basculer brusquement par-dessus la corniche. Rien n'indique qu'il l'ait fait exprès. Marta, mon amie policière, n'arrête pas de me reprocher ce qui s'est passé. Elle est furieuse. Elle aurait sans doute préféré que je me noie moi aussi.

Ils gardèrent le silence un long moment, plongés dans leurs pensées.

– Depuis le début, Hjaltalin était accusé à tort, reprit Konrad, amer. J'aurais bien aimé qu'il ait le fin mot de cette histoire et qu'il sache qu'il était enfin lavé de tout soupçon. Il est trop tard. Il nous a dit la vérité toutes ces années et nous ne l'avons pas cru. Personne ne l'a cru. Je n'arrive pas à cesser de penser à ce que ce pauvre homme a pu ressentir. Tout ce temps. Toutes ces années qu'il a passées à clamer son innocence sans que personne ne l'écoute. J'ai beaucoup réfléchi au rôle que j'ai joué dans tout ça, à la manière dont je me suis comporté avec lui. Jusqu'à ses derniers instants, alors qu'il était gravement malade. Je me dis que le système a déraillé. Que nous avons complètement déraillé.

– Vous ne pouviez pas savoir, répondit Herdis.

– Peut-être, mais nous aurions dû. C'est bien le problème. On aurait dû mieux s'appliquer à faire notre métier. On était justement censés savoir.

Après le départ de Herdis, Konrad passa un moment dans son salon à penser à Lukas et à Hjaltalin, et à réfléchir à la manière dont il aurait dû mener l'enquête maintenant qu'il savait ce qui s'était passé. La sonnerie du téléphone vint troubler le silence. Il regarda l'heure. Il était presque minuit. Il supposa que Marta avait bu quelques verres et qu'elle avait besoin d'une oreille attentive. Il se trompait : c'était Eyglo.

– Excusez-moi de vous appeler si tard. Je vous dérange ?

– Pas du tout, rassura-t-il.

– J'ai réfléchi à ce dont nous avons parlé l'autre jour et à cette idée que nos pères se seraient revus. Vous allez essayer de tirer ça au clair ?

– Je ne sais pas. Je ne vois pas vraiment comment je pourrais le faire. Vous trouvez que je devrais ?

Il y eut un silence.

– Vous croyez vraiment qu'ils s'étaient remis à travailler ensemble ? demanda Eyglo. Vous pensez pouvoir trouver des preuves de cela ?

– Je sais qu'ils se sont rencontrés pendant la guerre, quand ils étaient membres de cette société spirite. Après notre conversation, je me suis demandé si d'autres membres de ce cercle étaient encore en vie aujourd'hui. Ces derniers pourraient peut-être nous dire s'ils s'étaient revus. Mais je ne crois pas que leurs décès aient quoi que ce soit à voir avec ça. Je ne vois pas pourquoi.

– On ferait peut-être mieux de tirer un trait sur cette histoire, suggéra Eyglo. Pourtant, j'ai… je n'arrive pas à arrêter d'y penser… depuis que vous…

– Je comprends.

– Vous me préviendrez si vous décidez d'entreprendre des recherches ? Si vous trouvez quelque chose ?

– Je le ferai.

– Vous me le promettez ?

– Évidemment.

– Excusez-moi de vous déranger si tard, répéta-t-elle.
Je n'aurais pas dû vous appeler. Vous n'êtes pas dans
votre assiette.

– Ne vous inquiétez pas, répondit Konrad.

– Qu'est-ce qui ne va pas ?

– Tout va bien. Il n'y a aucun problème.

– Vous en êtes sûr ?

– Qu'est-ce qui s'est passé sur la corniche ? demanda
Eyglo.

– C'était un accident. L'homme est tombé dans la
rivière.

– C'était autre chose.

– Non, ce n'était qu'un accident.

– D'accord, c'est à vous de voir, répondit Eyglo.
Sur ce, elle prit congé.

59

Konrad caressait son bras malade en réfléchissant à ce qu'Eyglo venait de lui dire et en se repassant mentalement le film de ce qui était arrivé. Il s'était employé à chasser de son esprit ces pensées désagréables, mais elles revenaient sans crier gare à la moindre occasion. Eyglo avait raison, peu importe comment elle avait saisi qu'il allait mal pendant leur brève conversation. Il avait éprouvé des regrets en observant les sauveteurs qui se démenaient pour retrouver l'homme tombé dans la rivière et, peu à peu, un sentiment de culpabilité l'avait envahi.

Les jours avaient passé, la presse s'était enflammée et personne ne remettait en cause les explications qu'il avait fournies ni les témoignages des policiers ni ceux des gens qui se trouvaient sur l'autre rive. Tous avaient vu Lukas déraper, ils avaient vu Konrad faire son possible pour le secourir, risquant lui-même de tomber dans l'Ölfusa. Les autorités judiciaires n'avaient entrepris aucune action contre lui. Les témoins l'avaient vu réagir de manière tout à fait normale face à une situation dramatique. Konrad avait tendu la main à cet homme.

Il était toutefois mieux placé que quiconque pour savoir qu'il lui avait tendu son bras malade et que cela ne suffirait pas à le sauver. Ce secret serait lui aussi enfoui dans la nuit.

Incapable de trouver le sommeil, il caressa ce bras jusqu'au petit matin sans cesser de se tourner et se retourner dans son lit. Les yeux fixés au plafond, il pensait à Villi couché sur le trottoir, à l'assassinat de son père devant les abattoirs, aux inquiétudes de sa mère, aux gémissements de Polli au sommet de la colline de Skolavörduholt, au voyant Engilbert et à sa fille Eyglo, au corps de Bernhard suspendu à une étagère et au regard surpris de Lukas quand il avait agrippé son bras.

À l'expression de douleur insondable de son visage quand il avait vu la mort en face.

Il revoyait Hjaltalin à la prison. Ses yeux bleu clair qui le regardaient comme deux oasis dans le désert de son visage ravagé par la maladie. Si vous le trouvez, lui avait dit Hjaltalin juste avant qu'ils se quittent, arrangez-vous pour qu'il regrette. Vous me le promettez ? Arrangez-vous pour qu'il regrette le mal qu'il m'a fait.

Le calme l'envahit dès que ses pensées se fixèrent sur Erna. Comme souvent lorsqu'il allait mal et qu'elle lui manquait terriblement, les notes mélodieuses et apaisantes du *Printemps à Vaglaskogur* vinrent lui emplir l'esprit. Il sombra dans un sommeil sans rêves en pensant au sable soyeux de la baie de Nautholsvik, à des enfants jouant sur la plage et au parfum capiteux d'un baiser à l'odeur de fleurs.

60

Villi reprit conscience. Il lui semblait que quelqu'un approchait tout doucement. Il entendit la neige qui craquait sous les pas, puis une respiration haletante. Il entrouvrit les yeux mais ne vit personne, il n'y avait que la tempête. Pourtant, il avait l'impression que quelqu'un était là, tout près, il n'était pas seul et ça le rassurait.

Quelques instants plus tard, il revint à nouveau à lui et vit une silhouette agenouillée à ses côtés. Une main chaude prenait la sienne, glacée, dans sa paume, une autre lui caressait doucement le front pour le réchauffer.

Il ignorait qui était là. Le calme l'envahissait, il était soulagé de ne plus être seul, soulagé d'avoir une personne à son chevet.

Quand il reprit conscience pour la troisième fois, il vit à travers les bourrasques noirâtres que c'était la vieille femme qui vivait dans sa rue. Elle murmurait des mots de consolation. Il se disait que tout irait bien puisqu'elle était là pour veiller sur lui. Il essaya de lui parler de l'homme qui l'avait renversé, de lui dire qu'il avait eu le temps de l'apercevoir en un éclair derrière le volant de sa jeep, qu'il lui avait parlé au bar et que c'était cet homme-là qu'il avait vu autrefois au sommet d'Öskjuhlid.

— Je… j'ai froid, murmura-t-il.

La vieille femme posa sa tête sur ses genoux.

– Dodo, l'enfant do, dit-elle.

Ses forces l'abandonnaient. Dans le lointain, la vieille femme chantonnait une antique berceuse.

Puis ce fut le silence.

– Mon petit, murmura-t-elle, mon pauvre petit…

La Cité des Jarres
prix Clé de verre du roman noir scandinave 2002
prix Mystère de la critique 2006
prix Cœur noir 2006
Métailié, 2005
et « Points Policier », n° P1494

La Femme en vert
prix Clé de verre du roman noir scandinave 2003
prix CWA Gold Dagger 2005
prix Fiction du livre insulaire d'Ouessant 2006
Grand Prix des lectrices de « Elle » 2007
Métailié, 2006
et « Points Policier », n° P1598

La Voix
Grand Prix de littérature policière 2007
Trophée 813 2007
Métailié, 2007
et « Points Policier », n° P1831

L'Homme du lac
Prix du polar européen du « Point » 2008
Métailié, 2008
et « Points Policier », n° P2169

Hiver arctique
Métailié, 2009
et « Points Policier », n° P2407

Hypothermie
Métailié, 2010
et « Points Policier », n° P2632

La Rivière noire
Métailié, 2011
et « Points Policier », n° P2828

Betty

Métailié, 2011
et « Points Policier », n° P2924

La Muraille de lave

Métailié, 2012
et « Points Policier », n° P3028

Étranges Rivages

Métailié, 2013
et « Points Policier », n° P3251

Le Livre du roi

Métailié, 2013
et « Points », n° P3388

Le Duel

Métailié, 2014
et « Points Policier », n° P4093

Les Nuits de Reykjavik

Métailié, 2015
et « Points Policier », n° P4224

Opération Napoléon

Métailié, 2015
et « Points Policier », n° P4430

Le Lagon noir

Métailié, 2016
et « Points Policier », n° P4578

Dans l'ombre

Métailié, 2017
et « Points Policier », n° P4730

La Femme de l'ombre

Métailié, 2017
et « Points Policier », n° P4882

Passage des ombres

Métailié, 2018
et « Points Policier », n° P5023

Les Fils de la poussière
Métailié, 2018

RÉALISATION : NORD COMPO À VILLENEUVE-D'ASCQ
IMPRESSION : CPI FRANCE
DÉPÔT LÉGAL : FÉVRIER 2020. N° 143560-7 (3042999)
IMPRIMÉ EN FRANCE

Éditions Points

Collection Points Policier